Paul Powers

Spurwechsel

Paul Powers

Spurwechsel

Die bewegende Lebensgeschichte von
Paul Powers. Durch ihn entstand
das bekannte Gedicht »Spuren im Sand«

BRUNNEN
VERLAG GIESSEN · BASEL

ABCteam-Bücher erscheinen in folgenden Verlagen:
Aussaat Verlag Neukirchen-Vluyn
R. Brockhaus Verlag Wuppertal und Zürich
Brunnen Verlag Gießen und Basel
Christliches Verlagshaus Stuttgart
Oncken Verlag Wuppertal und Kassel

Titel der englischen Originalausgabe: Too tough to cry

Aus dem Englischen von Antje Balters
Lektorat: Eva-Maria Busch

Umschlagmotiv: ZEFA, Frankfurt
Umschlaggestaltung: Ralf Simon
Satz: Typostudio Schmidt, Greifenstein
Herstellung: Ebner Ulm
ISBN 3-7655-1160-9

Inhalt

Vorwort
von Margaret Fishback Powers

Nachdem ich in Tokio einen Vortrag gehalten hatte, bat mich ein Collegedozent, doch noch ein wenig mehr über meinen Mann Paul zu erzählen. Besonders interessierte es ihn, warum ich zunächst so unsicher gewesen sei, ob ich ihn heiraten sollte – wo er doch ein so wunderbarer Christ sei ... Das jedenfalls habe er meinen Aussagen entnommen.

Nachdem ich Pauls Lebensgeschichte in aller Kürze erzählt hatte, meinte der Dozent, diese Geschichte sei ein großartiges und überzeugendes Beispiel dafür, wie der Glaube an Jesus Christus einen Menschen verändern kann, und müsse unbedingt aufgeschrieben und als Buch herausgegeben werden. Solche und ähnliche Äußerungen wiederholten sich im Laufe der Jahre immer wieder.

Was hatte mir damals den entscheidenden Anstoß gegeben, so daß ich mich auf das Wagnis einließ, diesen Mann zu heiraten? Ich erinnere mich an jene Augenblicke am Strand, als seien die Bilder in meinem Kopf gespeichert. Paul und ich hatten einen Spaziergang am Strand entlang gemacht und uns dabei unterhalten. Er redete über seine Vergangenheit und erwähnte, wie Gott ihn durch so viele Probleme durchgetragen habe, seit er wieder zum Glauben an Jesus zurückgefunden habe. Paul sprach ganz offen über seine Jugend, über seine Angst vor der Ehe. Dabei verschwieg er auch nicht die enttäuschenden Beziehungen zu Frauen, die er schon hinter sich hatte.

Ich erinnere mich genau, wie er sagte: »Wenn du dich entscheiden solltest, mich zu heiraten, dann verspreche ich dir, dich niemals zu verlassen. Mit Gottes Hilfe verspreche ich dir, immer bei dir zu sein und dir niemals weh zu tun. Ich werde immer gut zu dir sein.«

Ich konnte nicht anders als zu erwidern: »Paul, nur Gott kann versprechen, daß er uns niemals verläßt. Er und nur er allein wird immer bei uns sein. Er hält seine Versprechen; wir dagegen können nur versuchen, unsere Zusagen zu halten.«

Dieser gemeinsame Spaziergang im Jahr 1964 war für uns der erste von vielen gemeinsamen Strandspaziergängen auf der ganzen Welt. Gleichzeitig war er der Beginn eines phantastischen gemeinsamen Lebensweges.

Wie konnten nur zwei so unterschiedliche Menschen für einen künftigen gemeinsamen Dienst zusammengebunden werden? Eine Antwort könnte lauten: Es ist die Kraft gehorsamer Entschlossenheit. Im Laufe der vergangenen dreißig Jahre unserer Ehe habe ich Pauls Kämpfe, sein Scheitern, seinen Schmerz und seine Enttäuschungen miterlebt, von denen so manche von anderen verursacht waren. Aber auch Pauls Bereitschaft, vertrauensvoll, vergebungsbereit und mit neuer Hoffnung auf andere zuzugehen. Die Herausforderungen im Alltag haben ihn gelehrt, immer wieder mutig aufzustehen und sich nach oben auszustrecken, um Hilfe von seinem himmlischen Vater zu bekommen.

Im vorliegenden Buch werden Sie auch auf das Gedicht »Spuren im Sand« stoßen, das ich schrieb, nachdem Paul mir einen Heiratsantrag gemacht hatte. Sie werden die finsteren Täler der Schande und des Scheiterns miterleben, aber Sie werden auch erfahren, wie unser Glaube und Vertrauen gereift sind, daß Gott stets gegenwärtig ist und die Menschen segnet, die treu seinen »Spuren« folgen!

Eine Rolle Goldpapier

In der Dezemberkälte fröstelnd, aber innerlich kochend vor Wut schleppte ich mich erschöpft die Auffahrt zu unserem Haus in Toronto hinauf. Dieser Tag, so kam es mir vor, war der demütigendste meines Lebens gewesen – ich hatte nämlich bei mehreren Kirchengemeinden um Geld betteln müssen, das sie mir schuldeten ...

Wir waren extrem schlecht bei Kasse in diesem Jahr. Meiner Frau Margie und unseren zwei Töchtern – Christina, vier Jahre alt, und Paula, noch nicht ganz zwei – stand ein tristes Weihnachtsfest bevor. Im Herbst 1972 hatte ich in mindestens acht Gemeinden in der unmittelbaren Umgebung von Toronto Kinderevangelisationen durchgeführt. Aber keine der Gemeinden hatte sofort gezahlt.

»Wir schicken Ihnen das Honorar per Post«, war die Erklärung, die ich normalerweise zu hören bekam, oder: »Der Vorgang muß erst noch in die Buchhaltung.«

Wir hatten gewartet und gewartet – aber kein Scheck war gekommen. Margie drängte mich nun, kurz vor Weihnachten, ich müsse endlich dafür sorgen, daß Geld hereinkomme, damit wenigstens die dringendsten Rechnungen bezahlt werden konnten. Wir hatten nämlich ebenfalls Schulden bei Geschäftspartnern, die bezahlt werden mußten, außerdem wollten wir Margies Eltern eine beträchtliche Summe zurückzahlen, die sie uns Anfang des Jahres als Darlehen gegeben hatten.

Je näher Weihnachten rückte, desto mutloser und wütender wurde ich. Ich fing an, über Christen zu schimpfen, die ihre Rechnungen nicht bezahlen ... Margie unterbrach mich und schlug vor: »Nun hör schon auf zu jammern. Warum gehst du nicht einfach zu den Gemeinden und sagst ihnen, wie es bei uns aussieht? Wir brauchen das Geld!«

Am 23. Dezember fuhr ich gleich nach dem Frühstück los, um mit den Pastoren oder ihren Sekretärinnen zu sprechen. Ich wurde freundlich empfangen, doch stets bekam ich das gleiche zu hören:

»Der Scheck müßte längst in der Post sein. Vielleicht ist er verlorengegangen.« Oder: »Ich weiß auch nicht, was mit dem Scheck los ist … Vielleicht muß er noch abgezeichnet werden.«

»Sehen Sie«, erklärte ich der Sekretärin in einer Gemeinde, »ich bin praktisch pleite. Ich bitte Sie doch nur um das, was Ihre Gemeinde mir schuldet, damit meine Frau und unsere beiden kleinen Mädchen richtig Weihnachten feiern können.«

Daraufhin öffnete sie die Portokasse und nahm ein paar Dollar heraus. »Tut mir leid, Mr. Powers, mehr kann ich Ihnen ohne Vollmacht vom Pastor leider nicht geben, und der kommt erst morgen abend zurück.«

Den ganzen Tag lang wiederholten sich diese demütigenden Szenen; ich bekam zwar hier und da ein paar Dollar, aber nirgends mein gesamtes Honorar. Statt dessen wurde mir mit Blicken zu verstehen gegeben: »Du arbeitest doch für Gott – wie kannst du da so hinter dem Geld her sein?«

Auf der Heimfahrt dachte ich: »Ja, ich arbeite für Gott, und er sorgt für mich. Aber er tut es durch andere Menschen. Und wenn diese Menschen ihre Schulden nicht bezahlen, was dann?«

Dank Margies Beharrlichkeit hatte ich in letzter Zeit wieder mehr in Kirchengemeinden gearbeitet, statt bei säkularen Veranstaltungen Zaubertricks vorzuführen – Auftritte, die immer gut bezahlt worden waren. Und nun? Wir hatten kaum noch etwas zu essen im Haus.

»Wenigstens heute abend werden wir eine anständige Mahlzeit bekommen«, sagte ich mir. »Und wenn wir dann zu Weihnachten bei den Schwiegereltern auf der Farm sind, werden wir wie die Fürsten speisen … «

»Na, wie war's?« fragte Margie bei meiner Rückkehr erwartungsvoll.

»Nicht besonders gut. Ich war in acht Gemeinden und habe nicht mal 40 Dollar zusammenbekommen. Ich habe erst mal getankt für die Fahrt zur Farm. Hier ist ein bißchen Geld für Lebensmittel und was du sonst noch besorgen mußt. Geh sorgfältig damit um, Margie, es ist alles, was wir haben.«

Margie verbarg ihre Enttäuschung und versuchte, ihre gewohnte Heiterkeit aufrechtzuerhalten, während sie die Mädchen anzog und dann zum Einkaufen losging. Sie war froh, hinauszukommen, denn ich war viel länger weggewesen als geplant, und jetzt war ich auch noch schlechtgelaunt zurückgekommen, konnte jederzeit explodieren ... Als Margie fort war, sah ich mich tatsächlich im Wohnzimmer um, was wir eventuell noch verpfänden konnten.

Zwei Stunden später waren Margie und die Kinder wieder da. Sie schnatterten aufgeregt darüber, was sie alles erstanden hatten. Margie freute sich über ein paar echte Schnäppchen, aber alles, was ich dazu sagte, war: »Das soll wohl ein Scherz sein! Wir können uns gar nicht mehr leisten als ein paar Lebensmittel.«

Margie antwortete kühl: »Ich habe das Geld für Sachen ausgegeben, die ich für nötig hielt.«

Während wir die Einkäufe wegräumten, murrte und knurrte ich weiter. Dann zeigte mir Tina eine Rolle goldenes Geschenkpapier. »Guck mal Papa, was Mama gekauft hat.«

Ich nahm die Rolle, sah sie mir an und sagte: »Und was soll das hier für ein Schnäppchen sein?«

»Es hat nur einen Dollar gekostet«, sagte Tina stolz.

»Einen Dollar! Na ja, ich hoffe es reicht wenigstens für alle Geschenke.«

Es stellte sich jedoch heraus, daß nur ein einziger Bogen auf einer dicken Papprolle war. Und der hatte einen ganzen Dollar gekostet! Alle Wut, die sich den Tag über angestaut hatte, kam auf einmal in mir hoch.

»Wie kannst du nur so verschwenderisch sein?« schrie ich Margie an. »Du hast einen ganzen Dollar für nichts und wieder nichts zum Fenster hinausgeworfen – für einen Bogen blödes Geschenkpapier! Ich habe wochenlang Kleingeld gesammelt, damit wir wenigstens das Geld haben, um Weihnachten zur Farm zu fahren.«

Margie sagte nichts, sah aber völlig niedergeschmettert aus. Tina versuchte wegzuschauen und so zu tun, als sei nichts passiert.

Beim Abendessen war die Stimmung auf dem Nullpunkt. Margie hatte aus den erstandenen Lebensmitteln ein gutes Essen zubereitet, aber alle saßen schweigend am Tisch und stocherten auf ihren Tellern herum. Köpfe und Schultern waren unter der Wucht meiner Schimpftirade nach unten gesackt. Einmal blickte Tina auf, und in ihren blauen Augen standen Tränen. Sie studierte nur meine Miene und senkte den Blick dann wieder auf ihren Teller.

Nach dem Essen gingen wir hinunter ins Untergeschoß in mein Büro. Ich mußte noch die letzten Geschenke einpacken und ein paar Dinge erledigen, bevor wir am nächsten Morgen zu Margies Familie aufbrechen konnten. Tina war bei uns, aber weil ich nicht wollte, daß sie mitbekam, wie wir die Puppen einpackten, die wir schon Anfang des Jahres im Sonderangebot gekauft hatten, schickte ich sie hinaus: »Tina, würdest du bitte nach oben gehen und das Goldpapier holen, für das deine Mutter das viele Geld verschwendet hat?«

Ich bin sicher, daß Tina die ganze Bedeutung meiner Worte nicht erfaßte, aber Margie verstand sehr wohl. Tina trottete pflichtbewußt nach oben, um das Papier zu suchen, während Margie und ich weiter Geschenke einpackten und dabei spitze Bemerkungen austauschten. Sie verteidigte natürlich ihre Frauenrolle und ihr Recht, zu kaufen, was sie für nötig hielt, so wie ich meine Männerrolle verteidigte, indem ich durchblicken ließ, daß sie schlecht wirtschaftete.

»Oh ja, Paul«, erwiderte sie bissig, »du kennst dich natürlich in allem aus, nicht wahr? Du weißt natürlich alles.«

Weil Tina nicht zurückgekommen war, rief ich nach oben, bekam aber keine Antwort.

»Was macht das Kind denn bloß so lange?« schimpfte ich, während ich bereits die Treppe hinaufstürmte, Margie direkt hinter mir. Tina saß mitten im Zimmer auf dem Boden, umrahmt von zerknittertem Goldpapier und drei Scheren; Tesafilmstreifen klebten überall an ihr und auf dem Teppich. Sie hatte den gesamten Bogen Goldpapier verbraucht, um etwas einzuwickeln, das wie ein Schuhkarton aussah.

Tina lächelte fröhlich, als sie uns kommen sah, aber ihr Lächeln wich einem erschrockenen Ausdruck, als sie bemerkte, wie wütend ich war. Sie stieß einen kleinen Schrei aus, als ich quer durchs Zimmer stürmte, sie an einem Arm packte und wegriß. Dann schlug ich sie dreimal sehr fest ins Gesicht. Tina schrie vor Schmerz und Schreck, während Margie wie erstarrt dastand.

In meinem Kopf drehte sich alles, aber durch Tinas Schluchzen wurde mir plötzlich bewußt, was ich getan hatte. Ich begann am ganzen Körper zu zittern ... und plötzlich begannen andere Geräusche meine Gedanken zu überfluten, Schreie des Zorns, der Wut und des Schmerzes, die in meinen Kindheitserinnerungen verschlossen gewesen waren. Meine Gedanken gingen zurück zu den unzähligen Gelegenheiten, wo ich selbst das verschreckte Kind in der Gewalt eines wutentbrannten betrunkenen Vaters gewesen war.

Plötzlich wurde ich von einer Woge von Schuldgefühlen und Reue überrollt, in der ich zu ertrinken drohte. »Siehst du«, flüsterten die alten Erinnerungen mir ein, »du bist genau wie dein Alter ... genau wie dein Vater, der betrunkene Taugenichts, der deinen Bruder und deine Schwestern geschlagen hat ... Du bist ein Versager, du hast in fast allem versagt, was du jemals angepackt hast ... Und jetzt versagst du genauso, wie dein Vater versagt hat, als deine Mutter starb. Jetzt schlägst du dein Kind, machst es kaputt, wirfst es durch die Gegend und schreist es an ... genauso wie er es immer mit dir gemacht hat.«

Trotz meiner Schuldgefühle entschuldigte ich mich bei niemandem. Tina hatte etwas falsch gemacht; das mußte sie lernen. Und Margie mußte lernen, daß ich der Herr im Haus war. Sie mußte lernen, wo ihr Platz war, und ich hatte das Recht, die Kinder zu bestrafen. Aber selbst während ich meinen Standpunkt vor Margie rechtfertigte, sagte mir mein Verstand: »Du Heuchler, du lebst mit der Lüge eines Narren. Du bist genauso übel wie dein Vater damals, und du hast versucht, jeden darüber zu täuschen. Der echte Paul Powers ist der Typ, der seine Kinder schlägt, genau wie sein Vater ... «

Den Rest des Abends herrschte in unserer Wohnung größere Kälte als draußen in der kalten Dezembernacht. Tina blieb auf ihrem Zimmer, und Margie sprach nicht mit mir. Später ging ich noch einmal zu Tina, um mit ihr zu reden. Sie lag still und hellwach im Bett und sah zugleich erschrocken und traurig aus.

Was ich ihr sagte, war nicht gerade tröstlich: »Wie konntest du nur so etwas Dummes tun? Weißt du denn nicht, wie schwer ich für das Geld arbeiten mußte? Du weißt, daß ich den ganzen Tag unterwegs war, nur für ein paar lausige Dollar! Wie konntest du nur? Tut es dir denn gar nicht leid, was du mit dem Papier gemacht hast?«

Tina blickte zu mir auf und sagte mit leiser, zittriger Stimme: »Doch Papa, es tut mir leid!«

Ich gab ihr nicht einmal einen Gutenachtkuß. Mein überheblicher Stolz ließ es einfach nicht zu. Die Nacht verbrachte ich auf der Couch in meinem Büro. Margie hatte an der Tür von Tinas Zimmer gestanden und meine »Gute-Nacht-Predigt« mitangehört. Sie wollte nichts mit mir zu tun haben – und ich konnte es ihr nicht einmal verübeln.

Die ganze Nacht wälzte ich mich auf der Couch hin und her. Immer wieder hörte ich Stimmen, die sagten: »Du bist genau wie dein Vater ... Du bist ein Feigling, der kleine Kinder schlägt ... genau wie dein Vater ... Du bist schlecht, schlecht ... «

Der nächste Tag war der 24. Dezember. Wie immer begannen wir den Tag mit einer Andacht, aber die Worte blieben mir im Halse stecken, und mein hastiges Gebet schien an der Zimmerdecke hängenzubleiben. Margie war einsilbig, mein Stolz stand zwischen uns.

Um zehn Uhr wollten wir zur Farm von Margies Eltern starten, und wir hatten beschlossen, den Mädchen noch vor der Abfahrt die Puppen zu geben, die wir am Abend zuvor eingepackt hatten, damit sie auf der etwa 200 Kilometer langen Fahrt etwas zum Spielen hatten. Die Mädchen öffneten ihre Päckchen am Frühstückstisch und quietschten vor Begeisterung. Sie hatten die schreckliche Szene vom Vorabend anscheinend vergessen. Margie hatte natürlich nichts vergessen – genausowenig wie ich.

Dann wurde es Zeit zum Aufbruch. Als wir uns anzogen, beobachtete ich, wie Margie den beiden Kleinen ihre pinkfarbenen Wintermäntel mit der weißen Fellumrandung an den Kapuzen anzog, in denen sie aussahen wie kleine Engel. Normalerweise wäre ich vor Stolz fast geplatzt, aber ich schleppte immer noch die bleischwere Last meines Zorns mit mir herum. Als ich mich umdrehte, bekam ich die unselige Schachtel in den Blick, die Tina in das teure Goldpapier eingewickelt hatte. Ärgerlich kickte ich sie mit dem Fuß ins Wohnzimmer, wollte nicht mehr daran denken, wieviele Probleme sie ausgelöst hatte.

Da kam Tina hereingestürmt, hob die Schachtel auf und rannte zurück, um sie mir zu überreichen. Das Goldpapier war völlig zerknittert und mit Klebestreifen übersät. Obwohl es ziemlich ramponiert aussah, hielt sie mir das Geschenk stolz hin.

»Hier, für dich, Papa«, flüsterte sie mit nachdenklichem und gleichzeitig erwartungsvollem Blick.

Ich grabschte die Schachtel aus ihren winzigen Händen und stellte fest, daß sie für ihre Größe ziemlich leicht war. Was konnte das sein? fragte ich mich. Ich schüttelte die Schachtel vorsichtig, aber nichts klapperte oder raschelte.

Während ich mich bemühte, das Päckchen zu öffnen, schossen mir die furchtbaren Szenen vom vergangenen Abend durch den Kopf. Ich fühlte mich schuldig, elend ... und ich war wütend. Ich wollte mich gern entschuldigen, aber Margie und Tina hatten Unrecht gehabt. Margie hatte mich gedemütigt, und Kinder müssen eben lernen zu gehorchen.

Schließlich riß ich ungeduldig das Papier von der Schachtel. Als ich neugierig hineinsah, kochte wieder die Wut in mir hoch. Leer! Die Schachtel war völlig leer.

Mein Hals und mein Gesicht wurden krebsrot, und in scharfem Ton sagte ich zu Tina: »Christina, weißt du denn nicht, daß man erst etwas in eine Schachtel hineintut, bevor man sie als Geschenk verpackt?«

Tina duckte sich nicht vor meinem Zorn, sie blickte einfach mit Tränen in den Augen zu mir auf. Und wieder war da diese Stimme in mir, die flüsterte: »Du bist wie dein Alter ... Du schlägst deine Kinder ... Du bringst sie zum Weinen.«

»Aber ich habe doch was reingetan, Papa«, verteidigte sich Tina mit weinerlicher Stimme. »Ich habe ganz viele Küsse reingepustet. Die Schachtel ist ganz voll mit Küssen für dich!«

Ich spürte, wie ein markerschütternder Schock meinen ganzen Körper durchfuhr. Dann kroch mir eine Gänsehaut über den Rükken. Das Goldpapier, das immer noch am größten Teil der Schachtel klebte, glühte förmlich in meinen Händen. Obwohl Tinas Schachtel leer war, war sie doch randvoll. Sie hatte mir das geschenkt, was ich am dringendsten brauchte. Als Erwiderung auf meine Wut und die schmerzhaften Schläge hatte sie mir die bedingungslose Liebe eines Kindes geschenkt.

Mein Stolz und meine Wut schmolzen auf der Stelle dahin. Ich ging in die Knie, umarmte Tina und bat sie um Verzeihung. Ich umarmte Paula und Margie und bat auch sie um Verzeihung, und dabei liefen mir die Tränen über das Gesicht.

»Ich schäme mich ja so. Ihr habt wirklich etwas Besseres verdient. Laßt mich doch einfach hier zu Hause und fahrt allein zu Oma und Opa auf die Farm. Ich habe euch gar nicht verdient. Ihr hattet recht, ich hatte unrecht. Es ist mein Stolz, mein blöder Stolz. Ich schäme mich ja so!«

Margie mußte trotz ihrer Tränen lächeln, und die Mädchen drückten und küßten mich. »Wein doch nicht, Papa, wir haben dich doch lieb ... Bitte nicht weinen, Papa.«

Tina sagte: »Es tut mir leid, Papa, es tut mir so leid.«

»Nein, Tina, mir tut es leid ... Papa ist krank ... Papa ist krank.«

»Mußt du jetzt ins Krankenhaus, Papa?«

»Nein, aber ich gehe zu dem allerbesten Arzt ... «

Die Mädchen wußten nicht, was ich meinte, aber Margie verstand mich sofort. Ich hielt die Hände meiner drei Lieben, während wir zusammen beteten. Ich bat Gott, den größten Feind zu vernichten: meinen Zorn. Ich bat um Heilung. Nie wieder wollte ich die Beherrschung verlieren – nie wieder.

Margie kniete sich neben mich und sagte: »Ich vergebe dir. Ich bin ebenso schuld, weil ich mich aufgeregt und an dir herumgenörgelt habe. Ich habe auch mein Teil dazu beigetragen, aber wir lieben uns doch, und ich weiß, daß Gott uns weiterhelfen wird.«

Ich preßte die goldene Schachtel an meine Brust: »Die werde ich immer behalten. Das ist das beste Weihnachtsgeschenk überhaupt.«

Margie hielt unsere beiden kleinen Mädchen ganz fest und korrigierte mich sanft. »Nein, Papa, das beste Weihnachtsgeschenk ist das Jesuskind.«

»Da hast du recht! Du hast ja so recht, Margie«, erwiderte ich.

Dann wandte ich mich lächelnd an Tina: »Aber es ist das schönste Weihnachten, das ich je gehabt habe, glaub mir.«

Nur Babys weinen!

Als ich gerade sieben Jahre alt war, da verlor ich die beiden Wesen, die mir in meiner kleinen Welt am meisten bedeuteten. Damals, im Jahr 1943, lebte ich mit meiner Familie in der Armeleutegegend von Sarnia, Ontario. Wir wohnten direkt an den Eisenbahnschienen, und gegenüber auf der anderen Straßenseite war die Müllkippe.

Meine Freunde und ich waren noch zu jung, um zu verstehen, wie schlimm es eigentlich war, daß wir so nahe an der Müllkippe lebten. Wir nahmen den Gestank gar nicht mehr wahr. Außerdem war die Müllkippe ein toller Spielplatz, auf dem es unzählige Verstecke gab, wo man herrlich Kriegsspiele veranstalten konnte.

Der Zweite Weltkrieg war in vollem Gange, und Züge voller Soldaten rollten Tag für Tag an unserem Haus vorbei. Sie kamen aus Chicago und fuhren ein kurzes Stück durch Kanada nach New York, von wo aus die Soldaten nach Europa verschifft wurden. Wir beobachteten, wie die Züge vorbeifuhren und die Männer uns zuwinkten. Manchmal kamen auch Autozüge vorbei, voll beladen mit Geschützen und Panzern. Die Soldaten waren unsere Helden. Oft spielten wir Krieg – mitten in den Müllbergen –, schossen mit Stöcken, oder was wir sonst als Gewehre benutzen konnten, auf »Feinde«.

Unsere Spiele waren natürlich Spaß. Wenn jemand erschossen worden war, stand er wieder auf und ging zum Abendessen nach Hause, wenn er seine Mutter rufen hörte. Der Tod war nicht real. Er gehörte einfach zum Spiel dazu – bis zu jenem Tag, als mein Hund auf die Straße lief. Ich hatte ihn einen Monat zuvor als Welpen zum Geburtstag bekommen. Ich glaube, daß ich an diesem grauen, schneereichen Novembertag den schrecklichen dumpfen Aufschlag gehört habe, als der Lastwagen ihn überfuhr. Er lag einfach da auf der Straße. Der Lastwagen rumpelte weiter, und der Fahrer machte sich nicht einmal die Mühe, auch nur anzuhalten.

Mit tränenüberströmtem Gesicht hob ich den Hund auf und trug ihn auf unsere Veranda. Mein älterer Bruder Leroy half mir, in der Garage eine Apfelsinenkiste zu suchen, die wir als Sarg benutzen konnten. Wir legten den Hund in die Kiste, deckten ihn mit Zeitungen zu und brachten ihn auf die andere Straßenseite zur Müllkippe. Mit bloßen Händen scharrten wir den Müll auseinander und gruben auf diese Weise ein Loch für die Kiste. Dann bedeckten wir sie wieder, so gut es ging, wobei uns der ständige Schneefall zur Hilfe kam. Innerhalb von wenigen Minuten war keine Spur mehr von dem Hundegrab zu sehen.

Ich ging nach Hause und weinte tagelang um den Hund. Manchmal schaute ich zu dem riesigen, schneebedeckten Müllberg auf der anderen Straßenseite hinüber und fragte mich, wann die Lastwagen kommen und ihn in die Müllverbrennungsanlage schieben würden, die Tag und Nacht in Betrieb war.

»Ist doch alles in Ordnung, LaVern« (damals hieß ich noch LaVern. Ich habe meinen Namen ändern lassen, als ich 21 Jahre alt war), sagte mir einer von meinen Brüdern. »Du bekommst einen neuen Hund, wenn wir in das neue Haus gezogen sind. Das können wir uns bald leisten, denn Papa hat einen neuen Job gefunden. Gleich nach Weihnachten, du wirst schon sehen!«

Aber nicht einmal der Gedanke an ein neues Haus in einer besseren Gegend ohne Bahnschienen und Müllhalde konnte mich trösten. Ich liebte die Schienen und sogar den Müllberg, denn sie gehörten zu meiner vertrauten Umgebung.

Eines Tages sah ich, wie der Lastwagen sich an den Müllberg heranmachte, in dem das Grab meines kleinen Hundes war. Schon bald darauf war er verschwunden. Ich sah vor meinem inneren Auge, wie der Hund verbrannte, und weinte noch ein bißchen mehr.

Aber so weh mir die ganze Sache auch tat – ich weinte niemals, wenn mein Vater in der Nähe war. Er war ein rauhbeiniger Schotte; ein Mann, der viel und hart arbeitete, aber noch mehr trank, und der es gar nicht mochte, wenn seine Kinder weinten. Besonders seine Söhne.

Mein Vater war ein schlanker, muskulöser Mann, etwa ein Meter achtzig groß. Man konnte ihn kaum als herzlich oder liebevoll bezeichnen, nicht einmal als freundlich. Er hatte ausdruckslose graue Augen, die geradewegs durch einen hindurch blickten. Wenn er nicht auf der Arbeit war, verbrachte er die meiste Zeit in der Garage mit Autos, die sich in verschiedenen Stadien der Zerlegung oder des Umbaus befanden. Er konnte dort stundenlang arbeiten, sich mit Trinkkumpanen Geschichten erzählen, und natürlich kreiste dabei immer eine Flasche.

Mein Vater geriet schnell in Rage, stritt gern mit anderen und war ausgesprochen stur. Eine der beliebtesten Zielscheiben seiner Kritik war die Regierung, von der er glaubte, sie bestehe nur aus Dieben und Betrügern. Was ihn betraf, so war alles, womit man der Regierung ein Schnippchen schlagen konnte, völlig in Ordnung.

Meine Mutter Christina hatte früher als Näherin in Edinburgh gearbeitet. Sie gehörte zum Barclay Clan und war als junges Mädchen die beste Tänzerin des Dorfes gewesen. Mein Vater, Albert Edward Powers, war Mutters Cousin dritten Grades, und wie es damals üblich war, heirateten sie und gründeten ihren eigenen Clan.

1917 zogen Mama und Papa nach Glasgow, wo mein Vater in der neuen Autofabrik eine Lehre als Mechaniker machte. In den zwanziger Jahren war es den beiden relativ gut gegangen, aber als 1929 die Wirtschaftskrise ausbrach, wurden Geld und Arbeitsplätze knapp. Bis 1936 hielten sie noch durch, aber dann beschlossen sie, nach Kanada auszuwandern. Nachdem sie mit dem Schiff aus Schottland dort angekommen waren, ließen sie sich in der Gegend westlich von Ontario nieder, wo es viele Raffinerien gab. Später zogen sie nach Sarnia, direkt an der Grenze zu den USA.

Eine Zeitlang arbeitete mein Vater in den Autofabriken von Detroit, das war etwa 50 Meilen südlich in Michigan, USA. Montags fuhr er mit Freunden hin und blieb während der Woche dort. Nur an den Wochenenden kam er nach Hause. Die Jobs, die er dort hatte, waren allerdings nur befristet und wurden schließlich nicht verlängert. Unsere Familie, die inzwischen auf sieben Personen angewachsen war, mußte sich mehr schlecht als recht mit den paar Dollar durchschlagen, die unsere Mutter als Näherin in einem Modegeschäft verdiente.

In dem Herbst, als mein Hund starb, wurde ich sieben. Kathleen, die älteste von uns Kindern, war fünfzehn, mein ältester Bruder Jimmy dreizehn und Leroy elf. Bobby war drei und hielt noch ein Mittagsschläfchen in Mutters Schlafzimmer. Kurz vor meinem siebten Geburtstag, im Herbst 1943 also, bekam mein Vater einen Job als Rohrschlosser in einer Raffinerie der Imperial Ölgesellschaft.

Trotz unserer Armut war das Leben in diesen ersten paar Jahren nicht nur elend. Mama und ich standen uns besonders nah, weil sie mich während eines rheumatischen Fiebers, das ich im Alter von zwei Jahren gehabt hatte, selbst gepflegt hatte. Stundenlang hatte sie mich beschäftigt und bei Laune gehalten. Wenn sie mich dann fragte: »Na, mein Kleiner, willst du denn nicht mal ein winzig kleines Nickerchen machen?«, dann antwortete ich: »Ach nein, Mama, ich habe eine bessere Idee. Ich möchte auf dem Pferdchen reiten!«

»Auf dem Pferdchen reiten? Aber du kannst doch gar nicht so lange warten, bis deine Mama sich die ganze Arbeit gemacht und Zöpfe geflochten hat, oder?«

»Aber klar kann ich das!«

»Also gut, aber es dauert ein paar Minuten ... Siehst du, hier sind zwei schöne Zöpfe, und ich sage immer noch: Gut, daß ich sie nicht abgeschnitten habe – denn was würdest du wohl dann als Zügel nehmen?«

»Gib mir die Zügel, gib mir die Zügel!«

»Hier sind sie, mein Kleiner, und denk daran, reite vorsichtig!«

»Los, Pferdchen, los ... hopp, hopp!«

Mama tat alles, was sie konnte, um mir die Jahre zu erleichtern, die ich im Bett verbringen mußte. Irgendwann bekam ich Beinschienen und wurde zur Schule geschickt. Ein Jahr später konnte ich endlich auch ohne Schienen gehen.

Meine Eltern waren beide streng. Obwohl ich oft Schläge bekam, wurde ich in meinen ersten sieben Lebensjahren nie richtig geprügelt oder mißhandelt. Was unsere Armut betraf, so war ich einfach noch zu jung, um zu merken, wie arm wir wirklich waren. Ich fand es spannend, an den Bahnschienen neben der Müllhalde zu wohnen – es gab immer etwas Neues zu entdecken.

Ende November veranstaltete die Ölgesellschaft, für die mein Vater nun arbeitete, eine große Vorweihnachtsparty. Auch meine Eltern gingen hin. Mama hatte in letzter Zeit immer häufiger zusammen mit Papa getrunken, und inzwischen war sie Alkoholikerin wie er. Oft mußte sie sich auch tagsüber hinlegen, weil sie so verkatert war.

Natürlich tranken die beiden viel bei der Firmenparty, während eine unserer Tanten auf uns aufpaßte. Als meine Eltern weit nach Mitternacht heimgingen, waren beide sturzbetrunken. Papa stolperte ins Haus, fiel aufs Bett und schlief sofort ein. Mama jedoch war in einer Schneewehe vor dem Haus gestürzt und dort eingeschlafen.

Am nächsten Morgen ging unsere Tante heim. Niemand kümmerte sich darum, nach unseren Eltern zu sehen. Vaters Schnarchen war aus dem Schlafzimmer zu hören – und man störte Vater einfach nicht, wenn er am Abend zuvor getrunken hatte.

Jimmy machte sich als erster auf den Schulweg. Auf der Straße schaute er etwas genauer auf eine Schneewehe, weil dort etwas lag, das aussah wie ein Hund. Er ging hinüber, um es sich aus der Nähe anzusehen, und fand unsere Mutter, zusammengekauert in ihrem Mantel.

Er rief um Hilfe, und wir stürzten alle hinaus. Mama war immer noch betrunken und hatte schlimmen Husten. Wir mußten uns mächtig anstrengen, um sie ins Haus zu bekommen – Jimmy und Leroy stützten sie von rechts und links, Kathleen von vorn und ich von hinten. Wir klopften ihr den Schnee aus Haaren und Kleidern, legten sie drinnen aufs Sofa und deckten sie mit mehreren Decken zu.

Kathleen schickte den Rest von uns zur Schule, während sie selbst zu Hause blieb, um Mama Tee und etwas Warmes zu essen zu machen. Die ganze Zeit hustete Mama schrecklich und sah heiß und fiebrig aus. Papa schlief immer noch.

Als wir mittags nach Hause kamen, sagte Kathleen, sie glaube, daß Mama wieder in Ordnung kommen würde, aber ich hörte sie immer noch husten.

Im Laufe der nächsten Tage ging es unserer Mutter nicht besser. Es wurde sogar schlimmer, denn sie hustete schrecklich aussehendes Zeug in Stoffstreifen, die als »Taschentücher« zurechtgeschnitten wurden. An ihrem Bett stand eine Flasche mit roter Medizin, und anscheinend nahm sie oft etwas davon. Tante Jean, Mutters Zwillingsschwester, und Tante Ina kamen, um zu helfen und sie zu versorgen.

Die Tage schlichen dahin. Papa kam abends nach Hause, setzte sich aufs Sofa und trank. Er sprach kaum mit uns. Hin und wieder knurrte er: »Macht eure Hausaufgaben!«, aber das war's dann auch. Dann ging er eine Weile zu Mama, um sich mit ihr zu unterhalten. Ich glaube, daß sie sich wirklich liebten, und ich weiß, daß Papa sich schuldig fühlte, weil er ins Haus getaumelt und eingeschlafen war – ohne zu merken, daß Mama draußen in der Schneewehe lag.

Alle paar Tage kam unser Hausarzt. Das kanadische Gesundheitssystem schrieb vor, daß jede Familie einen Hausarzt haben mußte, egal wie arm sie war. Sein Anzug und seine Krawatte waren schwarz, und er trug eine kleine Brille, die auf seiner Nase klemmte. Wenn er wieder ging, sagte er zu uns Kindern nie viel. Er schüttelte nur den Kopf und ermahnte uns: »Haltet sie warm ... viel Flüssigkeit!«

Anfang Dezember beschloß Katie, mit uns allen in die Stadt zu gehen, um Weihnachtsgeschenke zu kaufen. Durch das Sammeln von Flaschen und Dosen hatte ich die ungeheuerliche Summe von fünf Dollar zusammenbekommen, und es würde das erste Weihnachtsfest sein, bei dem ich für jedes Familienmitglied ein Geschenk kaufen konnte.

Wir gingen in ein Billigkaufhaus, wo ich meine fünf alten, zerknitterten Eindollarscheine mit dem Bild des Königs aus der Tasche zog und einen Eishockey-Puck für Jim und noch einen für Leroy kaufte. Für Jimmy erstand ich ein paar Comics – und einige kleine Zinnsoldaten für meinen kleinen Bruder Bobby.

Dann kaufte ich eine Halskette für Kathleen und eine Packung Tabak für meinen Vater. Aber den größten Teil des Geldes gab ich für meine Mutter aus. Ich kaufte ein Schönheitsset, bestehend aus Kamm, Bürste und einem Spiegel, alles mit künstlichem Perlmutt überzogen und mit künstlichem Gold umrandet. Kathleen half mir beim Einpacken. Wir verzierten es mit einem roten Band, und mit ungelenken Buchstaben schrieb ich ein Kärtchen dazu: »Für Mama, von Deinem Dich liebenden Sohn LaVern.«

Ich konnte das Weihnachtsfest kaum erwarten. Ich war in einem richtigen Laden gewesen, wo sie mir erlaubt hatten, die Sachen auf dem Ladentisch wirklich anzufassen, und ich hatte alles mit meinem eigenen Geld bezahlt. Dies würde das schönste Weihnachten aller Zeiten werden!

Obwohl sich mein Vater Sorgen um Mama machte, versuchte er immer noch, so etwas wie Weihnachtsstimmung zu schaffen. Er besorgte einen kleinen Weihnachtsbaum, den wir mit Papierschmuck und Popcorn-Ketten schmückten. Wir versuchten fröhlich zu sein, während wir uns auf die Zeit freuten, wenn es Mama wieder besser gehen würde.

Der 22. Dezember war der letzte Schultag vor den Weihnachtsferien. Alle anderen Klassen hatten noch Unterricht, aber meine Klasse war schon früher nach Hause geschickt worden. Ich stürmte also heim, wo eine Horde von Kindern vom anderen Ende unserer Straße eine Schneeburg baute. Ich wollte nur schnell zu Hause fragen, ob ich mitmachen durfte, als ich sah, daß vor dem Haus das Auto des Arztes stand. Als ich hereinkam, sah ich, daß auch Papa schon zu Hause war. Er saß wie gewöhnlich mit einer Flasche in der Hand auf dem Sofa.

Ich eilte in Mamas Schlafzimmer und rief schon von der Tür aus: »Mama, kann ich . . . ?«

Das nächste, was ich hörte, war Tante Ida, die mich mit einem »Schsch« bremste. Ich blickte quer durch das Zimmer, wo sie und der Arzt neben Mamas Bett standen. Die Tischlampe warf warmes Licht auf Mamas langes braunes Haar, das ausgebreitet auf dem Kissen lag.

Sie drehte den Kopf ein wenig zu mir, und ihr Gesicht war verzerrt, als sie versuchte, ihre Hand zu heben, und alles, was sie herausbrachte, war: »LaVern . . . «, dann fiel ihre Hand wieder schlaff herab.

Ich starrte Mama nur an, und Tante Ida sagte schließlich: »Verschwinde lieber, mein Junge!«

Der Doktor beugte sich nach vorn und zog meiner Mutter die Decke übers Gesicht. »Sie ist tot.«

In den darauffolgenden Sekunden schossen mir die furchtbarsten Szenen durch den Kopf. Ich stellte mir vor, wie mein Hund umgekommen war. Ich erinnerte mich daran, wie Leroy mir geholfen hatte, ihn auf der Müllkippe zu begraben, und wie der Bulldozer gekommen war, um das Hundegrab in die Verbrennungsanlage zu schieben. Und ich wußte: Dasselbe würde jetzt auch mit Mama passieren!

Ich machte auf der Stelle kehrt, rannte aus dem Zimmer und schoß durchs Wohnzimmer auf meinen völlig betrunkenen Vater zu. Ich schüttelte ihn und boxte mit meinen kleinen Fäusten gegen seine Brust, wobei ich fortwährend schluchzte: »Laß nicht zu, daß sie das machen. Laß es nicht zu!«

Er blickte mit ausdruckslosen grauen Augen zu mir auf. Das nächste, was ich spürte, war seine Faust in meinem Gesicht!

Sein Schlag traf mich so hart, daß ich durchs ganze Zimmer geschleudert wurde. Ich erinnere mich noch genau, wie ich aus Nase und Mund blutend dalag. Und dann spürte ich, wie er mich mit seinen schweren Arbeitsstiefeln trat, während er schrie: »Das ist dafür, daß du so laut heulst! Halt den Mund, du dummer Bengel. Männer weinen nicht, nur Babys heulen!«

Während er mich anschrie, versetzte er mir in seiner Wut einen Tritt nach dem anderen in die Seite, ins Gesicht, überall hin, und immer wieder brachte er seine Anklage gegen mich vor, daß nur Babys weinen, aber echte Männer niemals.

Vom Fußboden aus blickte ich zu ihm auf. Alle Ungeheuer, die ich in den wenigen Filmen, in denen ich gewesen war, oder in Bilderbüchern gesehen hatte, waren nicht so schrecklich wie das Gesicht meines Vaters in diesem Augenblick.

Dann hörte ich meine Tante schreien: »Hör auf!«

Und auch der Arzt brüllte: »Um Himmels willen, Sie bringen ihn ja um!« Dadurch schien mein Vater wieder zu sich zu kommen. Keuchend stand er da, als der Arzt sagte: »Gehen Sie jetzt zu Ihrer Frau.«

Während der Arzt mich notdürftig versorgte, hörte ich, wie Tante Ina im Schlafzimmer meinen Vater anschrie, was er mir angetan hätte. Der Doktor meinte, ich könne ruhig weinen, das sei völlig in Ordnung. Aber ich schüttelte nur den Kopf und weigerte mich. Ich schwor mir, daß ich nie wieder weinen würde. Nie mehr!

Schließlich kam ein Leichenwagen, und Tante Ina sorgte dafür, daß mein Vater im Schlafzimmer blieb, während sie Mama auf einer Bahre hinaustrugen. Ungefähr zu diesem Zeitpunkt kamen Kathleen, Leroy und Jimmy nach Hause. Sie wollten wissen, was los war, aber Tante Ina sagte nur: »Kümmert euch um euren eigenen Kram.«

Kathleen fing an zu weinen und wurde hysterisch, denn ihr war klar, daß Mama gestorben sein mußte. Dann sah sie mich in der Ecke liegen und konnte sich einfach nicht erklären, was passiert war. Der Doktor wies den Fahrer an, mich mit ins Krankenhaus zu nehmen. Es tat weh, als sie mich ins Auto packten, aber ich weinte nicht.

Im Krankenhaus brachten sie mich in ein Krankenzimmer und den Leichnam meiner Mutter in einen anderen Raum. Ich mußte mehrere Tage dort bleiben, weil mein Handgelenk sowie ein paar Rippen gebrochen waren, außerdem hatte ich Blutergüsse, und mein Vater hatte mir ein paar Zähne ausgeschlagen. Ich bekam in dieser Zeit nur Besuch von Tante Ina und Tante Jean. Mein Vater hatte »zu viel zu tun« mit den Vorbereitungen für die Beerdigung, und meinen Brüdern und Schwestern hatte er verboten zu kommen, nehme ich an.

Ich war einsam im Krankenhaus, aber wenn Kummer und Angst mich innerlich zerrissen, dann biß ich mir so fest auf die Lippen, daß es blutete, und zwang mich, keine einzige Träne zu vergießen.

Auf die schiefe Bahn

Am 26. Dezember wurde meine Mutter beerdigt, aber ich konnte nicht dabei sein, weil ich noch im Krankenhaus lag. Als ich am 30. Dezember schließlich nach Hause durfte, stand der Tannenbaum immer noch im Wohnzimmer.

Lange stand ich da und betrachtete den bunten Tannenbaumschmuck. Ich freute mich, als ich eines meiner Lieblingsstücke entdeckte, eine kleine Glocke aus Kupfer, die ganz leise klingelte, wenn man an den Baum kam. Als ich meine Hand ausstreckte, um sie zu berühren, sah ich, daß immer noch ein paar verpackte Geschenke unter dem Baum lagen. Eines davon war mein Frisier-Set – Kamm, Bürste und Spiegel –, das ich so liebevoll eingepackt und beschriftet hatte.

»Mama ... oh, Mama!« war alles, was ich flüstern konnte. Und dann waren plötzlich die Worte wieder da, die sie vor langer Zeit mit ihrer lieben Stimme zu mir gesagt hatte: »Na gut, mein Junge, du willst also auf dem Pferdchen reiten? Da bin ich aber froh, daß ich mein Haar lang gelassen habe – zwei schöne lange Zöpfe. Was würdest du wohl als Zügel nehmen, wenn ich sie abschneiden ließe?«

In der Zeit unmittelbar nach Mamas Tod herrschte ein ziemliches Durcheinander bei uns. Wir fünf Kinder wurden bei nahen Verwandten untergebracht, und eine Zeitlang war die Rede davon, daß meine Onkel und Tanten uns adoptieren würden. Aber dazu kam es nie. Ende Januar wohnten wir alle wieder bei meinem Vater in dem Haus in der Cameron Street.

Damals trat auch eine kaugummikauende Frau mit langem schwarzem Haar in unser Leben. Betty war eine Dame aus dem horizontalen Gewerbe, die mein Vater kurz nach dem Tod unserer Mutter in einer Bar kennengelernt hatte. Sie war mindestens 15 Jahre jünger als er und zog bei uns ein, um »auszuhelfen«. Sie brachte zwei eigene Kinder mit, die zweieinhalbjährige Donna und den drei Monate alten Säugling Tommy. Später gab es Spekulationen darüber, ob mein Vater möglicherweise Tommys leiblicher Vater sei, denn es stellte sich heraus, daß er Betty schon vor Mamas Tod gekannt hatte. Auch nach ihrem Einzug bei uns ging sie ihrem »Gewerbe« nach, wozu sie eines der Zimmer im ersten Stock benutzte. Manchmal sahen wir Männer kommen und gehen.

Betty brachte einen tiefen Haß mit ins Haus auf alles, was mit der Kirche und der Bibel zu tun hatte. Ständig machte sie sich über alles Christliche lustig. Unsere Familie war nie besonders kirchlich gewesen, auch nicht, als meine Mutter noch lebte. Sie und Papa gingen schon mal zu einer kirchlichen Trauung, wenn sie eingeladen waren, aber das war's dann auch schon. Als Betty einzog, sorgte sie dafür, daß unsere Familie wirklich gar nichts mehr mit der Kirche zu tun hatte. Wenn Leute von der Heilsarmee an unsere Haustür kamen und um eine Spende baten, dann fluchte Betty nur und schlug ihnen die Tür vor der Nase zu.

Die Kirche war also nicht Teil unseres Lebens, dafür um so mehr die Schule. Sobald ich dazu in der Lage war, ging ich wieder hin, und zwar jetzt nach dem Umzug in die neue Schule.

Bis zu Mamas Tod war ich sehr gern zur Schule gegangen, weil ich einen Lehrer hatte, den ich mochte – und weil ich dort lesen lernte. Für mich war das Lesen ein »Wunderland« – ein Ort, wo ich mit Robinson Crusoe Abenteuer erlebte und mit Piraten auf der Schatzinsel kämpfte. Nach dem Tod meiner Mutter fing ich außerdem an, regelmäßig ins Kino zu gehen – besonders samstags in die Vormittagsvorstellung. Dort konnte ich für eine kurze Zeit der Held sein, der ich gern gewesen wäre.

Aber als ich nach unserem Umzug auf die neue Schule wechselte, wurde es richtig schlimm. Weil ich »der Neue« war, wurde ich gehänselt und geriet ständig in Prügeleien: in der Schule, auf dem Schulhof, auf dem Heimweg – überall. Irgend jemand schrie: »Da kommt der asoziale Typ aus den Slums«, und das reichte schon, daß ich ausrastete.

In der Klasse wollte niemand neben mir sitzen, weil ich immer schlecht roch, denn nachdem mein Vater mich so verprügelt hatte, machte ich wieder häufig ins Bett.

Die anderen Kinder zogen mich auch wegen Betty auf. »Wir haben was über deine Alte gehört«, riefen sie, » . . . die schläft mit fremden Männern.« Die einzige Möglichkeit, wie sie davon erfahren haben konnten, waren ihre Eltern. Sicher hatten sie mitbekommen, wie ihre Eltern beim Abendessen über Betty geredet hatten.

Im August des folgenden Jahres heiratete mein Vater Betty. Und – welche Ironie – sie ließen sich kirchlich trauen! Vielleicht hatte es mit irgendwelchen Traditionen zu tun, an denen mein Vater noch festhalten wollte. Betty gefiel es zwar gar nicht, in der Kirche zu heiraten, aber sie machte mit.

Im Oktober jenes Jahres wurde ich acht, und damals fing ich an, zusammen mit Schulkameraden zu klauen. Obwohl die Kinder aus

»besseren« Familien mich verachteten, schaffte ich es, eine eigene Gruppe zu finden – arme Kinder wie mich, die keine schönen Kleider trugen und normalerweise auch »anders« rochen.

Kathleen war inzwischen zu Hause ausgezogen und lebte in Camlachie, einer Kleinstadt am Lake Huron, bei verschiedenen Freundinnen. Sie kam manchmal nach Hause, aber meistens war sie auch ziemlich schnell wieder weg. In London, bei Ontario, etwa 65 Meilen von Sarnia entfernt, fing sie dann an, mit verschiedenen Männern zu schlafen, die dort als Soldaten stationiert waren. Sie brachte mindestens drei uneheliche Kinder zur Welt. Immer wenn sie ein Kind bekam, brachte sie es nach Hause, und Betty half ihr dann, es zu versorgen. Aber irgendwann war Kathleen wieder weg, und die Erziehung und Versorgung des Kindes blieben an Betty hängen.

Ich mußte normalerweise die Kleinen hüten, und zwar nicht nur Bettys Kinder Donna und Tommy, sondern auch David und Buddy, die beiden ältesten von Kathleen. Auch ihren Jüngsten habe ich ein paar Monate lang versorgt, bis er den »plötzlichen Kindstod« starb. Betty versuchte später immer wieder, mir dafür die Schuld zu geben, aber glücklicherweise wollte nicht einmal mein Vater davon etwas hören.

Von allen Kindern verachtete ich Tommy am meisten, denn er war kränklich und wurde Bettys Liebling, wahrscheinlich ganz ähnlich, wie ich damals Mamas Liebling gewesen war. Ich mußte immer ungemein aufpassen, daß Tommy nicht anfing zu quengeln, aber das war fast aussichtslos, denn er weinte eigentlich immer. Das alles – und die Gerüchte darüber, wer Tommys leiblicher Vater sei – führte dazu, daß ich ihn regelrecht haßte. Aber ich habe ihm oder den anderen Kindern nie etwas zuleide getan.

Etwa zu dieser Zeit zog mein ältester Bruder Jimmy zu einem Geistlichen, nachdem er ein paarmal bei geringfügigen Diebstählen erwischt worden war. Jimmy entwickelte sich später ganz gut. Er wurde Friseur und gründete eine Familie.

Leroy lebte damals noch zu Hause, aber er hatte einen Job als Platzanweiser in einem Kino und wurde später Assistent des Geschäftsführers, so daß er nie Zeit hatte, mir beim Kinderhüten zu helfen. Dafür schleuste er mich oft umsonst ins Kino. Anders hätte ich mir all meine Kinobesuche auch gar nicht leisten können, obwohl die Karten damals nur 15 Cents kosteten. Auch Leroy kam hin und wieder mit dem Gesetz in Konflikt. Irgendwann stellte ihn ein Richter vor die Alternative: Erziehungsanstalt oder Dienst bei der Navy. Leroy entschied sich für die Navy.

Was unseren Vater anging, so wurde es mit seinem Trinken immer schlimmer; gleichzeitig wurde er immer gewalttätiger. Mich ignorierte er weitgehend – vielleicht hatte er Schuldgefühle, weil er mich damals so brutal zusammengeschlagen hatte –, es sei denn, ich erregte aus irgendeinem nichtigen Grund Bettys Zorn. Bei all den kleinen Kindern, dem ständigen Gequengel und Geschrei und den ewig vollen Windeln war dafür immer ein Grund zu finden.

Etwa ein Jahr nachdem sie und mein Vater geheiratet hatten, nahm Betty stark zu. Sie hatte keine »Figur« mehr und zog sich aus ihrem »Gewerbe« zurück. Um Geld dazuzuverdienen, fing sie an, als Tagesmutter zu arbeiten – und bald schon war ich ebenfalls ein vielbeschäftigtes Kind.

Aus irgendeinem Grund liebte Betty Säuglinge und Kleinkinder – nur mich schien sie zu verachten. Niemals bekam ich auch nur ein einziges Wort der Anerkennung für meine Hilfe zu hören. Ja es machte ihr anscheinend sogar Spaß, mich zu piesacken und mir seelisch wie körperlich weh zu tun.

Eines Abends gab es Brathähnchen zum Abendessen, und ich hatte einen solchen Hunger, daß ich ohne zu fragen nach einem zweiten Stück griff. Plötzlich spürte ich einen stechenden Schmerz in der Hand. Betty hatte mit der Spitze des Tranchiermessers meine Hand auf die Tischplatte genagelt.

»Wer hat gesagt, daß du ein zweites Stück haben kannst, du ... ?« Betty schnaubte, während ich vor Schmerz laut aufschrie. Aber ich weinte nicht! Mein Vater unternahm nichts. Er aß einfach weiter und las dabei Zeitung.

Ich lief ins Bad und wickelte mir Toilettenpapier um die Hand, um die Blutung zu stillen. Später ging ich auf mein Zimmer, hielt die verletzte Hand nah an meine Brust und stellte mir vor, was ich Betty alles antun würde, wenn ich sie zwischen die Finger bekäme. Die Wunde war sehr tief, und bis heute ist die Narbe zu sehen.

Um aus dem Irrenhaus wegzukommen, das ich mein Zuhause nannte, schwänzte ich immer häufiger mit meiner Gang die Schule. Irgendwie wurde die Gang zu meiner eigentlichen Familie. Wir trafen uns in einem Park in der Nähe unseres Hauses, und dort besprachen wir, was wir unternehmen wollten.

Ein Typ namens Bob gehörte zu den Anführern. Er war schon älter, etwa zwölf, schätze ich, und er war schon damals etwas verrückt. Er schlenderte »cool« auf andere Jungs zu, die Hände in den Gesäßtaschen vergraben, auf einem Zahnstocher kauend, und starrte sie mit seinem merkwürdigen Blick einfach an. Wenn irgend jemand auswich, auch nur das kleinste bißchen, dann war er erledigt. Bob sprach immer nur mit einer Hälfte seines Mundes, mit der anderen Hälfte kaute er auf dem Zahnstocher. Kurz vor seinem zwölften Geburtstag hatte Bob mitansehen müssen, wie sein Vater, der bei der Feuerwehr arbeitete, von einem rückwärts fahrenden Einsatzfahrzeug zerquetscht worden war. Vor seinen Augen war sein Vater gestorben. Damals war er schon in der Gang gewesen, genau wie sein älterer Bruder, der ungefähr fünfzehn war.

Manchmal hingen auch ein paar ältere Jungs mit uns herum, aber der Kern der Gruppe bestand eigentlich aus Jungen zwischen acht und zwölf. Was uns zusammenhielt, war unser gemeinsames Bedürfnis nach Freundschaft und Zuneigung, die wir zu Hause nicht bekamen. Mein bester Kumpel Jimmy D. war etwa in meinem Alter. Insgesamt gehörten zweiundzwanzig Jungen zu unserer Gang, nur acht von ihnen sind älter als dreißig Jahre geworden. Bob drehte irgendwann durch und nahm sich in einer Anstalt das Leben. Auch die meisten anderen starben einen gewaltsamen Tod.

Als ich zu der Gang kam, waren Diebstähle dort noch nicht an der Tagesordnung. Meistens spielten wir irgend etwas, und der Verlierer mußte eine Mutprobe bestehen, zu denen auch das Klauen bestimmter Dinge gehörte. Nach einer Weile brauchten wir die Spiele nicht mehr als Anlaß. Wir nahmen uns einfach vor, bestimmte Sachen zu holen, und hinterher bekam jeder seinen Anteil. Wir alle gingen gern ins Kino. Man könnte sagen, daß wir im Kino alles über Raub und Diebstahl lernten, was wir für unsere Verbrecherkarriere brauchten.

Schon bald gingen wir systematisch vor. Wir betraten einen Laden, wo es Pommes und Hamburger gab, und verlangten etwas, von dem wir wußten, daß es im Hinterraum war. Wenn dann der Angestellte ging, um das Gewünschte zu holen, stopften wir unsere Taschen voll und rannten schleunigst weg. Natürlich fielen wir den Geschäftsinhabern irgendwann auf. Wenn wir den Laden betraten, wurden wir häufig gleich weggejagt, weil sie genau wußten, worauf wir aus waren. Deshalb fingen wir an, in Häuser einzubrechen. Bob, unser Anführer, wußte anscheinend immer, wann die Bewohner gerade im Urlaub waren.

Ich erinnere mich noch ganz genau an den ersten Einbruch, an dem ich beteiligt war. Wir waren alle starr vor Angst, aber wenn man dazugehört, kann man nicht einfach kneifen. Etwa fünf von uns kletterten auf die hintere Veranda des Hauses, öffneten ein Fenster und ließen Raymond, einen kleineren Jungen, durch die Öffnung hinunter. Dann ließ Raymond uns durch die Küchentür herein.

Es war das Haus eines älteren Ehepaares. Die beiden alten Leute waren ein paar Tage zuvor sehr nett zu uns gewesen und hatten uns Kekse spendiert. Jetzt stahlen wir den Rest der Kekse und durchwühlten noch die Schubladen im Schlafzimmer nach Bargeld. Wir fanden zwar nicht viel Geld, aber dafür ein paar unanständige Comics, mit denen wir unsere Sexualaufklärung vervollständigten. Außerdem stahlen wir noch Geld und Weinbrand in einer wunderschönen Karaffe. Damals habe ich zum ersten Mal Schnaps getrunken, und es brannte beim Trinken wie Feuer im Bauch.

Etwa zur selben Zeit gewöhnten wir uns auch das Rauchen an. Zuerst mußten wir so husten, daß wir fast keine Luft mehr bekamen, aber bald wurden wir Experten darin, den Rauch durch den Mund einzuatmen und durch die Nase wieder auszublasen.

Die meisten unserer Missetaten begingen wir im Frühling und im Sommer, weil es im Winter zu kalt war, um herumzulungern. Nachdem wir den ganzen Winter eingepfercht gewesen waren, schwärmten wir im Frühling wieder aus und machten die Gegend unsicher. Wir kamen langsam in Verruf. Wenn wir auf der Straße Ball spielten, riefen die Nachbarn die Polizei, weil sie Angst hatten, daß ihre Fensterscheiben zu Bruch gingen. Und wenn irgendwo eingebrochen worden war, dann erzählten sie der Polizei, daß wir es gewesen seien. Aber natürlich gab es nie genügend Beweise.

Die Polizei kam auch zu uns nach Hause und verhörte mich. Mein Vater oder einer von meinen Geschwistern versuchten dann in der Regel, mir zu helfen, indem sie fragten: »Können Sie denn etwas beweisen? Gibt es Zeugen?«

Wenn die Polizisten wieder weg waren, fragte mich mein Vater: »Warum hast du das getan?« Oft schlug er mich dann oder trat nach mir, und wenn die Polizei einmal besonders schwer von meiner Unschuld zu überzeugen gewesen war, nahm er mich mit nach oben, zog mich vollständig aus und verprügelte mich mit einem alten Gummischlauch. Normalerweise schlug mein Vater mindestens zehn- bis zwanzigmal zu, wenn er erst einmal angefangen hatte – aber ich weinte nicht!

Ich fing an, immer mehr von dem Schnaps zu trinken, den wir bei unseren Einbrüchen in Privathäusern und Geschäften erbeuteten. Manchmal kam ich zwei oder drei Tage gar nicht nach Hause, weil ich einfach zu betrunken war. Wenn ich mich dann irgendwann wieder ins Haus schlich, setzte es Prügel mit dem Gummischlauch. Manchmal verprügelte Vater mich so heftig, daß ich nicht zur Schule gehen konnte, aber ich änderte mich nicht – es wurde eher noch schlimmer mit mir.

Irgendwann überquerte unsere Gang dann bei ihren Beutezügen den St. Clair River, der von Sarnia nach Port Huron im U.S. Bundesstaat Michigan floß. Wir stahlen ein Ruderboot und ruderten hinüber, wobei wir meistens auf der Stag Insel mitten im Fluß eine Pause einlegten. Dort befand sich eine Indianersiedlung, und wir lernten eine Menge Indianerkinder kennen, die uns Plätze zeigten, wo wir vorübergehend unsere Beute deponieren konnten. Manchmal kamen sie auch mit und halfen uns bei unseren Diebeszügen.

In Port Huron setzten wir dann unsere Einbruchserien fort, vor allem in Privathäusern und Tankstellen. Schließlich zogen wir weiter nach Detroit – entweder per Anhalter oder auf geklauten Fahrrädern – und brachen auch dort in Häuser ein oder plünderten Zigarettenautomaten. Wenn ein Haus nicht beleuchtet war, verließen wir uns einfach darauf, daß niemand zu Hause war. Manchmal täuschten wir uns aber auch und mußten um unser Leben laufen.

Einmal stahl ich einer Dame die Handtasche. Die Gelegenheit bot sich, während ich in der Eingangshalle bei einem Radiosender in Detroit herumlungerte. Auf einmal ging die Empfangsdame in einen Hinterraum und ließ ihre Tasche unbeaufsichtigt stehen. Kurzentschlossen schnappte ich mir die Tasche und rannte los. Über 200 Dollar waren darin! Ich fand schnell ein paar Freunde, die mir beim Feiern halfen.

Aber nach einer Weile kam die Polizei zu uns nach Hause und nahm mich mit zur Wache. Jemand hatte mich identifiziert, und ich wurde dem Jugendrichter vorgeführt. Der hielt mir eine ernsthafte Standpauke – aber dann wurde ich wieder der Obhut meiner Eltern unterstellt.

In den folgenden Monaten mußte ich ziemlich häufig vor dem Jugendrichter erscheinen. Einmal wurde ich festgenommen, weil ich mit einer Gruppe von Jugendlichen randaliert hatte, wobei unzählige Schaufenster in der Innenstadt von Sarnia zu Bruch gegangen waren. Ein anderes Mal hatten sie mich beim Fahrraddiebstahl erwischt, oder ich war nach der Sperrstunde auf der Straße aufgegriffen worden. Jedesmal wurde ich verwarnt, manchmal wurde mir auch die Erziehungsanstalt angedroht, aber letztlich schickten sie mich immer wieder nach Hause.

Das gesamte Geld aus unseren Beutezügen hatten wir in Jimmy D.'s Garage deponiert. Die Garage war völlig vernagelt, und um hineinzugelangen, mußte man erst auf einen Baum klettern, dann auf einem schmalen Balken balancieren und sich schließlich hinten durch ein Fenster fallen lassen. Dort lagerten wir also unsere Beute, schauten uns die nicht-jugendfreien Comics an und lernten die neuesten Einbruchstechniken von älteren Jungen, die schon geübter waren als wir.

Immer wenn wir Geld brauchten, um ins Kino zu gehen oder uns Süßigkeiten zu kaufen, statteten wir erst Jimmy D.'s Garage einen Besuch ab. Wir einigten uns darauf, immer nur soviel Geld zu nehmen, wie wir gerade brauchten. Wenn die Polizei uns aufgriff und verhörte, hatten wir niemals größere Geldbeträge in den Taschen, was bei Jungen in unserem Alter sehr verdächtig gewesen wäre. Natürlich nahm immer irgendwer ein bißchen mehr als seinen Anteil von der Beute, und wir stritten ständig darüber, wer wieder all das Kleingeld genommen hatte.

Als ich zehn war, hatte ich so viele Probleme in der Schule und mit der Polizei, daß mein Vater aufgefordert wurde, mit mir einen Psychologen im Sarnia General Hospital aufzusuchen. Ich saß einfach da und mußte im Beisein meines Vaters Fragen beantworten wie: »Warum haßt du deinen Vater?«

Ich konnte doch dem Psychologen nicht sagen, wie mein Vater auf mich einschlug und mich mit dem Gummischlauch prügelte! Wahrscheinlich hätte er mir ohnehin nicht geglaubt, wenn ich darüber etwas gesagt hätte. Ich konnte jedenfalls damals immer nur wiederholen: »Ich weiß nicht ... Ich weiß nicht.«

Dann hatte der Psychologe eine glänzende Idee. »Bist du eifersüchtig auf deinen jüngeren Bruder?« fragte er. »Und was ist mit all den anderen Kindern, auf die du immer aufpassen mußt?«

»Ja, da ist etwas dran«, erwiderte ich. Ich beschloß, mitzuspielen. Außerdem lag er mit seiner Vermutung auch gar nicht so falsch; ich haßte es, schmutzige Windeln zu wechseln und die kleinen schreienden Ungeheuer zu hüten.

Die ganze Zeit über saß mein Vater einfach da und beobachtete mich mit seinen ausdruckslosen grauen Augen mit den gelben Sprenkeln darin. Ich konnte weder ihm noch sonst irgend jemandem in die Augen sehen, außer meinen Kumpels. Mein Selbstwertgefühl war während meiner gesamten Kindheit und Jugend ein einziger Trümmerhaufen.

Die Sitzungen bei dem Psychologen brachten überhaupt nichts. Ich schwänzte auch weiterhin die Schule und war mit meiner Gang unterwegs, um zu stehlen und zu trinken. Als ich elf war, fand mich eines Tages einer meiner Lehrer in völlig betrunkenem Zustand und meldete das bei der Jugendfürsorge. Ich wurde zu einem anderen Psychologen im St. Josephs Hospital geschickt, der mir etwas über Alkoholismus erzählen sollte. Aber nichts half.

Im Juni des Jahres, als ich zwölf wurde, blieb ich mehrere

Wochen von zu Hause weg, schlief unter Brücken, in irgendwelchen Baracken, in Arbeitercamps oder in Pappkartons auf den Hinterhöfen von Geschäften – wo auch immer. Während dieser Zeit raubte ich eine Taxizentrale aus, ein kleines Gebäude, von dem aus die Taxis über Funk dirigiert wurden. Die Taxifahrer brachten abends ihre Einnahmen dorthin und deponierten sie in einer Schublade. Ich trieb mich häufig an der Zentrale herum und machte mich mit dem Arbeitsrhythmus der Funkdame vertraut. Eines Tages, als sie zur Toilette mußte und sonst niemand in der Nähe war, rannte ich in den Stand, schnappte mir das Geld und rannte weg – so schnell ich konnte. Über hundert Dollar erbeutete ich bei dieser Gelegenheit.

Eins Nachts brach ich in ein Privathaus ein und packte gerade etliche Sachen in einen Sack, als ich in einer Schublade eine 22er Pistole fand. Ich nahm sie mit. Nie zuvor hatte ich eine echte Waffe in Händen gehabt – und ich begriff damals nicht, daß ich von nun an die fatale Möglichkeit hatte, mehr zu sein als ein einfacher Dieb und Einbrecher. Es sollte nicht lange dauern, bis diese Waffe mein Leben ein für allemal veränderte.

In der Erziehungsanstalt

Schon wochenlang hatten wir uns vorgenommen, die alte Kirmesdame auszunehmen, nachdem wir entdeckt hatten, daß sie stets ein Bündel mit Banknoten bei sich trug – auch jetzt bei der Bridgen Kirmes, etwa 20 Meilen von Sarnia entfernt. Während wir an ihrer Bude vorbeigeschlendert waren, hatten wir gehört, wie jemand sie fragte: »Was machen Sie eigentlich mit all dem Geld?«

»Ich trage es bei mir, was denn sonst?« hatte sie nur schnaubend geantwortet. »Wir ziehen sowieso weiter, und ich habe immer alles bei mir, hier in meiner Handtasche.«

Sie war eine ältere Dame, eine echte hartgesottene Angehörige des fahrenden Volkes, die eine Losbude besaß, an der man riesige Puppen in prachtvollen Kleidern gewinnen konnte. Wir hatten das dicke Banknotenbündel mit eigenen Augen gesehen. Erst überlegten wir, wie wir es ihr abluchsen konnten. Aber während wir versuchten, uns gegenseitig Mut zu machen, hatten wir uns total betrunken, und dann war es zu spät.

Ein paar Tage später folgten wir der Kirmes nach Sarnia. Dort beobachteten wir wieder den Stand der alten Dame und warteten unter einer Brücke auf eine günstige Gelegenheit. Ich hatte die erbeutete Pistole inzwischen ein paarmal im Wald an Bäumen ausprobiert und fuchtelte damit herum, um meine Kumpels zu beeindrukken: »Macht euch keine Sorgen«, bemerkte ich dann. »Wenn uns die Alte in die Quere kommt, dann wird das Ding hier sie zu Tode erschrecken.«

An diesem Nachmittag beschlossen Jimmy D. und ich, endlich das Ding zu drehen. Als wir sahen, wie die alte Dame ihr Zelt verließ, gingen wir hinein, wobei Jimmy am Eingang Schmiere stand – für den Fall, daß sie zurückkommen sollte. Drinnen war es ganz einfach, die Geldkassette zu finden, sie war nicht einmal verschlossen. Blitzschnell hatte ich sie geöffnet und fand zwischen den Losen die Geldtasche. Doch kaum hatte ich das Geld gegriffen, als uns die alte Dame überraschte. Sie war aus einer anderen Richtung zum Zelt zurückgekommen, so daß Jimmy D. sie nicht bemerkt hatte.

»Finger weg von meinem Geld! Ich bring euch um, ihr kleinen Gauner!« schrie sie uns an.

Mit ihrem Stock wild um sich fuchtelnd, kam die Frau geradewegs auf mich zu, bereit, mir eins überzuziehen.

Ich hatte ihr Geld – etwa 500 Dollar – in der einen Hand und die Pistole in der anderen. Raymond, der uns zur Hilfe geeilt war, hockte zusammengekauert in einer Ecke und wimmerte: »Wir wollten doch gar nichts ... «

»Verschwinde, du altes Klatschweib, oder ich puste dir den Kopf weg.« Das sollte cool klingen, aber sie konnte sehen, wie mir die Hände zitterten. Sie lachte nur und kam weiter auf mich zu, wobei sie mit dem Stock fuchtelte und laute Flüche ausstieß.

»Gar nichts tust du, du kleiner ... «

Was ich als nächstes tat, geschah wie in Zeitlupe. Es sollte eigentlich gar nicht passieren, aber es passierte doch. Wir saßen ausweglos in der Falle, und die Frau stand drohend vor uns. Ich geriet in Panik, und ohne es überhaupt zu merken, hatte ich zweimal abgedrückt. Die Kugeln trafen sie in der Seite. Sie fiel hin, aber ich war der Meinung, daß ich sie nicht besonders schwer verletzt haben konnte. Ich sprang über sie weg und rannte, so schnell ich konnte, aus dem Zelt.

Jimmy D. und Raymond waren aschfahl vor Angst. Hinter uns hörten wir Rufen und Schreie, während wir über die Eisenbahnschienen in den Wald rannten. Wir schafften es bis zur Esso-Tankstelle, huschten in die Toilette, verriegelten die Tür und teilten die Beute auf. Als wir uns dann trennten, sagte ich zu Jimmy D. und Raymond: »Ich habe die alte Dame erschreckt, aber ich habe sie nicht schwer verletzt. Sie ist fett ... sie wird nicht allzu schwer verletzt sein ... Aber jetzt laßt uns hier verschwinden.«

Ich ging in Richtung Osten zum Highway 402, um nach London zu trampen. Von dort wollte ich versuchen, nach Toronto zu gelangen und in der Großstadt unterzutauchen. Wir hatten ungefähr 500 Dollar von der alten Dame erbeutet; die kleinen Scheine, etwa einhundert Dollar, hatte ich Raymond und Jimmy D. gegeben, den Rest hatte ich in meinen Pulli gestopft.

Ich hatte Glück und wurde an einer Tankstelle von einem Tanklaster mitgenommen. Als ich in den Wagen kletterte, meinte der Fahrer: »Was ist los, Junge? Du bist wohl ziemlich nervös?«

Ich zuckte mit den Achseln. »Ach, ich bin nur ein bißchen menschenscheu.«

Die Fahrt nach London, das war etwa die Hälfte des Weges bis Toronto, dauerte etwa anderthalb Stunden. In der Nähe der Armeekasernen ließ er mich aussteigen, weil ich ihm erzählte, daß ich dort meinen Vater besuchen wollte.

Als erstes suchte ich einen Jungen in meiner Größe, dem ich für ein paar Dollar seine Jacke abkaufte. Meine eigene wollte ich nicht länger tragen – für den Fall, daß ich gesehen worden war. Ich machte mich auf in Richtung Innenstadt, um mir etwas zu essen zu besorgen. Dann ging ich weiter zum Bahnhof und fand heraus, daß in etwa 20 Minuten ein Zug nach Toronto ging. Ich ging zum Fahrkartenschalter und sagte zu dem Mann dort: »Ich brauche eine Fahrkarte für den nächsten Zug nach Toronto. Ich muß mich da im Stadtzentrum mit meiner Tante treffen.«

Er sagte: »Das wäre dann der Union Bahnhof, mein Sohn. Bist du ganz sicher, daß du deine Tante auch erkennst, wenn du sie siehst?«

»Klar!«, sagte ich, »ich wohne ab und zu bei ihr, und diesmal will sie mit mir auf die Nationalausstellung gehen.«

»Oh!«, sagte der Mann am Schalter, »das wird bestimmt schön. Das ist wirklich eine tolle Sache.«

Ich bezahlte meine Fahrkarte mit kleinen Scheinen und steckte die Zwanziger und Fünfziger in meine Jackentasche. Als der Schaffner meine Fahrkarte kontrollierte, sah er mich irgendwie komisch an. Also erzählte ich auch ihm die Geschichte von der Tante und der Nationalausstellung. Er schien mir zu glauben. Sobald der Zug am Union Bahnhof in Toronto einlief, sprang ich als erster hinaus – und tauchte blitzschnell in der Menschenmenge unter.

Diese Zugfahrt war der Auftakt zu einer dreiwöchigen Flucht, während der ich überall schlief, wo es möglich war – meistens in Kinos, die Tag und Nacht geöffnet waren. Ich mochte ohnehin gern Filme sehen, und wenn ich erst einmal drinnen war, konnte ich Hotdogs und Popcorn essen, so viel ich wollte, wovon mir dann auch in der Regel schlecht wurde. Tagsüber schlenderte ich durch die Stadt, stahl Wäsche von Wäscheleinen und versuchte, möglichst allen Uniformierten aus dem Weg zu gehen. Für Kinder in meinem Alter war die Ferienzeit bald zu Ende, und ich wollte vermeiden, daß sie mich als Schulschwänzer aufgriffen.

Als ich eines Tages an einem Zeitungskiosk vorbeikam, fiel mir im Vorbeigehen eine Schlagzeile auf: »Frau stirbt nach Kirmes-Schießerei.« Ich kaufte die Zeitung und erfuhr nun, daß die Frau, die ich bei dem Überfall verletzt hatte, später an »Komplikationen« gestorben sei. Ihre Angreifer wurden als einheimische Jugendliche, wahrscheinlich junge Teenager, beschrieben. Die Polizei ermittele, es seien jedoch noch keine Festnahmen erfolgt.

Jetzt bekam ich wirklich Angst. Ich war ein Mörder!

Mein Magen brannte ständig und tat weh. (Erst später erfuhr ich von Ärzten, daß ich Magengeschwüre hatte.) Ich wußte nur, daß ich auf der Flucht bleiben mußte.

Die Platzanweiser in zwei Kinos waren uniformiert – und wenn sie durch die Gänge des Kinos gingen, dachte ich jedesmal, es seien Polizisten. Dann schlich ich mich hinaus und mußte mich auf der Toilette übergeben, solche Angst hatte ich. Meistens war ich zittrig und völlig verschreckt, aber ich weinte nicht.

Eines Abends, als ich aus dem Kino kam, wurde ich von zwei Rowdys geschnappt und verprügelt. Sie nahmen mir die paar Dollar ab, die ich in der Tasche hatte, aber den Rest des Geldes, den ich in meinen Schuhen aufbewahrte, fanden sie nicht. Ich beschloß, daß es jetzt Zeit sei, aus Toronto zu verschwinden. Vielleicht könnte ich über die Grenze in die USA fliehen und mich dort irgendwo verstecken, etwa in Chicago. Aber dafür reichte mein Geld nicht mehr. Es reichte lediglich noch für eine Zugfahrkarte nach Sarnia.

Als ich dort ankam, machte ich mich sofort auf den Weg in die Innenstadt, um meinen alten Freund Jimmy D. zu treffen, der manchmal in der Front Street als Schuhputzer arbeitete.

Ich fand Jimmy in seiner Stamm-Billardkneipe, in der es auch ein paar Schuhputzer-Stühle gab. Ich versuchte, möglichst locker zu wirken, und fragte ihn, ob er mir etwas Geld leihen könne, weil ich pleite sei. Jimmy sah mich ganz komisch an und sagte, er werde sehen, was er für mich tun könne.

»Willst du auch einen Stuhl mieten?« fragte er und meinte damit, ob ich etwas Geld mit Schuhputzen verdienen wolle.

»Nein«, erwiderte ich. Er verstand ja wohl, daß dies hier so ziemlich der letzte Ort war, wo ich sein wollte – wo ich für jeden vorbeikommenden Streifenpolizisten wie auf dem Präsentierteller stand.

»Wann soll ich wieder hier sein?«

»In zwei Stunden können wir uns hier wieder treffen«, sagte Jimmy.

Es war etwa neun Uhr, als ich den Billardsaal verließ. Die nächsten beiden Stunden schlug ich tot, indem ich mich einfach auf der Straße herumtrieb, immer auf der Hut vor allen Arten von Uniformen.

Genau um 11 Uhr war ich wieder an der Poolhalle. Ich sah Jimmy ganz hinten bei seinem Schuhputzerstuhl und starrte zu ihm hinüber ... als plötzlich zwei Polizisten direkt hinter mir standen, die ich überhaupt nicht bemerkt hatte.

»Du bist LaVern Powers ... Wir haben schon nach dir gesucht, du kleiner Gangster.« Einer von ihnen schubste mich gegen die Wand, während mein sogenannter Freund Jimmy sich aus dem Staub machte. Dieser Verräter hatte mich durch einen Anruf bei der Polizei ans Messer geliefert!

Der andere Polizist drehte mir den Arm auf den Rücken. »Du magst wohl gern Leute erschießen, was?« murmelte er. Man legte mir Handschellen an, und ein Streifenwagen kam vorgefahren. Die Hintertür wurde geöffnet, und ich wurde hineingeschoben.

Sie brachten mich direkt aufs Polizeirevier, wo sie mich in eine Arrestzelle sperrten, in der an diesem Tag sonst niemand saß.

Früh am nächsten Morgen kam ein Polizist und fragte mich sehr förmlich: »Dein Name ist LaVern Powers?«

Verschlafen antwortete ich: »Ja.«

»Du wirst als Jugendstraftäter verhaftet wegen des Verdachts auf Totschlag an ... « Dann nannte er den Namen der Kirmesfrau. »Trifft das zu?«

»Ich weiß nicht ... « , war alles, was ich herausbrachte.

»Du kleiner Dummkopf ... du hast ja keine Ahnung, was du da angestellt hast!« Er stampfte hinaus und knallte die Zellentür hinter sich zu.

Am Nachmittag wurde ich von der Polizeistation ins Stadtgefängnis von Sarnia gebracht, direkt gegenüber der katholischen Kirche. Ich bekam eine Einzelzelle, die in den nächsten achtundzwanzig Tagen mein Zuhause sein sollte. In den gegenüberliegenden Ausnüchterungszellen saßen Betrunkene und Leute, die wegen aller möglichen Delikte festgenommen worden waren. Sie hielten mich allein in einem der drei Zellentrakte unter »psychologischer Beobachtung«, wie sie es nannten, um sich zu überlegen, wie sie mit mir verfahren sollten.

In der Zelle gab es einige Comics, und so vertrieb ich mir die Zeit mit Micky Maus, Superman, Batman und sonstigen Fantasy-Figuren. Ich konnte nicht besonders gut lesen, aber ich liebte Comics, weil es darin viele Bilder gab.

Die Tage vergingen, und ich dachte immer nur: »Es ist vorbei ... Was werden sie wohl mit mir machen? Aber wenigstens muß ich nicht nach Hause und da wieder mit all den vielen Gören zusammen sein. Bestimmt werden sie mich einfach irgendwo einsperren.«

Ich hatte von älteren Jungs schon viel über Erziehungsanstalten gehört und auch schon ein paar Filme darüber gesehen. Ich hatte keine Angst davor, nein, irgendwie war ich sogar gespannt. Kein Gefängniswärter konnte schlimmer sein als meine Stiefmutter oder mein Vater.

Während der Zeit im Gefängnis von Sarnia gab mir einer der Wärter ein Buch mit allen möglichen Zaubertricks. Glücklicherweise mußte ich darin nicht soviel lesen, weil es jede Menge Abbildungen gab, auf denen die Spielkarten- und Münzentricks erklärt wurden. Ich bat um ein Kartenspiel und übte fleißig. Als ich vom Gefängnis überstellt wurde, beherrschte ich schon ein paar Tricks.

Meine Anhörung fand im Jugendgericht in der Christina Street statt. Von meiner Familie war als einzige meine Stiefmutter erschienen. Mein Vater war auf der Arbeit, und von meinen jüngeren Geschwistern hatte niemand kommen dürfen – ich bezweifle, daß sie überhaupt kommen wollten.

Ich wurde in den Saal geführt, wo der Richter die Anklageschrift verlas: Bewaffneter Raub und Mordversuch. (Aus irgendeinem Grund, den ich niemals ganz verstanden habe, lautete die Anklage nicht auf Mord an der alten Frau. Sie war an »Komplikationen« gestorben, die erst nach der Schießerei aufgetreten waren.)

Der Richter blickte von oben auf mich herab und sagte: »LaVern Powers, wir haben dich ja schon öfter hier gehabt. Eigentlich gehörst du schon zur Stammkundschaft ... «

Ich gab irgendeine vorlaute Antwort, und der Richter blaffte mich an: »Steh gefälligst auf, und hör auf zu grinsen! Bei all den Indizien gegen dich und deinem eigenen Geständnis lautet das Urteil dieses Gerichtes, daß du in die Erziehungsanstalt für Jungen in Bowmanville überstellt wirst und dort für unbegrenzte Zeit bleibst. Bis zu deiner Überstellung dorthin verbleibst du im Stadtgefängnis von Sarnia.«

Ich blickte zu Betty hinüber, die nur böse lächelte und zustimmend nickte. Offenbar war sie froh, mich los zu sein, aber – ehrlich gesagt – das beruhte auf Gegenseitigkeit.

In den folgenden zwei Wochen wurde ich mindestens zweimal wöchentlich vom Gerichtspsychologen besucht, der mir die typischen Fragen stellte: »Wie hat es dir zu Hause gefallen? Was hältst du von deinem Vater, deiner Stiefmutter? Deinen Brüdern und Schwestern? Magst du Menschen?« Stets hatte ich irgendwelche vorlauten Bemerkungen parat. Ich wußte nicht so genau, was der Psychologe wohl in seinen Bericht schreiben würde, aber es war sicher nichts in Richtung »normal«.

Am Ende der achtundzwanzig Tage wurde mir mitgeteilt, daß ich verlegt würde. Also packte ich meinen »Koffer« – einen Papierbeutel, in den ich ein paar Kleidungsstücke, einige Comics und mein Buch mit den Zaubertricks stopfte. Die Comics und das Zauberbuch gehörten mir zwar nicht, aber ich beschloß, daß ich sie besser brauchen konnte als die Person, die als nächstes in der Zelle sitzen würde.

Für die Zugfahrt wurde ich mit Handschellen an einen Polizisten gekettet, der mich nicht nach Bowmanville brachte, sondern in eine andere Einrichtung in Cobourg. Weil ich noch nicht 13 war, hatte der Richter entschieden, mich nach Cobourg überstellen zu lassen, weil dort Jungen in meinem Alter untergebracht waren. Die Anstalt in Bowmanville war für Jungen zwischen 13 und 15 vorgesehen – sobald ich 13 wurde, sollte ich dorthin verlegt werden

Cobourg war eine Einrichtung mit relativ wenig Sicherheitsvorkehrungen. Es gab weder Zäune noch Stacheldraht oder vergitterte Fenster. Es sah eher aus wie ein großes Internat. Nachdem die Anmeldeformalitäten erledigt waren, wurde ich in einen Raum geschickt, den sie »Aufnahmetrakt« nannten. Später sollte ich dann in eine der zahlreichen kleinen Hütten hinter dem Hauptgebäude umziehen.

Mit mir zusammen waren noch drei weitere Jungen angekommen. Als wir so eingesperrt zusammensaßen, fingen wir an, Fluchtpläne zu schmieden.

Einer der Jungen hatte irgendwo eine Nagelfeile gefunden, mit der er die massiven Türknaufe von der Toilettentür und von der Innenseite der Haupttür des Raumes abschraubte. Wir steckten die Türknaufe in einen Kopfkissenbezug – und so wurden sie zu einer tödlichen Waffe. Ich bekam den Auftrag, unseren Wärter Mr. Woods zusammenzuschlagen, wenn er bei seinem letzten Rundgang vor der Nachtruhe vorbeikam. Anschließend wollten wir uns aus dem Staub machen!

Etwa eine Stunde später hörten wir ihn auf dem Gang. Sein Schlüssel drehte sich im Schloß, und er kam völlig arglos herein.

Ich lauerte oben auf dem Etagenbett direkt hinter der Tür, und er bemerkte gar nicht, wie ich den Kissenbezug mit den Türknaufen schwang. Sie trafen ihn mit einem schrecklichen Krachen mitten auf dem Kopf. Lautlos brach er zusammen. Wir schnappten uns seine Schlüssel und ließen ihn einfach in einer immer größer werdenden Blutlache liegen.

Es schien endlos lange zu dauern, bis wir endlich den richtigen Schlüssel zur Haupttür gefunden hatten. Dann rannten wir die Treppen hinunter und über den Rasen vor dem Hauptgebäude. In Cobourg gab es keine Zäune. Während wir in Richtung Straße rannten, konnte ich immer nur denken: »Ich bin frei, ich bin frei ... und diesmal werden sie mich nicht wieder einfangen!«

Ein harter Knochen

Wir rannten so schnell wir konnten über den Rasen, aber wir kamen nicht einmal hundert Meter weit.

Der Aufruhr hatte die anderen Wächter alarmiert, und die hatten uns sofort verfolgt. Schon an der Grenze des Heimgeländes schnappten sie uns. Zwei von ihnen schlugen uns regelrecht mit Box- und Karateschlägen k.o. Sie schleppten uns wieder nach drinnen, wo wir erfuhren, daß Mr. Woods schwer verletzt war. Er würde für den Rest seines Lebens teilweise gelähmt sein.

»Du bist ja schon wieder dabei, du kleiner Killer!« schrie mich einer der Wärter an. »Ich würde deinem Treiben zu gern ein Ende bereiten!«

Währenddessen schrie ich und fluchte und trat um mich. »Ich hasse euch!« brüllte ich ihnen entgegen. »Los, macht doch schon, bringt mich um! Das ist jedenfalls besser als das hier!«

Am nächsten Tag mußte ich wieder zum Seelenklempner. Wieder fing er mit derselben alten Leier an, mit meiner Feindseligkeit und meiner Familie ... Ich starrte ihn nur ab und zu an und sagte: »Ja ... schon möglich.«

Keine zwei Wochen später war ich auf dem Weg nach Bowmanville, einer größeren Erziehungsanstalt westlich von Oshawa. Man sagte mir, im Krieg sei hier ein Lager für deutsche Kriegsgefangene gewesen, und der ganze Komplex sei mit einem hohen Stacheldrahtzaun umgeben. Eine Flucht sei also unmöglich.

Zwei Wachen brachten mich mit dem Auto nach Bowmanville. Ich hatte einen Gürtel um den Bauch, an dem eine Kette befestigt war, die wiederum zu meinen Händen und Füßen führte und diese fesselte. Einer der Wärter fuhr das Auto, der andere saß hinten bei mir auf dem Rücksitz und beobachtete jede meiner Bewegungen. Als wir durch das Haupttor fuhren, konnte ich ganz oben auf dem drei Meter hohen Zaun den Stacheldraht erkennen.

»Da wären wir, Powers«, sagte einer meiner Bewacher. »Hier kriegen wir dich klein ... da kannst du sicher sein.«

Wahrscheinlich erwarteten sie, daß ich weinen würde – ich war ja erst zwölf Jahre alt –, aber den Gefallen tat ich ihnen nicht. Ich benutzte denselben Abwehrmechanismus, der auch am besten funktioniert hatte, wenn mein Vater mich geschlagen hatte: keine Tränen, nur ein leerer, starrer Blick. Dann kam ein kleines Grinsen auf meine Lippen.

Als der Wärter das sah, wurde er richtig wütend. »Du elender kleiner Gangster! Wir werden dir das Grinsen schon noch austreiben. Wir machen dich fertig, Powers ... «

Sie brachten mich in einen Aufnahmetrakt, ganz ähnlich wie in Cobourg. Ich bekam eine bräunlich-orange Khakihose und ein ähnliches Hemd, das mich als Neuankömmling auswies. Dann mußte ich eine Reihe von Tests über mich ergehen lassen. Mehrere Tage blieb ich im Aufnahmetrakt, wo ich medizinisch untersucht wurde.

Außerdem versuchte man herauszufinden, wie es um meine Schulbildung bestellt war und was für besondere Stärken ich hatte.

Weil ich so selten in der Schule gewesen war, überraschte es nicht, daß ich im Lesen und Rechnen schwach war. Bei Geschicklichkeitstests schnitt ich dagegen gut ab. Deshalb wurde ich hauptsächlich in praktischen Kursen untergebracht. Man versuchte zwar auch, mir Grundlagen im Lesen und Rechnen beizubringen, aber ich war darin so schlecht, daß die Lehrer mich als hoffnungslosen Fall abschrieben.

Die Tests hatten ergeben, daß ich in die handwerklich begabte Gruppe gehörte. Also wurde ich dem Nordhaus zugewiesen und marschierte in meine neue Unterkunft. Ich erfuhr bald, daß man in Bowmanville überallhin marschierte, denn die meisten Wachen hatten eine militärische Ausbildung und ließen uns das auch spüren. Sie trugen graue Hosen, weiße Hemden, rote Krawatten und blaue Blazer mit dem Wappen der Regierung von Ontario auf der Brusttasche.

Das Nordhaus war – wie alle anderen Häuser auch – ein langgezogenes, eingeschossiges Gebäude mit so hohen Wänden, daß es von außen zweigeschossig wirkte. Die Fenster waren bewußt sehr hoch eingesetzt, damit man nicht an sie heranreichen konnte, und außerdem waren sie vergittert. Ursprünglich waren die Gebäude ein Kriegsgefangenenlager gewesen. Jetzt war auch ich ein Gefangener, der seinen Privatkrieg gegen die ganze Welt führte.

Im Nordhaus angekommen, befand ich mich als erstes in einem Raum voller Spinde. Jeder der 50 Insassen hatte seinen eigenen kleinen, schmalen Spind mit einem Vorhängeschloß sowie ein paar Regale für Sachen, die er nicht unbedingt wegschließen wollte. Links von dem Raum mit den Schränken war ein Waschraum, in dem auf der einen Seite Toiletten und Urinale waren, auf der anderen Seite Duschen und Waschbecken. Die beiden Bereiche waren durch einen Besenschrank voneinander getrennt, in dem Reinigungsmittel und alle Putzutensilien für den Waschbereich aufbewahrt wurden. Durch eine weitere Tür gelangte man in einen großen Raum, in dem es einen Billardtisch gab, ein Klavier und Tische mit Zeitschriften. Hier sollten wir uns in der Freizeit aufhalten und uns entspannen – sofern es Freizeit gab.

Rechts von dem Raum mit den Spinden lag das Zimmer unseres Bewachers (er nannte sich »Hausherr«) und daneben eine Material- und Kleiderkammer. Hinter diesem Raum, in der äußersten Ecke des Gebäudes, befand sich eine winzige Kammer von der Größe eines breiten Schrankes. Eine Liege und ein Nachttopf – mehr gab es nicht darin. Der Raum war fensterlos und hatte keine Beleuchtung, lediglich ein Türschlitz diente der Belüftung. Dies war das berüchtigte »Grab«, die Bowmanvillsche Version der Einzelhaft.

Bald schon sollte ich Bekanntschaft mit dem Grab machen. Es dauerte nur ein paar Tage, bis jemand herausfinden wollte, ob ich Mumm hatte ... Ich konnte ihn davon überzeugen, aber als Strafe für diesen Zweikampf wurde ich einen ganzen Tag lang ins Grab gesteckt.

Disziplin stand in Bowmanville ganz obenan. Wir führten ein Leben nach der Uhr und begaben uns – mit militärischer Disziplin marschierend – von einem Ort zum anderen. Um halb sieben wurde geweckt, um sieben mußten wir geduscht und angezogen im Eßsaal erscheinen. Wenn jemand trödelte oder versuchte, noch zehn Minuten mehr Schlaf herauszuschinden, dann hatte er in der Regel einen harten Tag vor sich. Unsere Wärter waren im Grunde nichts anderes als adrett eingekleidete Schlägertypen.

Manchmal bekamen wir auch Tritte oder Klapse von einem der »Rotschlipse«, so hießen die Insassen, die kurz vor einer Entlassung auf Bewährung standen. Mit ihnen sich anzulegen, war völlig sinnlos, weil man dabei immer den kürzeren zog. Die »Rotschlipse« waren oft Vertraute der Wachen.

An der Krawattenfarbe war übrigens zu erkennen, in welcher Phase des Resozialisierungsprogramms man sich befand. Neue Insassen trugen einen blauen Schlips, sie mußten ständig beaufsichtigt werden und genossen wenige oder gar keine Vergünstigungen. Nach einer Weile konnte man sich zum grünen Schlips hocharbeiten, der einem ein paar Privilegien verschaffte – wie etwa Nachrichten zu übermitteln oder andere einfache Aufgaben zu übernehmen – und damit die Chance, sich Vertrauen zu verdienen. »Rotschlipse« durften sogar in die Stadt gehen oder auf den umliegenden Farmen arbeiten, um ein wenig Geld zu verdienen. Natürlich ließen sie das jeden deutlich spüren.

Nach dem morgendlichen Duschen und Anziehen mußten alle vor der Unterkunft antreten und hinüber zum Eßsaal marschieren. Für das Frühstück, das normalerweise aus Haferbrei bestand oder aus labberigem Toast, gewährte man uns eine halbe Stunde. Bei dreihundert Jungen, die dort beköstigt werden mußten, scherten sich die Köche nicht viel darum, wie knusprig oder goldbraun der Toast wurde. Normalerweise war er kalt und weich. Als Butter gab es eine Art geschmolzene Margarine, die auf das Brot gepinselt wurde.

Obwohl in Bowmanville eigene Milchkühe gehalten wurden, war die Milch immer verdünnt, damit sie länger reichte. Wenn wir hin und wieder Zucker für unseren Haferbrei bekamen, wurde das als echter Luxus betrachtet.

Nach dem Frühstück marschierten die meisten von uns zur Hauptturnhalle zur Versammlung oder direkt in den Unterricht. Zwei oder drei Jungen aus jedem Haus mußten zur Hausarbeit zurückbleiben – dabei kam abwechselnd jeder an die Reihe.

Welche Kurse wir im Unterricht besuchten, hing davon ab, wie wir eingestuft worden waren. Wer für »klug« gehalten wurde, durfte Mathe, Englisch, Geschichte und Erdkunde belegen. Wer auf diesem Gebiet nicht so vielversprechend war, ging zu den Metallarbeiten, Holzarbeiten oder Lederarbeiten. Die letzte Stunde an jedem Tag war der Sportunterricht.

Um 12 Uhr marschierten wir dann zurück zum Mittagessen, das in der Regel aus Hot Dogs oder Leber bestand. Was es an Gemüse gab, hing ganz davon ab, was auf der Farm angepflanzt wurde: Im Sommer gab es oft frische Tomaten, Salat, Gurken und Kohl.

Nach dem Mittagessen folgte die Mittagspause, in der die Raucher sich Zigaretten drehen durften. Der Tabak war stark, und die selbstgedrehten Zigaretten schmeckten furchtbar, aber sie waren besser als gar nichts. Raucher bekamen nur drei Zigaretten am Tag, und Nichtraucher erhielten als besondere Belohnung einmal in der Woche eine Tafel Schokolade oder eine Flasche Cola.

Wenn man sich daneben benommen hatte, wurden einem für einen Tag alle Vergünstigungen gestrichen – manchmal auch für länger. Dann gab es keine Zigaretten, keine Süßigkeiten, gar nichts. Für einen Kettenraucher wie mich war es hart, einen ganzen Tag lang nicht rauchen zu dürfen, also benahm ich mich in der Regel manierlich – es sei denn, jemand fand den schwachen Punkt, um mich wütend zu machen, was nur allzu oft passierte.

Alle Psychologen, die mich getestet hatten, waren immer wieder zu dem Ergebnis gekommen, ich sei »extrem aggressiv und feindselig«. Und damit hatten sie recht. Ich haßte die Welt und alle, die darauf lebten. Einer meiner Lieblingssätze lautete: »Alle Leute sollten einfach tot umfallen.«

Nach der Mittagspause ging es wieder in den Unterricht oder zur Arbeit bis zum späten Nachmittag. Dann marschierten wir zurück zu den Häusern, wo wir uns wuschen und für das Abendessen um 18 Uhr fertig machten. Dieses war in der Regel nicht viel besser als Frühstück und Mittagessen: Kartoffeln, Spaghetti, manchmal fettiges Schweinefleisch oder zähes Roastbeef.

Steak stand nie auf dem Speisezettel, aber zu Thanksgiving und an Weihnachten gab es immerhin Truthahn.

Das Erziehungsprinzip, das in Bowmanville verfolgt wurde, bestand darin, uns eine disziplinierte, geordnete Umgebung zu bieten – was die meisten von uns nie gekannt hatten. Das Hauptgewicht lag auf Resozialisierung und praktischem Training. So blieb es jedem einzelnen überlassen, ob die Zeit in Bowmanville für ihn schlimm war oder erträglich.

Abends gab es Sportangebote und Wettkämpfe in der Hauptsporthalle. Man konnte aber auch Musik hören, lesen oder Billard spielen. Am Samstagsabend gab es immer Kino – das war der Höhepunkt der Woche. Wir bekamen nur ganz selten neue Filme zu sehen. Meistens waren es zweitklassige Western, Komödien oder Krimis, in denen die Bösen natürlich immer gefaßt wurden.

In meinen ersten Wochen in Bowmanville erfuhr ich eine ganze Menge Einzelheiten über diesen Ort – etwa wo es überall Zäune gab. Neben dem Empfangsgebäude und den Unterkünften befanden sich die Krankenstation, die Läden und die Schulgebäude. Am anderen Ende des Geländes waren eine Wäscherei, ein Friseurgeschäft und eine Flickschneiderei. In der Abteilung für Lederarbeiten verbrachte ich viel Zeit und lernte schließlich, wie man Schuhe und alle möglichen anderen Ledersachen herstellt.

Die gesamte Anstalt war umgeben von einem drei Meter hohen Zaun mit zwei Reihen Stacheldraht darauf. Vor dem Hauptgebäude gab es einen Graben, in dem ein Bach floß, der im Sommer gestaut wurde, damit wir darin schwimmen konnten. Wenn man den Fluß überquerte, gelangte man auf das Farmgebiet, wo Rinder und Pferde gehalten wurden. Außerdem gab es große Tomaten-, Kartoffel- und Gemüsefelder. Das Farmgelände war nochmals eingezäunt. Insgesamt umfaßte das Gelände von Bowmanville mehrere Hektar Land.

Weil ich schon so viele Filme gesehen hatte, glaubte ich, alles über Ausbrechen zu wissen ... und beschloß, es selbst zu versuchen. Meinen ersten Versuch unternahm ich an einem schneereichen Abend, am 11. November, nachdem ich die Lage der Gebäude und Zäune genau kannte und alles sorgfältig geplant hatte. An jenem Abend blieb ich nach dem Duschen noch so lange in dem Raum mit den Spinden, bis alle fort waren. Dann schnappte ich meine Klamotten und versteckte mich im Besenschrank, in dessen Boden sich ein Metallgitter befand, das über einem großen Abflußrohr lag. Dieses war so weit, daß ich mich hindurchschlängeln konnte. Ich kroch also hinein, unter dem Zaun hindurch und kam auf einem der Felder wieder heraus. Dann lief ich weiter in Richtung Autobahn, denn ein paar Jungen hatten mir erzählt, daß man nur so hier wegkam: Man mußte es bis zur Autobahn schaffen und dann trampen.

Bei der letzten Kontrolle vor dem Einschlafen, wurde mein Fehlen bemerkt. Die Wachen konnten sich schnell denken, wie ich meine Flucht bewerkstelligt hatte. Sie verfolgten meine Spuren im Schnee und schnappten mich, noch bevor ich die Autobahn erreicht hatte. Sie schlugen mich nicht und waren auch sonst nicht übermäßig wütend. Sie brachten mich einfach zurück und warnten mich davor, es noch einmal zu versuchen, weil ich dann wirklich Probleme bekommen würde. Und natürlich mußte ich wieder ins »Grab«, diesmal für zwei Tage.

Bis Ende November unternahm ich keinen weiteren Fluchtversuch. Aber dann ergab sich plötzlich eine Gelegenheit. Während unserer Freizeit am Sonntag schlenderte ich hinüber zu den Treibhäusern und dann die Straße entlang, die zu den Gemüsefeldern führte. Ich konnte mein Glück kaum fassen ... Das Tor war nicht einmal verschlossen und außerdem noch unbewacht. Ich ging einfach hindurch und schlug mich dann in die Büsche. Ich hielt mich von der Straße fern und erreichte die Eisenbahnschienen, an denen ich entlang ging. Einer der Jungs hatte mir erzählt, daß man irgendwann zur Autobahn käme, wenn man lange genug die Schienen entlang ginge.

Ich hatte es fast geschafft, aber als ich um eine Kurve bog, stand direkt neben den Schienen ein Auto! Ich versuchte noch wegzurennen, aber sie schnappten mich. Einer der Wächter (er war früher Boxer gewesen und hatte einen Ruf zu verteidigen) verpaßte mir ein paar Faustschläge in den Rücken, wobei er genau wußte, wie er zuschlagen mußte, damit man später nichts feststellen konnte.

Sie schleppten mich zurück und warfen mich wieder ins »Grab«, diesmal für fünf Tage. Während ich in dem winzigen Raum saß, schwor ich mir, irgendwie aus diesem Laden herauszukommen. Wie ein Tier im Zoo eingesperrt zu sein, war nicht meine Vorstellung von Leben. Und wenn ich sterben mußte, dann sollten auf jeden Fall ein paar von den Wachen mitgehen!

Nach jedem meiner Fluchtversuche übte das Wachpersonal Vergeltung, indem das ganze Haus sämtliche Vergünstigungen entzogen bekam. Das machte mich nicht unbedingt beliebter beim Rest der Truppe. Ein paar ganz üble Typen waren darunter. Sie beschlossen, mir eine Lektion zu erteilen, weil sie es leid waren, meinetwegen auf Zigaretten verzichten zu müssen.

Eines Abends, als ich aus der Dusche kam, schubste mich jemand von hinten, so daß ich gegen die Wand knallte. Ich wußte gar nicht, wer oder was mich geschlagen hatte, jedenfalls wachte ich im Krankenhaus wieder auf – mit gebrochener Nase und einem gebrochenen linken Arm. Meine Lippen waren völlig aufgeschlagen, aber auf wunderbare Weise waren alle Zähne erhalten geblieben.

Es sollte mir eine Warnung sein. Später erfuhr ich, daß sie das nur gemacht hatten, um allen zu zeigen, wer im Nordhaus das Sagen hatte. Einer der harten Jungs war ein riesiger, stiernackiger Kerl, der unter dem Namen Junky Jinx bekannt war. Ein weiterer großer Typ aus seiner Gang hatte eine Riesennase und sah aus wie ein Grieche. Weil er ein griechisches Restaurant in Sarnia hatte, das Zorba hieß, beschloß ich, ihn Zorba zu nennen – aber das sagte ich ihm nie ins Gesicht.

Der Anführer und wohl auch der gefährlichste aus der Gang war ein Kerl mit langen blonden Haaren namens Larry. Er war ein Sadist und ziemlich unberechenbar.

Larry und der Rest seiner Gang hatten mir zwar eine Warnung erteilt, aber ihnen war nicht klar, daß ich plante, darauf zu antworten. Weil ich es nicht mit allen acht auf einmal aufnehmen konnte, verbrachte ich meine Zeit damit zu überlegen, wie ich sie einzeln erwischen konnte.

Die erste Gelegenheit bot sich mir im darauffolgenden Frühjahr, als wir eine inoffizielle Baseball-Liga gründeten. Damit alles gerecht zuging, wurden Jungen aus den verschiedenen Häusern zu Mannschaften gemischt. Eines Tages war Jinx Fänger für eine andere Mannschaft, und das ohne Maske. Ich stellte mich auf die Wurfmarkierung, und er hörte nicht auf, mich zu provozieren: »Du triffst nie im Leben, Powers. Du schlägst doch sowieso wie ein Mädchen ...«

Ich lächelte nur und packte den Baseballschläger ein bißchen fester. Der Wurf kam, und ich knallte den Ball ins Mittelfeld hinaus. Aber statt den Schläger wegzuwerfen, wie man es als Schlagmann normalerweise tut, warf ich ihn hinter mich, und zwar mit voller Wucht, so daß er direkt auf Jinx' Nase flog. Der Schläger zerschmetterte seine Nase, außerdem waren ein paar Zähne locker, und er war k.o. Ich rannte los zum ersten Base, drehte mich um und sah Jinx auf dem Boden liegen. Ich tat schockiert über den »Unfall«. Die Wachen, die herumstanden, kamen herübergerannt. Einer fragte, warum ich den Schläger beim Wegwerfen so geschwungen hätte.

»Ich ... ich weiß nicht«, stammelte ich, »ich war so aufgeregt, weil ich getroffen hatte, und ich nehme an, ich hab einfach losgelassen.« Jinx wußte es besser, ebenso wie die Jungs aus seiner Gang, aber weil nichts zu beweisen war, wurde ich nicht bestraft.

Ich hielt die Augen offen, um mögliche Vergeltungsschläge von Larry, Zorba und Jinx oder deren Kumpels rechtzeitig zu bemerken, aber nichts geschah. Nachdem ich in der Dusche zusammengeschlagen worden war, hatte jemand sie verpfiffen, und ihnen waren für eine ganze Weile all ihre Vergünstigungen gestrichen worden. Ich nehme an, sie hatten keine Lust, so etwas noch einmal durchzumachen.

Mein zweites Opfer war im Sommer Zorba, diesmal war der Swimmingpool der Schauplatz für meinen Anschlag. Ich hatte gerade fertig geduscht, was Pflicht war, bevor man ins Schwimmbecken durfte, als ich Zorba im flachen Abschnitt des Beckens bemerkte, wie er irgend etwas unter Wasser machte. Ohne zu zögern sprang ich mit den Füßen zuerst hinein, wobei ich auf seinem Rücken landete und seine Brust und sein Kinn auf dem Boden aufschlugen. Er kam verschrammt und blutend hoch, keuchte und spuckte und mußte auf der Krankenstation behandelt werden.

Weil es streng verboten war, einfach in den Pool zu springen, wurde ich für diesen Regelverstoß bestraft. Ich mußte zusätzlichen Küchendienst machen, und außerdem mußte ich für einen Tag ins »Grab«, aber das war es mir wert. Es sprach sich herum, und ich gewann einigen Respekt bei den Jungs. Sie flüsterten: »Leg dich bloß nicht mit Powers an – der ist ein harter Knochen!«

Im Herbst dieses Jahres war ich mit Küchendienst an der Reihe, und ich bekam den Auftrag, die Tabletts und das Silber zu reinigen. Der verrückte Larry mußte an diesem Tag die Teller heiß abspülen, und als er aufblickte, stand ich da und grinste ihn an. Wir bedrohten uns gegenseitig, was wir uns alles gegenseitig antun würden, aber ich grinste nur weiter und provozierte ihn.

Unser Wortgefecht ging ungefähr eine Stunde so, bis Larry ausrastete. Er nahm ein großes Fleischermesser und fing an, mich zu jagen. Ich schnappte mir eine große Suppenkelle und wehrte ihn ab. Einige Leute vom Küchenpersonal hörten den Aufruhr und kamen angerannt, aber bevor sie uns erreicht hatten, rutschte Larry auf dem nassen Fußboden aus und ließ das Messer fallen. Ich schnappte es mir und streifte damit seinen Arm, wobei ich ihn »zufällig« ein bißchen schnitt.

Larry schrie, und als die Wachen versuchten, mich wegzuziehen, drehte er sich um und trat nach mir. Ich streifte mit dem Messer seinen Stiefel, aber irgendwie verfehlte ich das Bein und traf statt dessen seinen Bauch, wo sich eine klaffende Wunde auftat. Larry starb zwar nicht, aber er war schwer verletzt, und die Wunde mußte mit vielen Stichen genäht werden. Wie ein Lauffeuer sprach sich mein Kampf mit Larry herum, und ich bekam den Spitznamen »Crazy Powers«.

Mein »gemeingefährlicher Angriff mit dem Messer« gegen Larry überzeugte das Personal von Bowmanville, daß es nicht tragbar sei, mich mit Kindern meines Alters zusammen zu lassen. Schon am nächsten Tag wurde ich nach Guelph verlegt, eine Erziehungsanstalt für Sechzehn- bis Zwanzigjährige, etwa sechzig Meilen westlich von Toronto.

Mir war das eigentlich egal. Ich wußte, daß es in Bowmanville irgendwann einen Toten gegeben hätte – und der hätte auch ich sein können!

Von mir aus könnt ihr ihn zur Hölle schicken!

»Es ist mir egal, was ihr sagt ... Ist mir doch sch ... egal ... Fahrt doch alle zur ... Lieber bring ich mich um, bevor ich hier bleibe!«

Solche und ähnliche Wutausbrüche sorgten in Guelph dafür, daß ich in die Kategorie »selbstmordgefährdet« eingeordnet wurde und unter spezielle Beobachtung kam. Anfangs war ich in einem Raum mit einer Glasscheibe, durfte keinen Gürtel tragen, keine Schuhe und keine Krawatte. Irgend jemand beobachtete mich durch das Fenster, und ich saß einfach nur da, schnitt Grimassen und lachte über all die blöden Idioten.

Guelph glich mehr einem Gefängnis als Bowmanville. Die Insassen waren alle harte Typen, zu denen ich allerdings keinen Kontakt haben durfte. Innerhalb der Haupteinrichtung gab es noch eine Art Unterabteilung, die Ontario Training School, eine Art Jugendarrest. Dort verbrachte ich die folgenden vier oder fünf Monate – größtenteils in Einzelhaft. Und das machte mich völlig fertig.

Die Wachen in Guelph fanden eine Methode, wie sie mich kleinkriegten: nicht mit Schlägen oder Beschimpfungen, sondern mit Schweigen. Sie sprachen einfach nicht mit mir. So war ich tagelang völlig isoliert. Es war schrecklich für mich, und obwohl ich nicht weinte, brach ich trotzdem zusammen. Zuerst schrie ich und klopfte und rief, dann zog ich mich einfach in mich zurück und sagte nichts mehr. Vom ersten Tag an redeten die Wachen kein Wort mit mir, nicht einmal, wenn sie mir das Essen brachten.

Nach ein paar Wochen begann ich sie anzubetteln: »Bitte sagt doch was ... sagt was ... redet doch ... schreit oder schimpft ... irgendwas, bitte!«

Schließlich kam einer der Wächter zu mir und sagte: »Na, Powers, willst du jetzt reden?«

»Hmm, ich glaube, ja ... «

»Wie geht's dir?«

»Übel«, gab ich patzig zurück.

»Und du willst also, daß ich mit dir rede?« fragte er noch einmal. Ich überlegte, ob er mich vielleicht nur provozieren wollte.

»Hmm. Ich habe doch gesagt, daß ich reden möchte. Was willst du sonst noch?«

Der Wärter lächelte und sagte: »Okay, Powers, wir werden mit dir reden. Es gibt sogar eine ganze Menge, worüber ich reden möchte ... «

Von nun an redete dieser Wärter ziemlich viel mit mir. An seinen Namen erinnere ich mich nicht mehr, aber an unsere Gespräche um so besser. Er kam an meinen Tisch, setzte sich, und wir redeten. Er hatte eine ruhige Art, aber dahinter war etwas, das mich warnte: »Versuch nicht, mich zu veräppeln, sonst bereust du das.«

Ich war den Wachen eigentlich immer gewachsen gewesen und hatte gespürt, wie sie »gestrickt« waren. Schon an ihrem Blick konnte man erkennen, ob sie gemein waren oder nicht. Die Gemeinen fanden immer eine Möglichkeit, einen zu kriegen, wenn man ihnen über den Weg lief. Manchmal war es bei Tisch, indem sie einem mit den schweren Stiefelabsätzen unter dem Tisch die Zehen quetschten. Manchmal trafen sie das Knie oder die Seite, oder sie schubsten einen einfach gegen den Türrahmen, wenn man gerade hindurchging. Es gab so viele Möglichkeiten, einen zu schlagen, zu schubsen, zu verletzen ... einfach um zu zeigen, wer hier Boß war.

Ich wußte, daß auch dieser Wärter alle Tricks kannte und noch ein paar mehr. Aber aus irgendeinem Grund wollte er an mich herankommen. Seine Grundaussage war: »Sieh mal, Powers, du bist natürlich ›Mister Cool‹, der knallharte Typ, aber du hast schon viele Filme gesehen, und denk dran, daß die harten, coolen Typen am Ende immer sterben.«

Wir sprachen darüber, wie ich die alte Frau getötet hatte und ob es mir leid tat. Ich hatte Mr. Woods nicht verletzen wollen, warum also hatte ich ihm den Schädel zertrümmert und ihn dadurch zum Krüppel gemacht? Und was war mit den drei Typen, die ich umzubringen versucht hatte, weil sie mich zusammengeschlagen hatten? Ich erklärte dem Wärter, daß ich sie nicht hatte umbringen, sondern nur eine offene Rechnung begleichen wollen.

Offenbar hatte er meine Akte aus dem Büro bekommen und gründlich darin gelesen. Er wußte alles über mich. Schließlich sagte er: »Powers, du hast eine Chance, wenn du hier rauskommst. Aber ich glaube nicht, daß du es schaffst. Du wirst im Nullkommanichts tot sein, weil du so dumm bist.«

Das ärgerte mich, weil ich wußte, daß ich nicht dumm war, und ich sagte ihm das auch.

»Doch – du bist wohl dumm. Weißt du nämlich, was dein Problem ist? Du hast dich nicht unter Kontrolle, und deshalb schaffst du's nicht. Weißt du noch, was ich dir über die coolen Typen und Gangster gesagt habe? Am Ende sterben die immer. Ich hab das schon viel zu oft erlebt.«

»Ich nicht«, schnaubte ich.

Der Wächter lachte nur, es war ein kurzes, sprödes Lachen, dann sah er mir fest in die Augen. »Das habe ich auch schon hundert Mal gehört. Ich sag dir, Powers, wir verlegen dich zurück nach Bowmanville, aber ich glaube nicht, daß du große Chancen hast. Und beim nächsten Mal, wenn du über die Stränge schlägst, bist du eine lebendige Leiche, weil sie dich dann direkt nach Whitby schikken.«

Vor dem Wärter gab ich es zwar nicht zu, aber bei diesem letzten

Satz schrillten bei mir die Alarmglocken. Whitby, das war eine Einrichtung für kriminelle Geistesgestörte, mit Gummizellen und allem, was dazugehört. Es lag gar nicht weit entfernt von Bowmanville. Als ich in Sarnia im Gefängnis gewesen war, da hatte ich mir große Sorgen gemacht, ob sie mich vielleicht nach Whitby schicken könnten, weil jeder denken mußte, daß ein zwölfjähriges Kind, das eine alte Dame erschießt, einfach verrückt sein muß.

Knapp eine Woche nach diesem Gespräch, im Juli 1951, war ich wieder in Bowmanville. Mir klang noch in den Ohren, was der Wärter gesagt hatte: Sollte ich jemals nach Whitby kommen, dann würden sie mich in eine Gummizelle stecken, und es würde keiner mehr mit mir reden. Aus meiner Erfahrung in Guelph wußte ich, daß ich einfach jemanden zum Reden oder zum Streiten brauchte. Anders konnte ich nicht leben. Und so faßte ich den Entschluß, das Spiel eben mitzuspielen. Ich würde mich vom blauen Schlips über den grünen zum roten vorarbeiten und schließlich Bewährung bekommen ... Ich würde zur Schule gehen und alles aufholen, was ich durch das viele Schwänzen versäumt hatte.

Was Larry und seine Gang betraf, so ging von ihnen keine besondere Bedrohung mehr für mich aus. Junky Jinx hatte es bis zum roten Schlips geschafft und war inzwischen entlassen worden. Ich hatte mir schon immer gedacht, daß er als Profi-Catcher Karriere machen oder als Schläger für einen Kredithai in Toronto arbeiten würde. Larry und Zorba waren zwar noch da, aber man hatte sie ins Mittelhaus mit den besten Sicherheitsvorkehrungen verlegt. Ich kam wieder ins Nordhaus, hatte also wenig mit ihnen zu tun.

Diesmal wollte ich es schaffen. Ich versuchte es noch einmal mit dem Schulunterricht und landete in einer Kombination aus den Klassen drei und vier. Ehrlich gesagt hatte ich beim Lesen und bei allem, was mit Büchern zu tun hatte, nie besondere Fortschritte gemacht. Mit handwerklichen Sachen war das etwas anderes. Ich fing an, in der Wäscherei zu arbeiten, und bekam eine Bescheinigung, daß ich drei verschiedene Maschinen bedienen konnte.

Außerdem fing ich an, Sachen aus Leder zu fertigen – Gürtel und Halsbänder beispielsweise. Der Lehrer, der die Abendkurse für

Lederarbeiten leitete, war Mr. Vanderhoff, ein spindeldürrer Holländer mit schmalen Schultern. Mr. Vanderhoff war zwar streng, aber freundlich und machte einem Mut. Vor allem erkannte er, daß ich kreative Fähigkeiten hatte, und machte den Vorschlag, ich solle eine Lehre in der Lederverarbeitung machen. Dort lernte man, Slipper und Mokkasins herzustellen und auch Schuhe zu reparieren.

Die Lederausbildung war genau das richtige für mich. Ich liebte es, die alten Sohlen von Schuhen zu entfernen, um sie dann neu zu besohlen oder die Absätze zu erneuern. Der Geruch des Leders wurde mit der Zeit tröstlich und vertraut. Mr. Vanderhoff gefielen meine Arbeiten, und er ermutigte mich mit Kommentaren wie: »Das ist gut LaVern, das ist wirklich kreativ ... Übrigens habe ich da auch noch ein Buch, das dich vielleicht interessieren könnte ... Warum versuchst du nicht mal das hier?«

Mr. Vanderhoff war es dann später auch, der meinem Bewährungshelfer den Tip gab, mich bei meiner Entlassung an eine Schuhfabrik zu vermitteln. Den ganzen Herbst und Winter hindurch wurde das Leben besser für mich, weil mir endlich jemand Aufmerksamkeit schenkte und sagte, daß ich etwas gut konnte ... daß ich nicht dumm war.

Innerhalb von ein paar Monaten hatte ich mich zum grünen Schlips hochgearbeitet – und damit standen mir einige zusätzliche Vergünstigungen zu, etwa daß ich Filme vorführen durfte. Ich hatte damals in Sarnia, als ich etwa zehn oder elf Jahre alt war, ein wenig über Filmprojektoren gelernt. Der Onkel eines Schulkameraden war Filmvorführer im Capitol, und als wir eines Samstags nach der Vorstellung hoch in den Vorführraum gingen, zeigte er uns, wie man die Projektoren bediente. Weil ich mich dafür interessierte, ging ich häufig hin und lernte jedes Mal ein bißchen dazu. Schließlich konnte ich sogar die 35-mm-Geräte bedienen, mit denen die großen Filme vorgeführt wurden, sowie die 16-mm-Geräte, mit denen kurze Filme und Werbung abgespielt wurden. Ich lernte, wie man den Film einfädelt und zurückspult, und wußte sogar, wie man den Film repariert, wenn er reißt. Aber natürlich blieb ich nicht dabei. In einer Gang zu sein, zu stehlen und Schlägereien zu veranstalten, das machte mir mehr Spaß.

Eines Samstagabends sah ich mir zusammen mit den anderen Jungs einen Film an, der aber alle paar Minuten riß. Der Mitarbeiter – es war einer meiner Lehrer –, der für das Vorführen der Filme zuständig war, kannte sich gerade gut genug aus, um den Film einzulegen, aber das war's auch schon.

Während er sich mit dem gerissenen Film abmühte, ging ich zum Vorführraum und rief hinauf: »Kann ich Ihnen helfen? Ich kann das reparieren!«

Er blickte durch das kleine Fenster zu mir herunter. »Wenn du meinst, daß du den Job besser machen kannst, Powers, dann mach's einfach – oder halt die Klappe!«

Die anderen Jungs lachten mich aus. Da ging ich einfach die Treppe hinauf in den Vorführraum, wovon der Lehrer nicht gerade begeistert war! Ich sah, daß er versuchte, den Film zu kleben, aber er machte es falsch. Ich wußte, daß es mit Schmirgelpapier besser hielt, und darum fragte ich ihn, ob er welches da hätte. Als er es mir gab, schmirgelte ich damit die beiden Kanten an der Rißstelle, damit der Kleber besser haftete. Dann sagte ich, wir müßten jetzt drei Minuten warten, damit der Kleber richtig trocknen könnte. Genau das war der Punkt. Weil die Jungs so laut schrien und grölten, hatte der Lehrer den Film immer nur schnell zusammengeklebt und gleich wieder eingelegt, damit es weiterging. Ich aber bestand darauf, drei Minuten zu warten, und versprach, das Warten würde sich auszahlen. Und so war es dann auch!

Für den Rest des Abends lief der Film gut, und ich glaube, insgeheim war der Lehrer mir dankbar. In den folgenden Wochen half ich ihm jeden Samstagabend. Ich kam dann ein bißchen früher, und wir ließen den Film langsam per Hand durch den Projektor laufen, wobei ich ihn mit einem Papiertaschentuch reinigte. Dadurch merkten wir auch, wenn es irgendwo Löcher oder Rißstellen gab, die wir vorsichtshalber reparierten.

Mit der Zeit wurde ich der inoffizielle Filmvorführer in Bowmanville. Immer wenn ein Film gezeigt werden sollte, wurde ich gebeten, ihn vorzuführen – nicht nur am Samstag, sondern auch während der Woche, wenn im Rahmen des Schulunterrichts Filme gezeigt werden sollten. Der normale Unterricht fiel mir schwer, weil ich nie richtig lesen gelernt hatte. Aber wenn mir jemand etwas zeigte, das ich mit den Händen machen konnte, begriff ich es sofort und beherrschte es dann auch.

Im März 1952 hatte ich es bis zum roten Schlips geschafft, und meine Bewährungsanhörung stand bevor. Ich war damals sechzehn Jahre alt und in der Lederabteilung soweit ausgebildet, daß ich selbständig draußen leben und mir einen Job in einer Schuhfabrik suchen konnte – wenn es mit der Bewährung klappte.

Die Anhörung fand im Büro des Direktors von Bowmanville statt. Zwei Lehrer nahmen daran teil und ein Wärter, der die meiste Zeit in meiner Unterkunft gearbeitet hatte und mich deshalb gut kannte. Dann war da noch mein zukünftiger Bewährungshelfer Mr. Cuthbertson – für den Fall, daß ich Bewährung bekam.

Plötzlich trat noch jemand zur Tür herein: mein Vater, den ich nicht mehr gesehen hatte, seit ich vor etwa drei Jahren nach Bowmanville gekommen war. Während meines gesamten Aufenthaltes in der Erziehungsanstalt hatte mich niemand aus meiner Familie besucht.

Es war eine der wenigen Gelegenheiten, bei denen ich meinen Vater nüchtern erlebte. Die ausdruckslosen grauen Augen blickten geradewegs durch mich hindurch, und dann setzte er sich mit dem Rücken zu mir hin, ohne mich auch nur zu begrüßen. Mr. Brown las aus meiner Akte vor, zählte alle meine Leistungen auf und berichtete von den guten Fortschritten, die ich gemacht hatte. Schließlich wandte er sich an meinen Vater: »Mr. Powers, wir glauben, daß es nicht gut für LaVern wäre, wenn er wieder in die alte häusliche Umgebung zurückkäme. Aber wir wissen nicht, wo wir ihn sonst unterbringen sollen.«

Mein Vater starrte ein paar Sekunden lang Mr. Brown feindselig an und knurrte dann: »Is' mir doch egal ... von mir aus schickt ihn doch zur Hölle.«

Die Worte meines Vaters schossen mir durch den Kopf wie glühendes Eisen. Ich saß in einem großen hölzernen Lehnstuhl und wäre bestimmt aufgesprungen und hätte mich auf meinen Vater gestürzt, wenn nicht ein Lehrer auf meiner rechten und Mr.

Cuthbertson auf der linken Seite gesessen hätten. Sie packten jeweils eine meiner Hände und drückten sie auf die Lehnen des Stuhls. »Bleib ruhig jetzt, Powers, vermassel nicht alles!« sagte diese Geste.

Irgendwie verstand ich das, und ich verbiß mir den Wutschrei, aber in meinen Gedanken schrie es: »Ich bring dich um, du versoffener Dreckskerl!«

Die Ablehnung meines Vaters hatte mich völlig umgehauen. Ich hatte gedacht, er würde mich mit nach Hause nehmen, wenigstens irgend etwas unternehmen, um mich da herauszuholen. Er hätte wenigstens sagen können: »Ich würde dir ja gern helfen, aber ich weiß nicht wie ... Ich kann dich unmöglich mit nach Hause nehmen, tut mir leid.« Aber ich interessierte ihn nicht einmal soviel, daß er sich zu mir umdrehte und »Hallo« sagte. Er saß nur einfach da und starrte schweigend vor sich hin.

Mr. Brown seufzte, sortierte ein paar Papiere, wandte sich dann an Mr. Cuthbertson und sagte: »LaVern wird in Ihre Obhut überstellt, und Sie werden eine geeignete Unterkunft für ihn finden – ein besseres Umfeld.«

Als Mr. Cuthbertson mich aus dem Raum führte, starrte ich den Rücken meines Vaters an und schwor Rache: »Ich werde dich umbringen! Irgendwann und irgendwie bringe ich dich um! Ich werde hier rauskommen ... und dann bist du dran!«

Deine Vergangenheit interessiert uns nicht!

»Schickt ihn zur Hölle ... Schickt ihn zur Hölle ... « Die Worte meines Vaters dröhnten mir in den Ohren, als ich die Anhörung verließ. Mr. Cuthbertson erlaubte mir, zur Toilette zu gehen, wo ich fluchte, gegen die Wände trat und laut herausschrie, was ich eines Tages meinem Vater antun würde.

Er wartete vor der Toilette, bis ich mich ausgetobt hatte. Als ich wieder herauskam, fragte Cuthbertson: »Na, bist du's jetzt los?«

Ich starrte ihn nur wütend an, aber er lud mich zu einem Kaffee drüben in der Küche ein.

»LaVern, ich habe einen Plan für deine Zukunft«, sagte er.

»Für welche Zukunft? Ich habe doch das Spiel mitgespielt, hab mich aus Ärger rausgehalten, hab mich angepaßt und genau das Lied gesungen, das alle hören wollten ... Sie sehen doch selbst, wie weit mich das gebracht hat.«

»Nein, nein«, sagte Cuthbertson, »das mußt du anders sehen. Vergiß fürs erste mal deinen Vater. Das kannst du jetzt nicht brauchen. Nein, ich glaube, in dir steckt etwas, LaVern, du hast Möglichkeiten.«

Ich sah ihn lange und hart an, und dann platzte plötzlich all der Frust der vergangenen Jahre aus mir heraus. »Ja, klar – tolle Möglichkeiten! Meine Mutter stirbt, und meine Stiefmutter arbeitet als Hure in unserem Haus oben. Mein Vater trinkt und schlägt mich zu Brei. Mein Bruder sticht mich mit dem Messer nieder, weil er mich dabei erwischt, wie ich Geld aus seinem Portemonnaie stehle. Und meine Stiefmutter hat mir mit dem Messer die Hand auf dem Tisch festgenagelt, als ich ein Stück Hühnchen nehmen wollte. Klar, ich strotze nur so vor Möglichkeiten.«

Cuthbertson saß da und hörte ungerührt zu. Als mein Ausbruch vorüber war, trank er seinen Kaffee aus, stand auf und lächelte. »LaVern, du hast ein schweres Leben hinter dir – vielleicht das schwerste, von dem ich je gehört habe, aber wir werden uns dadurch nicht unterkriegen lassen. Ich glaube immer noch, daß in dir was steckt, und wir bekommen dich hier raus.«

Auf sein Wort war Verlaß. Es dauerte nicht einmal eine Woche, bis er mich aufforderte, meine Sachen zu packen. »Wir haben ein paar Vorstellungsgespräche, LaVern«, sagte er fröhlich, »und gar nicht mal so weit weg.« Wir verließen das Gebäude durch den Haupteingang.

»Wohin fahren wir?« fragte ich.

»Nach Batawa, das ist ungefähr 65 Meilen östlich von hier. »Da werden die weltberühmten Bata-Schuhe hergestellt. Eine ihrer besten Fabriken ist in Batawa.«

Unterwegs erzählte Cuthbertson mir ein wenig mehr über Bata-

schrank hing ein Bild von Jesus, wie er an eine Tür klopfte. Über dem Radio hing noch ein Jesus-Bild – und daneben ein Wandspruch mit einem frommen Gedicht.

Ich tat mein Möglichstes, um nicht laut loszulachen, aber sie mußte das Grinsen auf meinem Gesicht bemerkt haben. Ich dachte bei mir: »Du altes Fossil ... ich könnte deinen Stock zerbrechen, und was würdest du dann wohl machen?«

»Clarence, Clarence ... !« rief sie laut und meinte erklärend zu uns: »Ich möchte Ihnen gern meinen Mann vorstellen.« Später erfuhr ich, daß sie Clara hieß. Clara und Clarence, wenn das nicht zusammenpaßte!

Im nächsten Augenblick war ein lautes Knarren zu hören, das Haus schien sogar ein bißchen zu erbeben. Cuthbertson und ich drehten uns zur Küchentür um, die plötzlich völlig ausgefüllt war mit einer Männergestalt. Clarence war etwa 2 Meter groß und hatte eine Figur wie ein Schwergewichtsboxer. Früher war er im Werkschutz bei der Firma Bata gewesen, und obwohl er jetzt Anfang siebzig war, hielt er sich immer noch kerzengerade. Seine riesigen Hände sahen schrecklich stark aus. Ich konnte nur immer denken: King Kong! Plötzlich schien es mir gar keine so gute Idee mehr zu sein, Mrs. Adams' Stock zu zerbrechen.

Cuthbertson langte unter den Tisch und stubste mich vielsagend an, während Clarence einen stabilen Stuhl an den Tisch heranzog und sich hinsetzte. »Nun«, sagte er mit seiner dröhnenden Stimme, »wie geht's dir, mein Sohn?«

»Ganz gut«, murmelte ich, während Cuthbertson in seine Mappe griff, um meine Akte herauszuziehen.

»Ich glaube, ich muß Ihnen ein paar Sachen über Mr. Powers erzählen«, sagte er zu den Adams, »damit Sie seinen Hintergrund kennen. Er kommt gerade aus der Erziehungsanstalt Bowmanville ... « Und dann beschrieb er ihnen, worauf sie bei mir achten müßten. Ich würde für Unterkunft und Verpflegung bezahlen, und er würde alle drei Monate kommen, um nach mir zu sehen. Außerdem müsse ich mich einmal monatlich bei der örtlichen Polizei melden.

Clarence unterbrach Cuthbertson schließlich: »Aber der sieht gar nicht so aus!«

Cuthbertson hielt inne, schaute verblüfft drein und fragte: »Sieht nicht *wie* aus?«

»Na ja, wie jemand aus der Erziehungsanstalt eben«, erwiderte Clarence. »So sieht er nicht aus. Wir wissen nur, daß wir gebetet haben, und Gott hat ihn uns geschickt. Alle unsere Kinder sind erwachsen, wissen Sie, jetzt ist er unser neuer Sohn.«

»Ich bin von keinem der Sohn«, blaffte ich ihn an, »von keinem!«

»Aber du mußt einen Vater haben, sonst gäbe es dich gar nicht«, murmelte Mrs. Adams.

»Kann man wohl sagen«, blaffte ich erneut.

Mrs. Adams ignorierte diese freche Bemerkung und wandte sich an Mr. Cuthbertson: »Wir haben unsere Kinder groß. Sie sind jetzt aus dem Haus und haben selber schon Kinder. Wir haben heute morgen gebetet und dachten, daß wir noch Liebe übrig hätten, um sie jemandem zu geben.«

Dann drehte sie sich um, reichte mit der Hand über den Tisch, tätschelte meine Hand und sagte etwas, das ich nie vergessen werde: »Hör gut zu, deine Vergangenheit interessiert uns nicht. Uns interessiert nur, was Gott mit deiner Zukunft vorhat.«

Das brachte mich für einen Augenblick aus dem Konzept. Ich blickte hinüber zu Cuthbertson und dann wieder zu dem Ehepaar und sagte: »Ich bin nicht gläubig – absolut nicht.«

Mrs. Adams erwiderte fröhlich: »Wir glauben an Jesus. Wir hoffen, daß du das auch irgendwann tust.« Ich wandte mich, fast ein bißchen verärgert, an Cuthbertson. »Muß ich hierbleiben?«

»Nein«, sagte er nachdenklich. »Und sie müssen dich auch nicht nehmen.«

Mrs. Adams stand vom Tisch auf und sagte: »Wir hätten dich wirklich gern bei uns, wenn du bleiben möchtest. Du hast ein hübsches Zimmer ganz für dich. Komm, ich zeig's dir.«

Wir stiegen die Treppe hoch, und ich stellte fest, daß Mrs. Adams ziemlich beweglich war für eine Person, die am Stock geht. Später hörte ich, daß sie den Stock nur gelegentlich brauchte, wenn sie einen Arthritis-Anfall hatte.

Zuerst zeigte sie mir das Bad, das tatsächlich eine abschließbare Tür besaß! In Bowmanville hatten die Waschräume und Toiletten nicht einmal Türen gehabt. Dann gingen wir quer über den Flur in ein relativ großes Zimmer, in dem ein Bett und eine Kommode standen. Vom Fenster aus blickte man auf einen Hügel hinter dem Garten; überall gab es grünes Gras und Bäume. Plötzlich wußte ich eins: Ich wollte auf keinen Fall in die Erziehungsanstalt zurück!

»Also, mein Sohn, nur damit wir uns verstehen, wie heißt du?«

»LaVern«, sagte ich schmollend.

Mrs. Adams sah mich fest an. »Es gibt dort soviel Haß, LaVern. So kannst du doch nicht leben. Bitte bleib hier ... wir brauchen dich.« Dann ging sie ein paar Schritte weg und begann zu weinen.

Am liebsten hätte ich auch geweint, aber ich wollte kein Baby sein. Sie hatte nicht das Recht, so an mir zu zerren. Was hatte sie überhaupt vor?

Sie kam zurück. »Weißt du, mir ist gerade eingefallen, daß du ja ein ziemlich junger Mann bist, und ich dachte ... vielleicht ist dir das Zimmer zu altmodisch. Ist hier etwas, das dir nicht gefällt?«

Ich dachte: »So! Jetzt habe ich die Chance, es der alten Schachtel richtig zu geben ... « Und ich ratterte die Liste der Dinge herunter, die ich nicht mochte. Die Tagesdecke aus Spitze, die Kommode mit dem Deckchen drauf, es gab kein Radio, und ich mochte die frommen Bildchen an den Wänden nicht und den »Gott-segne-dieses-Haus«-Spruch an der Wand.

Sie hörte zu, aber statt wütend zu werden, sagte sie einfach nur: »In Ordnung, das können wir alles ändern.« Wir gingen wieder hinunter, und Mr. Cuthbertson konnte erkennen, daß ich wahrscheinlich bleiben würde.

Mr. Adams sagte: »Ich nehme an, daß ein junger Kerl wie du wahrscheinlich gern fernsieht ... Magst du Eishockey?«

»Ich interessiere mich nicht für Sport«, erwiderte ich. »Ich mag lieber einen guten Krimi oder eine Komödie – etwas, worüber man lachen kann.«

»Ich glaube, unser Sohn Lloyd hat einen Fernseher übrig, den könnten wir einfach hier rüberbringen.«

Es stellte sich heraus, daß die Adams nie fernsahen. Sie hörten Radio, und Mrs. Adams spielte oft Klavier. Ich erfuhr später, daß sie Ehrenvorsitzende des Jugendclubs der Gemeinde war. Sie veranstaltete sogar Partys für die Jugendlichen und stand zur Verfügung, wenn diese irgendwelche Sorgen und Probleme hatten – und die jungen Leute liebten sie.

Diese Beziehung zu jungen Leuten erklärte auch, warum sie mich und meine störrische Art von Anfang an akzeptiert hatte. Die meisten alten Damen wären von meinem Verhalten so geschockt gewesen, daß ich nach fünf Minuten wieder draußen gewesen wäre. Aber Mrs. Adams war anders. Ich war da – von Gott geschickt –, und sie nahm diese Aufgabe an, egal wie provozierend ich mich benahm. Nach ihrem Verständnis war ich ihr neuer *Sohn*. Aber ich mochte diese Bezeichnung überhaupt nicht.

»Nennen Sie mich nicht *Sohn*«, sagte ich zu den beiden. Irgendwie lag mir der Gedanke fern, Sohn eines Vaters zu sein.

Ich willigte ein, es bei den Adams zu versuchen. Cuthbertson machte die Sache zunächst für drei Monate fest und wollte dann wiederkommen, um zu sehen, wie es ging.

Irgendwie mochte ich die alte Dame und ihren Mann, aber all ihr religiöser Schnickschnack und das Reden über Gott störten mich gewaltig. Mein Hauptgrund, dort zu bleiben, war aber, daß ich nicht nach Bowmanville zurück wollte. Der Blick aus meinem Zimmerfenster war doch bedeutend schöner als die Aussicht aus unserem Zimmer im Nordhaus.

Am nächsten Tag begann meine Arbeit in der Bata-Schuhfabrik – das heißt, ich begann mit der Arbeit, die mir zugewiesen wurde. Mit all meinem Vorwissen in der Lederverarbeitung erwartete ich natürlich, daß man mich sofort Schuhe fertigen lassen würde. Statt dessen schickten sie mich in die dritte Etage – dort war die Gummiabteilung –, wo ich kleine Gummiflicken an Laufschuhe kleben mußte.

Für mich war das der langweiligste Job der Welt. Laut Anweisung sollte ich das Oberteil des Laufschuhs in eine Maschine spannen, dann einen markstückgroßen Gummiflicken hineinschieben und einen Hebel herunterdrücken, wodurch Hitze erzeugt wurde. Dadurch wurde der Flicken im Knöchelbereich »vulkanisiert« – und gleichzeitig der Schriftzug »Bata Shoes« aufgestempelt.

Statt also Schuhe herzustellen, begann ich damit, sie zu verzieren ... Aber egal, wenigstens war ich aus dem Gefängnis raus, verdiente mein eigenes Geld, hatte drei gute Mahlzeiten pro Tag und konnte mir sogar hin und wieder einen Drink in einer der Bars am Ort leisten. Außerdem konnte ich meine eigenen Zigaretten kaufen – richtige Zigaretten und nicht die krummen selbstgedrehten. Außerdem erstand ich ein paar neue Klamotten und mußte nicht mehr jeden Tag denselben Schlips tragen.

Bei meiner Entlassung hatte ich 50 Dollar Taschengeld ausgezahlt bekommen, das war schon etwas für den Anfang, aber der echte Kick kam erst bei der ersten Lohntüte: 25 Dollar nach Abzug der Steuern, und das für nur eine Woche Arbeit. Mein Zimmer mit Verpflegung kostete nur 10 Dollar die Woche, also blieben mir 15 Dollar. Ich fühlte mich reich!

Was das Zusammenleben mit Clara und Clarence anging, so hatte es seine Vor- und Nachteile. Ich hatte mein eigenes Zimmer mit Blick ins Grüne. Wenn ich zu Hause war, hielt ich mich die meiste Zeit in meinem Zimmer auf, aber Mrs. Adams machte mich verrückt mit ihrem Klavierspielen ... Vor allem nervte sie mich, wenn sie Choräle dazu sang.

Außerdem beteten die Adams vor dem Essen. Zweimal täglich mußte ich also mitmachen, beim Frühstück und beim Abendessen. Nur beim Mittagessen in der Fabrik blieb ich unbehelligt. Nach ein paar Wochen bei den Adams hatte ich mehr Choräle und Gebete gehört als in meinem gesamten Leben zuvor.

Was hatte ich überhaupt vom christlichen Glauben mitbekommen? Alles, was ich von zu Hause kannte, war Bettys Hetzerei und Gestänker gegen die Kirche. In der Erziehungsanstalt war einmal zu Weihnachten ein Mitarbeiter des Gideon-Bundes gekommen. Wir hatten keine Ahnung, wer das war und was er wollte, aber weil nun einmal Weihnachten war, hatte sich das Gerücht verbreitet, jemand würde kommen und Zigaretten verschenken. Und für eine richtige Zigarette waren wir sogar bereit, eine christliche Veranstaltung aufzusuchen ... Also marschierten wir gruppenweise in die große Halle und warteten gespannt, was sich dort tun würde. Oben auf der Bühne standen ein Klavier und ein Tisch, auf dem kleine weiße Päckchen mit blauen Bändern gestapelt waren.

Der Gideon-Mitarbeiter trat auf die Bühne. »Hallo, Jungs, willkommen zu unserem Weihnachtsprogramm!«

Wir buhten alle im Chor, während die Wachen draußen im Flur saßen und rauchten.

Unbeeindruckt ging der Mann hinüber zu dem Tisch, nahm eines der kleinen Päckchen und sagte: »Wer möchte sich gern als erster ein Päckchen abholen?«

Das klang doch gar nicht so übel. Er hatte nicht einmal gebetet oder irgendwas Frommes gesagt. Anscheinend wollte er uns wirklich nur ein Geschenk überreichen.

Eher zufällig stand ich direkt an der Treppe zur Bühne. Als er fragte: »Wer möchte als erster ... ?« – zack, schon stand ich oben. Ich schnappte mir das Päckchen, aber er hielt mich fest.

»Moment mal!« sagte er. »Wir möchten dir noch danken, daß du zu unserer Veranstaltung gekommen bist.« Ich sah ihn nur an und zuckte mit den Achseln, als wollte ich sagen: »Na und ... «

Er ließ alle anderen Platz nehmen – es waren nämlich Dutzende von Jungen aufgesprungen, um ebenfalls auf die Bühne zu stürmen, und fragte nach meinem Namen.

»LaVern«, antwortete ich.

»Möchtest du dein Päckchen nicht auspacken?«

Ich dachte: »Warum nicht? Ich werde den andern schon zeigen, daß ich als erster das Päckchen Zigaretten bekommen habe.« Ich öffnete, aber statt Zigaretten war ein kleines rotes Buch darin!

»Was zum ... ist denn das?« fragte ich.

»Weißt du wirklich nicht, was das ist?«

»Wenn ich es wüßte, würde ich ja wohl nicht fragen. Es ist ein kleines rotes Buch mit Buchstaben, die so klein sind, daß ich sie kaum sehen kann.«

»Es ist ein Neues Testament.«

Inzwischen grölten die übrigen Jugendlichen nur noch. Manche von ihnen wußten, was das Neue Testament war, aber ich hatte keine Ahnung. Das einzige Mal, daß ich eine Bibel gesehen hatte, war damals gewesen, als ich die Armenkasse in der katholischen Kirche geplündert hatte. Bei einer anderen Gelegenheit waren wir auch in die Baptistengemeinde eingebrochen und hatten Geld aus einem

Schreibtisch gestohlen. Vorn auf dem Altar hatte immer eine riesengroße Bibel gelegen, aber keiner von uns hatte einen Blick hineingeworfen.

An dieser Stelle fing ich an, dem Kerl ein paar passende Worte zu sagen, aber er erwiderte nur: »Verstehst du denn nicht, daß darin steht, wie sehr Gott dich liebt?«

»Keiner liebt mich!« hätte ich fast gerufen.

»Gott liebt dich – darum geht es doch beim Weihnachtsfest überhaupt.«

»Quatsch! Bei Weihnachten geht es um Süßigkeiten und den Weihnachtsmann!«

»Magst du Weihnachten denn nicht?«

»Nein!« Ich hielt inne und sagte dann fast flüsternd: »An dem Tag ist nämlich meine Mutter gestorben.«

Ich konnte ein paar von den Jungen in der ersten Reihe kichern hören, und da wurde ich richtig wütend. Ich wollte sein komisches Buch nicht! Deshalb riß ich ein paar Seiten heraus und warf sie ihm ins Gesicht. Jetzt fingen alle Jungs an zu applaudieren und zu johlen, so daß die Wachen hereinkamen. Sie brachten uns alle zurück in die Unterkünfte. An diesem Tag bekam niemand ein Neues Testament. Auf dem Weg nach draußen schaute ich noch einmal zurück und sah, wie der Mann die Fetzen des Neuen Testaments aufsammelte. Dabei liefen ihm Tränen übers Gesicht.

Bevor ich bei den Adams eingezogen war, hatte ich keine zwei Sätze aus der Bibel gehört. Aber jetzt bekam ich jeden Morgen gleich nach dem Frühstück eine sogenannte »Andacht« zu hören. Dabei wurde aus einer großen schwarzen Bibel vorgelesen. Normalerweise saß ich nur gelangweilt dabei, aber das schien ihnen nichts auszumachen. Sie waren immer heiter und fröhlich und schienen den Gott, zu dem sie beteten, wirklich zu kennen.

Aber ich hatte kein Interesse daran, diesen Gott kennenzulernen. Er hatte noch nie etwas für mich getan: Weder hatte er verhindert, daß meine Mutter starb, noch hatte er mir sonst jemals aus der Patsche geholfen. Ich brauchte Gott nicht – und anscheinend konnte er mich ebenfalls nicht gebrauchen.

In Satans Zimmer

Während meiner ersten Monate in Frankford lebte ich sehr sparsam. Bald hatte ich genug Geld zusammengespart, um mir ein Auto zu kaufen.

Mr. Adams ging mit mir zu einem Gebrauchtwagenhandel in Frankford, dessen Besitzer er kannte, und half mir beim Aussuchen. Es war ein Dodge Coupé, Baujahr 35 für 55 Dollar. Weil ich über sechzehn war und deshalb in Ontario schon Auto fahren durfte, war es kein Problem, einen Führerschein zu bekommen.

Nun war ich unabhängig. Wann immer ich wollte, konnte ich nach Belleville oder Trenton fahren, um dort einen trinken zu gehen. Ich war zwar noch lange nicht 21 (das Alter, das man haben mußte, um alkoholische Getränke zu bekommen), aber ich sah älter aus, und in den Bars wurde nicht nach dem Alter gefragt.

Mir gefiel es in diesen Bars. Es war gemütlich, und die Leute sahen mir gern zu, wenn ich Karten- oder Münzentricks vorführte. In Bowmanville hatte ich fleißig die Tricks aus dem Buch geübt, das ich im Gefängnis in Sarnia bekommen hatte. Weil ich den Ruf hatte, ein Sonderling zu sein, machten die meisten Leute ohnehin einen großen Bogen um mich. Dann zog ich mich in irgendeine Ecke zurück, um mich mit meinen Karten oder mit Münzen zu beschäftigen. Ich glaube, viele haben damals gedacht: »Dieser Powers hält sich für einen Zauberkünstler . . . Der muß echt verrückt sein!«

Nachdem ich aus der Erziehungsanstalt entlassen war, übte ich die Zaubertricks, die ich kannte, wann immer ich konnte. Eines Abends saß ich in einer Bar in Trenton und beobachtete einen Typ, der mit einem Kartenspiel hantierte. Ich fragte ihn, ob ich ihm einen Trick vorführen solle.

Er war beeindruckt und bat mich, den Trick zu erklären.

»Kein Problem, aber nur für einen Drink.«

»Warum nicht?« erwiderte er. Von da an war das meine Methode, um kostenlose Drinks zu bekommen.

Ich lernte immer weitere Tricks dazu. In einer Bibliothek fand ich einige Bücher über Zauberkunststücke, die ich ausprobierte. Das

Lesen fiel mir zwar immer noch schwer, aber weil Skizzen dabei waren, verstand ich in der Regel, was gemeint war.

Eine weitere Quelle für neue Tricks war die Schuhfabrik. Viele Arbeiter dort kamen aus Ungarn oder der Tschechoslowakei und kannten sich mit Zaubertricks aus. Ich freundete mich mit einigen von ihnen an, besonders mit einer Dame aus Budapest, die mir zeigte, wie man aus Teeblättern die Zukunft liest. Außerdem zeigte sie mir, wie man Tarot-Karten legt und die Kristallkugel befragt.

In den Bars Tricks für Drinks vorzuführen war ein Knaller. Wenn einer sowieso schon ziemlich hinüber ist und plötzlich Münzen verschwinden sieht, die dann hinter seinem Ohr wieder auftauchen – dann ist der Drink leicht verdient.

Eines Abends – ich vergnügte mich gerade damit, einen Taschentuchtrick zu üben – bemerkte ich, daß ein junger Mann mich quer durch den Raum beobachtete. Er war mittelgroß, hatte einen dunklen Teint und ein lustiges Lächeln. Nach einer Weile zog er an einen Tisch in der Nähe des Fernsehers um, von wo aus er mich besser sehen konnte. Er saß einfach nur da, nippte an seinem Bier und beobachtete mich, immer mit diesem Lächeln.

Es wurde spät, und ich beschloß, mich auf den Heimweg zu machen. Als ich hinaus auf den Parkplatz ging, bemerkte ich, daß »Smiley« mir folgte. Zuerst dachte ich, es sei vielleicht ein Polizist in Zivil, der mich festnehmen wollte, weil ich als Minderjähriger Alkohol getrunken hatte. Ich wußte, daß ich Probleme bekommen konnte, wenn die Bewährungshelfer herausfanden, daß ich mich in einer Bar herumtrieb. Als der Mann näherkam, hatte ich gemischte Gefühle.

»Hallo, hast du 'ne Minute Zeit?« sprach er mich an.

Ich blieb stehen. »Ja, einen Augenblick habe ich wohl, aber ich muß nach Hause, muß früh raus morgen.«

»Ich habe dich in der Bar beobachtet, wie du deine Tricks geübt hast«, sagte er mit seinem penetranten Lächeln. »Du bist ziemlich gut. Und du könntest noch viel besser sein. Ich bin in einer Gruppe, die was für Zaubertricks übrig hat, weißt du. Ja, wir haben sogar echte Macht – so was hast du bestimmt noch nie gesehen.«

Das machte mich neugierig, und wir redeten eine ganze Weile.

Der Typ hieß Jack, und beim Abschied meinte er: »Warum kommst du nicht mal zu uns raus auf die Farm? Sie liegt ein bißchen außerhalb. Dann können wir zusammen noch was trinken, und ich zeige dir meine Sachen.«

Es war zwar schon spät, aber ich dachte: »Warum nicht?« Also fuhr ich hinter ihm her bis zu dem winzigen Dörfchen Stirling, das etwa zwölf Kilometer nördlich von Frankford lag. Wir bogen auf den Hof einer Farm ein und stellten da unsere Wagen ab.

Drinnen stellte er mich seiner Frau Sonja vor, einer hübschen dunkelhaarigen Frau in seinem Alter. Sie hatte mehrere Freundinnen, die in der Bata-Schuhfabrik arbeiteten, darunter einige Leute aus meiner Abteilung. Sie wollte wissen, wo ich die vielen Tricks gelernt hätte, und ich erzählte ihr, daß ich wegen Raubes und Mordes im Gefängnis gewesen sei und dort ein Buch über Zaubertricks bekommen hätte. Ich wollte sehen, wie sie darauf reagierten, daß sie einen Exsträfling im Haus hatten – aber das schien ihnen nichts auszumachen.

Später fragte Jack mich, ob ich mit ihm nach unten gehen und sein Studio sehen wolle. Als wir in den Keller hinabstiegen, bemerkte ich brennende Kerzen in kleinen Haltern, die an der Wand befestigt waren. Mir kam das merkwürdig vor. Gab es hier keine Lampen?

Dann gelangten wir in einen ziemlich langen, schummrigen Raum. Ein riesiger fünfzackiger Stern mit einem Kreis drumherum war auf den Boden gemalt. An den Wänden hingen merkwürdige Bilder, ein auf der Spitze stehendes Dreieck und eine Ziege, der mitten auf dem Kopf ein großes Horn wuchs. Neben den Bildern standen unleserliche Worte, und an einem Ende des Raumes war eine Bühne mit einem großen Bild von einem Mann mit einem Ziegenkopf.

Jack zündete noch ein paar Kerzen mehr an, dann zeigte er mir einige Dolche und Messer. Während wir redeten, beobachtete er mich genau: »Weißt du, ich weiß, wenn jemand Macht hat oder gern Macht hätte. In dir steckt eine Menge Ablehnung ... Du möchtest dich an jemandem rächen, stimmt's?«

Überrascht murmelte ich: »Ja, woher weißt du das?«

»Das kann ich sehen ... Weißt du, es gibt Möglichkeiten, dies zu erledigen, ohne dabei erwischt zu werden. Hast du dir schon mal gewünscht, jemanden umzubringen – jemanden loszuwerden – und nicht geschnappt zu werden?«

Ich dachte: »Du meine Güte, der Kerl kann Gedanken lesen!« Seit meiner Bewährungsanhörung hatte ich ständig überlegt, wie ich meinen Vater umbringen könnte.

Jack drängte mich: »Möchtest du wissen, wie man Macht bekommt – und noch besser zaubern kann?«

»Klar«, erwiderte ich. Daraufhin führten er und Sonja mir einige atemberaubende Nummern aus ihrem Repertoire vor.

Es war weit nach Mitternacht, als ich schließlich sagte: »Das war toll, und ich möchte bestimmt gern mehr erfahren. Ich komme wieder.«

»Klar«, antwortete Jack. »Du kannst jederzeit vorbeikommen! Und wir können dir noch viel bessere Sachen zeigen als das hier.«

Ein paar Abende später war ich wieder auf der Farm und trank und spielte Karten mit Jack und Sonja und einigen ihrer Freunde. Danach war ich fast jeden Abend dort, um Bier zu trinken, zu reden und neue Tricks zu lernen. Sie fragten mich, wie ich in die Erziehungsanstalt gekommen sei und aus was für einer Familie ich stamme. Das war genau das, was ich brauchte. Ich schüttete ihnen mein Herz aus ... wie meine Mama gestorben sei, wie mein Vater mich krankenhausreif geprügelt habe und wie schrecklich unser Familienleben gewesen sei.

Sie hörten aufmerksam zu und schienen genau zu verstehen, wie ich mich fühlte. Ich konnte förmlich spüren, wie sie meine Bitterkeit teilten, und ich stellte fest, daß viele von ihnen ebenfalls verbittert waren über die Regierung, über ihre Vorgesetzten in der Schuhfabrik – eigentlich über jeden, der Autorität hatte.

Eines Abends brachten sie mich nach unten und ließen mich einen schwarzen Umhang anziehen. Dann tanzten sie alle einen merkwürdigen Tanz mitten im Raum auf dem fünfzackigen Stern. Ich stand einfach da und sah zu. Sie erklärten nichts, und ich stellte keine Fragen.

An einem anderen Abend machte ich dann mit. Ich sang und tanzte und fühlte mich so richtig dazugehörig. Wir faßten uns an den Händen und hüpften zusammen in dem Fünfeck herum. Sie baten die

Geister, daß ich mit dem Geist erfüllt werden möge, und wiederholten ständig einen Namen: Beelzebub.

Erst dachte ich, sie glaubten an irgendwelche Mythologien von den alten Griechen oder Römern. Dann kam ich zu dem Schluß, daß sie wohl Zigeuner sein müßten, weil die meisten von ihnen ungarischer oder tschechischer Abstammung waren und soviel von Zauberei verstanden. Aber langsam kam ich dahinter, was los war, obwohl niemand es mir direkt sagte: Sie waren ein Hexenzirkel, gehörten zu einer Satanistengruppe.

Den ganzen Sommer über ging ich zu Jack und Sonja. Sie und die anderen Mitglieder des Zirkels wurden meine besten Freunde, zu denen ich jederzeit kommen konnte, wenn ich Unterstützung brauchte. Aber ich wollte auch Kontakt zu Jugendlichen in meinem Alter, also besuchte ich öfter Tanzveranstaltungen in der Trenton Highschool oder beim Luftwaffenstützpunkt in der Nähe. Manchmal verabredete ich mich auch mit Mädchen aus der Schuhfabrik.

Zu Weihnachten wurde ich vom Fließband in die Packerei befördert, wo ich Schuhe und Stiefel in Kartons verpacken mußte. Das war nicht viel besser, als Flicken auf Laufschuhe zu kleben, aber es war etwas anderes – und es wurde besser bezahlt.

Um mein Gehalt zusätzlich aufzubessern, klaute ich alles, was nicht niet- und nagelfest war, von meinen Kollegen. In den Pausen schlich ich mich in den Umkleideraum und durchsuchte ihre Taschen nach Kleingeld. Wenn ich an den Arbeitstischen vorbeikam, ließ ich kleine Dinge mitgehen wie Werkzeuge und Schnallen, die ich dann später verkaufte. Ich nahm auch Lederstücke mit und neue Schuhe, die reklamiert oder beschädigt worden waren. Ich schaffte die Sachen in Papiertüten aus der Fabrik heraus, oder ich steckte sie einfach unter die Jacke.

Die gestohlenen Sachen verkaufte ich, soweit das möglich war, in Pfandleihen oder an Leute, die sich keine neuen Schuhe leisten konnten. Das zusätzliche Geld war ein Anreiz, aber wahrscheinlich hätte ich auch geklaut, wenn ich genug Geld gehabt hätte. Ich liebte einfach den Nervenkitzel!

Meine Vorgesetzten waren mit meiner Arbeit sehr zufrieden.

Direkt nach Weihnachten beschloß ich, mich für die firmeneigene Designerschule zu bewerben. Ich begann mich hochzuarbeiten. In den schriftlichen Prüfungen fiel ich gewöhnlich durch, aber wenn es um etwas Praktisches und Visuelles ging, war ich kreativ. Ich konnte zeichnen, entwerfen und kopieren. Schließlich wurde ich in die Entwurfabteilung befördert.

Zwischendurch schickte man mich auch in den Außendienst, wo ich als Vertreter die Filialgeschäfte besuchen mußte, die von der Bata-Fabrik in der unmittelbaren Umgebung betrieben wurden. Bald spielte ich eine wichtige Rolle im Bata-Verkaufsteam von Ontario.

Bei allem beruflichen Aufstieg – ich klaute immer noch, was mir zwischen die Finger kam. Als ich in der Entwurfabteilung war, entdeckte ich, daß ich wirklich schöne Schuhe mit nach Hause nehmen konnte, ohne daß jemand eine Frage stellte. Manchmal, wenn ich auf Verkaufstour war, nahm ich auch einfach Schuhe aus den Ladenregalen mit, verkaufte sie schwarz und steckte das Geld ein.

Auch daheim war nichts vor mir sicher. Mrs. und Mr. Adams bestahl ich ebenso wie jene tschechische Dame namens Helga, die das Zimmer neben meinem gemietet hatte. Helga bewahrte ihr Geld unter dem Bett in einem Koffer auf, das hatte ich zufällig mitbekommen. Und so schlich ich mich hin und wieder in ihr Zimmer und nahm mir ein paar Dollar. Ich nahm nie alles, das wäre ihr aufgefallen. Sie merkte schon, daß etwas fehlte, aber sie konnte es nie beweisen.

Außerdem trank ich weiterhin heimlich Alkohol und verbrachte viel Zeit auf der Farm. Jack und seine Freunde faszinierten und ängstigten mich zugleich. Es gab dort viel Schnaps, es wurden Tabletten geschluckt – manchmal tanzten wir am Ende alle nackt herum. Ich befaßte mich nie besonders intensiv mit der Hexerei, aber manchmal, das mußte ich schon zugeben, spürte ich förmlich, daß »jemand« im Raum anwesend war.

Im Herbst 1954 war meine Bewährungsfrist zu Ende. Mr. Cuthbertson kam noch ein letztes Mal, um nach mir zu sehen. »Du machst dich großartig, LaVern«, sagte er. »Bleib dabei! Und denk daran«, er zwinkerte mit den Augen: »In dir steckt was.«

Jetzt nach Ende der Bewährungsfrist war ich der Meinung, daß ich lange genug bei den Adams ausgehalten hatte. Das ständige Bibellesen und Chorälesingen ging mir schon lange auf die Nerven. Also teilte ich ihnen mit, daß ich ausziehen wolle.

Sie sahen traurig aus, schienen aber meinen Entschluß zu verstehen. »Wir werden für dich beten, mein Sohn«, sagte Mrs. Adams. »Wir lieben dich, und Gott liebt dich auch. Er hat etwas mit dir vor, LaVern, wart's nur ab.«

Ich lachte sie nicht direkt aus – dazu hatte ich zuviel Respekt vor ihnen –, aber während ich wegfuhr, dachte ich: »Vergiß es, alte Schachtel! Mit mir hat Gott bestimmt nichts vor.«

Ein neuer Auftrag von Bata kam mir wunderbar gelegen. Es wurde eine Stelle als Vertriebsleiter in St. Catharines frei, am Südzipfel des Ontariosees, etwa 200 Meilen von Frankford entfernt. Ich fand eine Wohnung etwas außerhalb der Stadt und fing im Herbst an, in jener Gegend Schuhe zu verkaufen. Im Oktober dieses Jahres wurde ich neunzehn – und zu Weihnachten wurde ich entlassen, weil ich Geld aus der Kasse eines Schuhgeschäftes gestohlen hatte.

Daß ich entlassen worden war, machte mir nicht besonders viel aus. Meine Bewährung war vorbei, und es bestand nicht die Gefahr, daß ich wieder in die Erziehungsanstalt mußte. In den folgenden Monaten jobbte ich herum, aber im April ging mir das Geld aus. Ich beschloß, mich mit einem Kumpel namens Karl in Verbindung zu setzen, den ich ein knappes Jahr zuvor bei einer Tanzveranstaltung in der Nähe von Trenton kennengelernt hatte und der eine Polsterei in Belleville hatte. Ich sagte ihm, daß ich einen Job brauchte, und er bot mir auf der Stelle einen an.

Ich zog also wieder nach Belleville und fand eine Wohnung ganz in der Nähe der Polsterei. Karl brachte mir das Polstern bei, und bei meinem handwerklichen Geschick lernte ich es schnell.

Den Herbst und Winter über blieb ich bei Karl. Im darauffolgenden Frühjahr, etwa um Ostern, erfuhr Mrs. Adams, daß ich wieder im Lande war. Sie rief an und bat mich, doch wieder bei ihr und Clarence einzuziehen. Sie wolle auch versuchen, mir dabei zu helfen, daß ich meinen Job bei Bata wiederbekam.

Ich war die Polsterei eigentlich leid – mit Schuhen arbeitete ich wesentlich lieber! Also willigte ich ein und zog wieder zu den Adams. Mrs. Adams rief bei der Firma an und hielt eine »Bitte-gebt-ihm-noch-eine-Chance«-Ansprache, die offenbar viel Gewicht hatte, weil soviele Leute aus ihrer Familie mit Bata zu tun hatten.

Tatsächlich wurde ich zu einem der Vorgesetzten bestellt, wo ich mich für meine Klauerei entschuldigte. »Ich habe das nur getan, weil ich soviel getrunken habe und Spielschulden hatte«, sagte ich und versprach: »Es wird nicht mehr vorkommen! Ich habe meine Lektion gelernt, und ich weiß genau, daß meine Zukunft im Schuhemachen liegt.«

Irgendwie kaufte er mir die Geschichte ab, und man stellte mich wieder ein. Ich ging wieder in die Designerschule und war auch ganz erfolgreich. Natürlich fing ich sofort wieder an, Vorführschuhe mitgehen zu lassen – und alles, was mir sonst zwischen die Finger kam.

Im April dieses Jahres machte ich meinen Abschluß an der Designerschule. Zur Feier des Tages fuhr ich abends mit den anderen nach Trenton, wo wir viel Schnaps und Bier tranken. Ein Mitschüler namens Bob, der mein Hauptkonkurrent in der Schule gewesen war, forderte mich anschließend zu einem Autocrash-Rennen heraus. Viele von uns hatten kürzlich einen Film über Autocrash-Rennen in den USA gesehen.

Wir machten uns also auf zur Trent Canal Road, die zu dieser nachtschlafenden Zeit praktisch menschenleer war. Bob fuhr mit seinem Wagen etwa eine Viertelmeile weiter, während ich in meinem zwei Jahre alten Studebaker wartete. Don, der eine Zeitlang zusammen mit mir in Bowmanville gewesen war und jetzt ebenfalls in der Schuhfabrik arbeitete, wollte bei mir mitfahren – einfach nur so, wegen des »Kicks«.

Als das Startsignal gegeben worden war, gaben Bob und ich Gas und rasten direkt aufeinander zu. Bob muß wirklich betrunken gewesen sein, denn er machte sonst nie beim »Autocrash« mit. Gerade als ich an ihm vorbei lenken wollte, streifte er die rechte Vorderseite meines Autos. Das Lenkrad wurde mir weggerissen, als unsere Wagen sich in einem einzigen splitternden Krachen umeinander drehten. Damals gab es noch keine Sicherheitsgurte, und Don flog geradewegs durch die Frontscheibe. Er war auf der Stelle tot.

Die Polizei kam, Bob und ich wurden wegen Trunkenheit am Steuer angeklagt. Ich war meinen Führerschein los und mußte 500 Dollar Strafe bezahlen. Niemand schien es um Don leid zu tun. Er hatte keine Familie, und weil sich keine Angehörigen meldeten, wurde er in einem anonymen Grab auf einem Friedhof außerhalb von Trenton beigesetzt.

Ich selbst hatte den Unfall mit ein paar Schnittwunden und Kratzern überstanden, und schon fünf Tage später konnte ich wieder zur Arbeit gehen. Meine Kollegen flüsterten hinter meinem Rücken: »Nur daß du's weißt, das ist der Powers – der ist ständig betrunken.«

Mir war egal, was sie sagten. Ich war einfach nur froh, daß ich nicht ernsthaft verletzt worden war – und daß die Polizei nichts von dem Autocrash-Rennen erfahren hatte. Bei meiner Akte wäre ich wahrscheinlich wieder in der Erziehungsanstalt gelandet. Und diesmal sicher in Guelph!

Ich versuchte, Dons Tod zu vergessen, aber die Schuld nagte an mir. Nachts plagten mich Alpträume, in denen ich das Rennen noch einmal durchlebte; kurz vor dem Zusammenstoß wachte ich jedesmal auf.

An einem Freitagabend im Mai, ein paar Wochen nach Dons Tod, ging ich mit einem Mädchen namens Sharon zu einer Tanzveranstaltung auf dem Luftwaffenstützpunkt in der Nähe von Trenton. Sharon arbeitete ebenfalls bei Bata. Sie mußte mich in ihrem Auto mitnehmen, denn an meinem war ja Totalschaden entstanden – außerdem hatte ich keinen Führerschein mehr.

Es war schon sechs Uhr früh, als ich nach Haus kam. Ich hatte ziemlich viel getrunken, war aber noch in der Lage, die Treppe zu meinem Zimmer hochzuschleichen. Auf halber Höhe warf ich zufällig einen Blick durch die Küchentür. Mr. und Mrs. Adams saßen dort und redeten leise – nein, sie beteten! Neugierig blieb ich stehen, ging sogar leise ein paar Schritte zurück, so daß ich besser hören konnte. Die beiden beteten unterdessen für alle ihre Kinder und Enkelkinder. Ich wollte gerade weiter nach oben gehen, als Mrs. Adams anfing für mich zu beten: »Herr, öffne doch unsere Herzen und hilf uns, LaVern noch mehr lieb zu haben ... Befreie ihn doch aus seinem Gefängnis aus Haß und ziehe ihn zu dir ... « Dann fing sie an zu weinen: »O Herr, wir lieben dich ... Wir lieben dich ... Wir lieben ihn auch!«

Ich war völlig verblüfft über das, was ich da hörte, aber ich stieg die Treppe hoch, fiel aufs Bett und war augenblicklich eingeschlafen. Am Nachmittag stand ich auf und duschte erst einmal ausgiebig. Ich fühlte mich hundsmiserabel, deshalb ging ich ein Stück die Straße hinunter, um im China-Restaurant um die Ecke ein paar Tassen Kaffee zu trinken. Danach bummelte ich durch die Stadt und kam schließlich zu »Madills«, dem größten Gemischtwarenladen von Frankford. Mr. Adams hatte davon gesprochen, daß er seine kleine Taschenlampe gern durch eine etwas größere ersetzen würde; außerdem wußte ich, daß seine Frau einige Häkelnadeln und Garn zum Häkeln brauchte. Ich kaufte die Sachen, dazu noch ein bißchen Pfefferminzkonfekt, weil die beiden das gern mochten.

Als ich mit meinen Einkäufen am späten Nachmittag nach Hause kam, waren Mr. und Mrs. Adams in der Küche. Sie begrüßten mich freundlich, erwähnten aber mit keiner Silbe, daß ich zu einer so verrückten Zeit nach Hause gekommen war. Sie hatten wohl gehört, wie ich weggegangen war, und hatten sich Sorgen gemacht, ob alles in Ordnung sei.

»Hier«, platzte ich heraus und überreichte ihnen die Geschenke. Es war fast wie Weihnachten, so sehr freuten sie sich über die Häkelsachen und die Taschenlampe. Und als Mrs. Adams die Süßigkeiten sah, hüpfte sie beinah vor Freude!

»Ich habe mich gefragt«, setzte ich mutig hinzu, »ob ich nicht morgen mit Ihnen zur Kirche gehen kann.«

Mrs. Adams strahlte, wie ich es noch nie zuvor gesehen hatte, und nahm mich spontan in den Arm. Ich umarmte sie ebenfalls und stellte zögernd die wirklich entscheidende Frage: »Würde es Ihnen was ausmachen, wenn ich Sie Mom und Dad nennen würde?«

Sie fing an zu weinen und trat ein paar Schritte zurück. Dann drehte sie sich wieder zu mir hin. »Natürlich kannst du das ... mein Sohn!«

Ungefähr an dieser Stelle hätte ich am liebsten mitgeweint. Seit

Jahren war ich den Tränen nicht so nah gewesen, und ich mußte das Zimmer verlassen, weil ich mich an meinen Schwur erinnerte, nie wieder zu weinen.

Am nächsten Tag ging ich mit den Adams in den Gottesdienst der freien Methodistengemeinde. Fast bedauerte ich schon mein voreiliges Versprechen, aber ich ging mit, weil ich es versprochen hatte. Ich hatte schon früher manchmal gesagt, ich wolle mit in den Gottesdienst gehen, aber jedesmal hatte ich es mir anders überlegt. Ich blieb bis zum Schluß, obwohl der Pastor eine schrecklich lange Predigt hielt, von der ich so gut wie nichts verstand.

In den folgenden Wochen begleitete ich hin und wieder die Adams zum Gottesdienst – obwohl ich es in erster Linie deswegen tat, um ihnen einen Gefallen zu tun, denn ich fand es ziemlich langweilig.

Als ich von St. Catharines zurück nach Belleville gezogen war, hatte ich auch meine Freundschaft mit Jack und dem Rest der Truppe in Stirling wiederbelebt. Ich gehörte ihrem spiritistischen Zirkel zwar nicht direkt an, aber ich hing öfter bei ihnen herum, weil ich einfach neugierig war. Außerdem waren sie freundlich wie immer. Ich wollte unbedingt herausfinden, wie ich meinen Vater umbringen konnte, ohne erwischt zu werden – aber darüber erfuhr ich nie etwas Konkretes.

Im Frühsommer hoffte ich, meine Kontakte zu dem Hexenzirkel persönlich nutzen zu können. Eine wunderschöne Blondine mit einer klasse Figur hatte nämlich angefangen, in der Schuhfabrik zu arbeiten. In dem Augenblick, als ich sie sah, wußte ich, daß ich sie wollte. Judy ging noch zur Schule und versuchte, durch einen Job in den Sommerferien etwas Geld zu verdienen. Ich lernte sie kennen, als sie in meiner Abteilung arbeitete, und erfuhr von ihr, daß sie auch die Adams kannte.

Hoffnungsvoll bat ich eine Frau aus dem Hexenzirkel um Hilfe, die in der Lederabteilung arbeitete. Sie braute mir einen Zaubertrank und sagte, den müsse ich Judy in die Cola mixen. Eines Tages während der Mittagspause hatte ich die Cola gerade präpariert, aber in dem Augenblick, als ich Judy das Glas reichen wollte, wurde ich von jemandem angestoßen, und der Inhalt des Glases landete auf dem Boden. Mann, war ich sauer! Ich hätte ihm eine runterhauen können, aber Judy lenkte mich glücklicherweise ab, indem sie fragte: »Wie geht es denn Mom und Dad Adams? Ich habe sie an den letzten beiden Sonntagen gar nicht gesehen.«

Während sie die verschüttete Cola aufwischte, kamen wir ins Gespräch über die Gemeinde.

»Was bringt dir die Kirche eigentlich?« fragte ich sie. »Für mich ist das nur Hokuspokus. Die wollen doch nur dein Geld, und in der Bibel steht ein Haufen Märchen und Lügen.« Ich spulte alles ab, was ich von meiner Stiefmutter über Glauben und Kirche gehört hatte, aber es schien ihr gar nichts auszumachen.

»Es geht ja nicht nur darum, in die Kirche zu gehen, LaVern«, sagte sie. »Es geht darum, Jesus persönlich kennenzulernen ... zu wissen, daß er für meine Sünden gestorben ist ... daß er sich um mich kümmert und daß er überall mit hingeht.«

Ich starrte sie sprachlos an, und plötzlich wurde mir furchtbar übel. Ich entschuldigte mich, rannte zur Toilette und mußte mich übergeben.

Als ich das nächste Mal beim Hexenzirkel war, erzählte ich dort, was mir passiert war.

Jemand sagte: »Sie ist eine überzeugte Christin, und darum ist sie gefährlich. Es gibt einen großen Unterschied zwischen diesen Christen und einfachen Kirchenmitgliedern. Manche Christen haben sogar mehr Macht als wir.«

Ich zuckte die Achseln und versuchte, unbeeindruckt zu wirken. Aber ich begann mich zu fragen, ob am Christsein nicht doch etwas dran war. Vor allem war ich irritiert, weil mir nie schlecht geworden war, wenn ich in der Nähe der Adams gewesen und all ihr Beten und Singen miterlebt hatte. Ich kam zu der Überzeugung, das liege wahrscheinlich daran, daß sie älter waren, irgendwie harmloser, fast schon mit einem Bein im Grab. Judy dagegen war jung und lebendig. Warum war mir in dem Augenblick schlecht geworden, als sie mir erzählt hatte, was es eigentlich bedeutete, Christ zu sein?

Allen Warnungen meiner Hexenzirkel-Freunde zum Trotz versuchte ich auch weiterhin, mich mit Judy zu verabreden. Sie war zwar freundlich, gab mir aber deutlich zu verstehen, daß ich mir keinerlei Hoffnungen machen sollte. Als Judy am Ende der Ferien die Fabrik wieder verließ, war ich völlig niedergeschmettert. Schließlich tröstete ich mich mit dem Gedanken: »Vergiß sie! Im Meer schwimmen viele schöne Fische ... «

Doch eines Abends klingelte das Telefon. Judy war dran und wollte fragen, ob wir nicht zusammen ausgehen könnten.

»Woher dieser Sinneswandel?« wollte ich wissen. »Den ganzen Sommer wolltest du nicht, also warum jetzt?«

»Ach, ich wollte eigentlich schon«, versicherte sie mir, »aber es war einfach nicht der richtige Zeitpunkt. Wie wäre es mit Samstagabend?«

»Okay«, sagte ich gnädig, aber mein Herz klopfte wild, und mein Blut geriet in Wallung, während wir uns noch ein Weilchen unterhielten.

Weil ich endlich meinen Führerschein zurückbekommen hatte, verabredeten wir, daß ich sie am Samstagabend zu Hause abholen sollte.

Nachdem ich aufgelegt hatte, ging ich noch einmal auf die Straße, zündete mir eine Zigarette an und machte Pläne. »Sie mag mich also. Gut! Ich muß das jetzt richtig anpacken ... mir ein paar neue Klamotten besorgen ... und wirklich guten Schnaps. Erst werden wir tanzen gehen, dann werden wir was trinken und dann ... !«

Ich lächelte in die Dunkelheit und zog noch einmal an meiner Zigarette. Endlich lief es doch so, wie ich wollte!

Der dritte Dieb

Als ich am Samstagabend vor Judys Tür stand, war ich völlig neu eingekleidet. 211 Dollar hatte ich hingelegt für ein neues Sportjackett, ein neues Hemd, Manschettenknöpfe, Hose und ein Paar Designerschuhe für 45 Dollar, die ich durch die Firma günstiger bekommen hatte. Außerdem hatte ich sehr teuren Schnaps im Kofferraum liegen. Für die Verhältnisse der 50er Jahre hatte ich ein kleines Vermögen investiert; aber das war es mir auch wert.

Ich war nervös, weil ich Judys Vater kennenlernen würde. Er war Stahlarbeiter, aber nicht der große bullige Typ, sondern eher dünn und drahtig. Er sagte nicht viel, aber als wir gingen, betonte er noch einmal: »Sorge dafür, daß sie um Mitternacht zu Hause ist.«

Am liebsten hätte ich gesagt: »Was soll denn passieren? Verwandelt sie sich nach Mitternacht in einen Kürbis?« Aber ich hielt lieber den Mund und fuhr los in Richtung Belleville.

Judy hatte einen engen Pulli an, und ihr blondes Haar wellte sich um ihre Schultern. Sie war ein absoluter Hit! Das würde mein Abend werden – ich spürte es genau!

»Also, was wollen wir zuerst machen?« fragte ich. »Wir könnten zu Tobe's fahren und da was trinken, dann ins Autokino und danach nochmal zu Tobe's gehen und was trinken und tanzen.«

Judy lächelte nur ihr süßes Lächeln und sagte: »Nein, wir gehen in den Freimaurertempel.«

»Den Freimaurertempel? Aber da ist samstags gar kein Tanz. Die haben ihre Tanzveranstaltungen immer freitags.«

»Wir gehen trotzdem hin«, war alles, was sie erwiderte.

Ich wollte es mir nicht gleich mit ihr verderben. Sie würde selbst sehen, daß im Freimaurertempel nicht viel los war. Dann konnten wir losziehen und richtig Spaß haben.

Als wir um die Ecke bogen, sah ich, daß lange Menschenschlangen vor dem Gebäude standen. Der Hauptparkplatz war voll, und ich mußte fast einen Block entfernt parken. Als wir in Richtung Eingang gingen, bemerkte ich viele junge Leute – Paare und auch Singles. Es waren nicht viele ältere Leute da, und es war auch nicht zu erkennen, was dort los sein könnte. Ich war schon ein paarmal zuvor dort gewesen, aber immer zum Tanzen. Vielleicht fand an diesem Abend eine ganz besondere Tanzveranstaltung statt?

Ich hörte Musik, aber Stücke, die ich nicht kannte, und als wir ins Foyer kamen, trat ein Mann auf uns zu, der sich wie ein Platzanweiser benahm. Er deutete auf zwei freie Plätze ganz vorn. Spätestens jetzt war mir klar, daß es heute keinen Tanz gab. Der Raum war restlos vollgestellt mit Stühlen, und oben auf der Bühne standen ein Klavier, eine riesige Kinoleinwand und ein Rednerpult.

Als ich gerade fragen wollte, was hier eigentlich los sei, kam ein rundlicher Kerl den Gang entlang gerannt, schnappte sich ein Mikrophon und rief laut: »Laßt uns aufstehen und singen ›Er lebt!‹«

»Wer ist denn gestorben?« fragte ich laut, und alle um uns herum drehten sich um. Judy lachte nur.

Als nächstes hörte ich die Worte »Jugend für Christus«.

»Jugend für wen?« fragte ich.

»Christus«, antwortete sie.

»Ich glaube, ich möchte lieber wieder gehen.«

»Bitte, LaVern, warte noch ein bißchen ... «

Was sollte ich machen? Ich saß in der Falle – und wollte doch gern den Abend mit ihr verbringen. Also mußte ich durchhalten.

Dann stellte der kleine pummelige Kerl – es war der örtliche Jugend-für-Christus-Direktor Jim Blackwood –, einen schlaksigen Typ vor, der Klavier spielte: Wes Arrum war riesig, und ich fand seinen Humor einfach toll. Die Leute im Saal kannten seine Witze anscheinend schon recht gut, aber für mich waren sie alle neu, und ich brüllte vor Lachen. Die Leute drehten sich immer wieder zu uns um, als wollten sie fragen: »Wer ist denn das? Hat er die Witze noch nie gehört?«

Als nächstes sang ein Quartett aus dem Ort ein paar Lieder – nichts Besonderes. Dann kam ein Quiz. Zwei Teenager-Mannschaften traten gegeneinander an und mußten Fragen zur Bibel beantworten. Ich hatte so etwas noch nie gehört, aber wie es schien, kannten sie sich wirklich aus. Nach dem Quiz kam der Referent zu Wort, der während der gesamten folgenden Woche noch in der Stadt sein und in der Aula der Highschool sprechen sollte.

Barry Moore erzählte, daß er einmal Lehrer gewesen sei und demnächst als Missionar nach Frankreich gehen würde. Dann riß er ein paar Witze, und ich fand ihn ebenfalls ziemlich komisch, fast so komisch wie Wes Arrum, und es schoß mir sogar durch den Kopf: »Den Typen würde ich gern mal reden hören!« Als er dann die Themen der Abende aufzählte, war ich mir ganz sicher, daß ich hingehen würde. Am Montag hieß das Thema: »Schnapsparty in der Hauptstadt«, am Dienstag hieß es: »Kurze Bettücher und schmale Decken« und am Mittwoch: »Was ein Kuß sagen kann«.

»Bei solchen Themen kann es ja wohl nicht übermäßig langweilig werden«, dachte ich bei mir. »Mal sehen, ob Judy auch gehen will.«

Der Abend endete mit dem Film »Seventeen«. Der zog mich allerdings ziemlich runter, weil darin eine Szene vorkam, in der ein Typ bei einem Autocrash-Rennen ums Leben kam. Es war wie eine vergrößerte Rückblende zu dem Abend, als Don starb, und für mich war damit der Abend gelaufen. Trotzdem war ich ziemlich beeindruckt.

Weil ich irgendwie niedergeschlagen war, schlug ich Judy gar nicht erst vor, noch etwas trinken und tanzen zu gehen. Ich brachte sie nach Hause, aber ich fragte sie noch, ob sie am Montag wieder zu Barry Moores Vortrag gehen wollte. Sie sagte, daß sie das natürlich wolle, und ging dann ins Haus. Als ich zum Auto zurückkam, stellte ich mit einer gewissen Befriedigung fest, daß ich sie schon um halb zwölf nach Hause gebracht hatte, also weit vor dem väterlichen »Zapfenstreich.«

Am Sonntagabend rief sie mich an, um mich daran zu erinnern, daß ich ihr versprochen hatte, sie Montag zu der Veranstaltung mit Barry Moore mitzunehmen.

»Ja, ja, klar nehme ich dich mit«, sagte ich. »Ich hole dich um halb sieben ab.«

Schnell rief ich noch bei Wayne und Ross an, zwei Kumpels aus der Firma, und erzählte ihnen von Barry Moore und der Veranstaltung. »Das ist wirklich klasse«, sagte ich, »da gibt's echt was zu lachen. Warum kommt ihr nicht mit?« Sie willigten ein, mitzukommen.

Am nächsten Abend saßen wir dann zusammen in meinem Auto und fuhren in Richtung High School. Inzwischen hatte ich ein bißchen über die ganze Sache nachgedacht – und mir war eigentlich gar nicht danach, die Veranstaltung zu besuchen, aber jetzt war ich ja verpflichtet. Ich hatte meine Kumpels eingeladen, und es war zu spät, um zu kneifen.

Wir gingen alle hinein und fanden etwa in der Mitte der Aula Plätze. Den größten Teil des Abends verbrachten Wayne, Ross und ich damit, herumzualbern, uns über den Prediger und den Sänger lustig zu machen und Judy ohne Ende zu blamieren. Aber als Barry

Moore dann einlud, sich zu Jesus zu bekehren und nach vorn zu kommen, gingen Wayne und Ross doch tatsächlich nach vorn! Erst dachte ich, das sollte ein Witz sein, sie wollten mich auf den Arm nehmen – aber ich irrte mich. Sie meinten es wirklich ernst!

Ich saß hinterher gelangweilt herum, während sie mit Mitarbeitern redeten, und dann brachte ich alle wieder nach Hause. Zuerst fuhren wir Judy nach Hause. Unterwegs konnte ich hören, wie meine Kumpels mit ihr darüber sprachen, was geschehen war. Sie sagte nicht viel, aber sie bestärkte sie sehr in ihrem Entschluß. Als sie ausstieg, sagte ich: »Also, ich hole dich morgen abend wieder ab. Aber dann sind die Typen hier nicht dabei.«

Sie sah mich irgendwie überrascht an und sagte dann: »Na klar, ich bin um halb sieben fertig.«

Auf dem Weg zurück nach Frankford fingen Wayne und Ross an, mir zu erzählen, was sie erlebt hatten. Ich sagte ihnen, sie sollten den Mund halten, ich wollte davon nichts hören. Außerdem müßten sie schon selbst sehen, wie sie am nächsten Abend zu der Veranstaltung kämen. Bei mir könnten sie jedenfalls nicht mitfahren.

Am folgenden Abend fuhr ich wieder zu Judy. Immer noch hatte ich all den Schnaps im Kofferraum und bekam langsam Zweifel, ob wir wohl jemals etwas davon trinken würden ... ja, ob ich wohl mit Judy überhaupt irgendwann zur Sache kommen würde. Gleichzeitig fragte ich mich aber auch, warum ich mir eigentlich jetzt zum dritten Mal diesen blöden Prediger anhören wollte.

Der Text, über den Barry Moore an diesem Abend predigte, handelte von den beiden Dieben, die zusammen mit Jesus gekreuzigt wurden. Einer der Diebe bombardierte Jesus mit Beleidigungen: »Bist du nun der Messias? Dann beweise es! Hilf dir selbst und uns!« Aber der andere Dieb wies seinen Komplizen zurecht und sagte: »Fürchtest du Gott nicht einmal jetzt, kurz vor deinem Tod? Wir hängen hier zu Recht. Wir haben den Tod verdient. Der hier aber ist unschuldig.« Und dann wandte sich der zweite Dieb an Jesus und sagte: »Herr, denke an mich, wenn du in dein Königreich kommst.« Und Jesus antwortete ihm: »Ich versichere dir: Noch heute wirst du mit mir im Paradies sein.«

Nachdem er den Bibeltext gelesen hatte, kam Barry Moore richtig in Fahrt. Er hatte einen flammenden, dramatischen Stil, wobei er in der einen Hand seine Bibel hielt und mit dem Zeigefinger der anderen in die Luft stach.

Zwischendurch rief er: »Ihr wißt, wie es ist, wenn man lügt, nicht wahr? Ihr wißt auch, wie es ist zu stehlen, oder?«

Jetzt fühlte ich mich ziemlich unbehaglich. Sicher, ich wollte mit Judy zusammensein, aber so etwas mußte ich mir ja doch nicht antun! Zorn stieg in mir auf, und ich dachte: »Was soll das eigentlich? Ich will möglichst bald zu Tobe's oder sonstwo hin, egal, nur weg von hier.«

Ich signalisierte Judy, daß ich gehen wollte, aber sie konzentrierte sich völlig auf Barry Moore. Er fuchtelte weiter mit dem Zeigefinger in unsere Richtung, und obwohl wir ziemlich weit hinten saßen, hätte ich schwören können, daß er gezielt und direkt auf mich zeigte. Ich konnte es nicht mehr aushalten und sprang auf. Sie sah mich an, blieb aber sitzen.

Wütend schnauzte ich sie an: »Du dumme kleine ... wenn du ihm alles über mich sagen kannst, dann kann er dich auch nach Hause bringen!«

Judy sah mich an, als sei ich verrückt geworden. »Worüber redest du überhaupt?«

»Laß gut sein – ihr könnt von mir aus beide zur ... « Eigentlich hatte ich sagen wollen »Hölle fahren«, aber statt dessen drehte ich mich einfach um, stürmte hinaus, sprang in meinen Wagen und raste los. Ich erinnerte mich an den Schnaps, der noch im Kofferraum lag, und fuhr in Richtung Stirling, wo ich im Hexenzirkel ein paar Trinkkumpanen zu finden hoffte. Aber ich hatte kein Glück, es war niemand zu Hause. Also kehrte ich um und fuhr einfach in der Gegend herum – stundenlang, wie mir schien. Ich hielt kein einziges Mal an, um etwas zu trinken. Statt dessen stritt ich mich und verfluchte jemanden, von dem ich nicht einmal wußte, ob es ihn überhaupt gab. Schließlich bog ich zum Trent Canal in Frankford ab und starrte lange ins Wasser, das träge vorbeifloß.

Mir schoß der Gedanke durch den Kopf: »Warum holst du nicht den Reservereifen aus dem Kofferraum, bindest ihn dir um den Hals und springst ins Wasser?« Ich wollte sterben, aber ich hatte zuviel Angst. So fuhr ich weg vom Kanal und weiter in der Gegend herum.

Etwa gegen halb zwei Uhr morgens kam ich nach Hause und schleppte mich die Treppe hoch in mein Zimmer. Ich fühlte mich total ausgelaugt und elend. Lange saß ich auf meinem Bett und starrte aus dem Fenster hinaus in die Nacht. Ich weiß noch heute das Datum, es war Mittwochmorgen, der 3. Oktober 1956. Während ich aus dem Fenster starrte, bemerkte ich auf dem Hügel zwei Strommasten, die wie ein Kreuz in den vom Mond erhellten Himmel ragten.

Barry Moores Predigt kam mir in den Sinn, die Geschichte von den beiden Dieben, die zusammen mit Jesus vor den Toren Jerusalems am Kreuz gehangen hatten. Auf einmal wurde ich wütend – auf Judy, Barry Moore und besonders auf Gott. Ich fing laut an zu schimpfen. »Blöde Frau, vergiß es doch einfach ... vergiß es!«

Ich zog eine Zigarette aus meiner Jackentasche und versuchte, sie anzuzünden, aber ich warf sie weg, als ich merkte, daß ich das Filterende angezündet hatte. Ich zündete noch eine an und setzte, jetzt fast laut rufend, meinen Streit mit Gott fort.

»Was hast du denn schon jemals für mich getan? Du hast meine Mutter getötet, du hast das Baby meiner Schwester in seinem Bettchen sterben lassen. Du hast zugelassen, daß mein Vater mich verprügelt und dabei fast umgebracht hat. Warum sollte ich dich lieben? Warum? Warum? Warum?«

Ich hielt inne und nahm einen langen Zug aus meiner Zigarette. Da hörte ich eine Stimme: »Weil ich meinen Sohn geschickt habe, damit er für dich stirbt!«

Es klang wie die Stimme von Barry Moore. Aber der war nicht da. Deshalb rief ich: »Mr. Adams?« Keine Antwort. Ich sah im Bad nach – niemand da. Unter dem Bett, im Schrank – aber auch dort war niemand.

Plötzlich fing ich an zu zittern. »Jetzt schnappst du total über ...« Was hatte der Priester aus dem Hexenzirkel gesagt? »Halte dich von den Christen fern, denn sie sind gefährlich – sie haben mehr Macht als wir alle zusammen.«

Laut sagte ich: »Okay, du hast also deinen Sohn Jesus geschickt. Warum?«

Und die Stimme antwortete: »Weil ich dich liebe!«

»Niemand liebt mich!« schrie ich fast mit zusammengebissenen Zähnen.

»Ich liebe dich ... ich liebe dich.«

Schlagartig erinnerte ich mich an Barry Moores Predigt, wie Jesus sich liebevoll dem Dieb zugewendet und gesagt hatte: »Noch heute wirst du mit mir im Paradies sein.«

In diesem Augenblick kam alles in mir hoch – aller Schmerz und alle Verletzungen, die ich in den vergangenen dreizehn Jahren in mir verschlossen hatte. Nein, Gott, ich werde nicht weinen ... ich werde nicht weinen ... Männer weinen nicht! Ich war fast einundzwanzig Jahre alt, und nun stand ich da und konnte meine Tränen nicht mehr zurückhalten.

Ich hockte mich auf den Boden. Es war, als sei in mir ein Damm gebrochen, die Tränen strömten nur so aus mir heraus. Ich konnte nur stöhnen: »Vergib mir, vergib mir ... es tut mir leid, es tut mir so leid.«

Ich weiß nicht mehr, wie lange ich dort saß und weinte – mir kam es vor wie eine Stunde. Ich war müde, so schrecklich müde ... Meine Augen taten weh, ja eigentlich tat mir alles weh, und ich wußte, daß ich schlafen mußte. Voll bekleidet, wie ich war, kroch ich ins Bett, immer noch weinend und wimmernd. Ich rief laut nach meiner Mutter, meiner leiblichen Mutter.

»O Mama, Mama, warum hast du mich verlassen?«

Und ich hörte, wie sie liebevoll zu mir sagte: »Also los, mein Junge, du willst auf dem Pferdchen reiten?«

Schließlich dämmerte ich hinüber in den Schlaf, während der Vollmond hinter dem Hügel verschwand und die beiden »Kreuze« sich in der Schwärze des Himmels auflösten. Fast zweitausend Jahre zuvor hatten zwei Diebe die Chance bekommen, Gottes Liebe zu erfahren. Einer hatte die Chance genutzt, der andere nicht. Heute hatte ein dritter Dieb seine Entscheidung getroffen.

Was ist bloß mit dem Powers los?

Nicht einmal drei Stunden später wachte ich wie immer gegen 6.30 Uhr auf. Mir dämmerte, daß ich ja zur Arbeit gehen mußte. Merkwürdigerweise fiel es mir leicht, aus dem Bett zu kommen. Als ich mich beim Rasieren im Spiegel betrachtete, wunderte ich mich. Die Person, die mich da ansah, wirkte irgendwie verändert.

Ich merkte auf einmal, daß ich eine Melodie summte und mich gut fühlte – nein, ich war sogar fast übermütig. Obwohl ich nur so wenig geschlafen hatte, empfand ich keine Müdigkeit. Ich sprang die Treppenstufen hinunter und begrüßte Mom und Dad Adams am Frühstückstisch.

»Hallo, Mom, hallo, Dad! Wie geht's euch? Hmmm, das riecht aber gut!«

Sie blickten beide erstaunt auf. Das war nicht meine übliche Art der Begrüßung, denn eigentlich war ich ein Morgenmuffel. Doch vor allem war es der neue Ton in meiner Stimme, der sie aufmerken ließ.

Dad Adams kicherte: »Oh, oh! Irgendwas ist passiert! Ich glaube, da ist jemand verliebt ... Hat es eine Verlobung gegeben?«

Er wußte, daß ich mit Judy aus gewesen war, und vermutlich dachte er, wir hätten uns verliebt. Aber Mom Adams sagte: »Nein, nein! Ich weiß, was es ist!«

Ich sah sie mit einem breiten Grinsen an.

»Du hast Jesus angenommen, nicht wahr, mein Sohn?«

Ich blickte nach unten – denn wieder kamen mir die Tränen.

Mom rief nur: »Gott sei Lob und Dank!«

Ich sprang auf. Wir fingen beide an zu weinen und umarmten uns. Ich weiß nicht mehr, wie es mit dem Frühstück weiterging, aber wahrscheinlich konnte ich nichts essen. Wir lasen noch in der Bibel und beteten zusammen.

Dad Adams betete als erster, und ich konnte nicht anders, ich fing wieder an zu weinen. Dann betete Mom Adams und weinte auch. Dad Adams legte seine riesige Hand auf meine Schulter und sagte: »Jesus, hier ist dein Kind.« Dann wollte ich auch beten, aber alles, was ich herausbrachte, war: »Danke für alles, was auch passiert.«

Bevor ich mich auf den Weg zur Arbeit machte, bat ich die Adams für vieles um Vergebung – vor allen dafür, daß ich sie beklaut hatte und hinter ihrem Rücken dumme Witze gemacht hatte.

»In Ordnung, das ist jetzt erledigt. Wir lieben dich«, sagte Dad Adams und legte mir wieder seine Pranke auf die Schulter. »Willkommen in unserer Familie, mein Sohn!«

Endlich schnappte ich mir meine Brotdose und machte mich auf den Weg zur Arbeit. Als ich am Trent Canal entlangfuhr, erinnerte ich mich an die Schnapsflaschen im Kofferraum. Ich bremste, fuhr ein Stückchen zurück und fand einen schmalen Weg, auf dem ich direkt ans Kanalufer gelangte. Ich war so glücklich, daß ich laut lachte.

Als ich den Kofferraum öffnete, sagte ich laut: »Das brauche ich jetzt nicht mehr.« Dann schnappte ich mir die Flaschen – teures Zeug, das ich für ein tolles Rendezvous gekauft hatte – und zerschmetterte sie auf dem Felsen. Irgendwie wurde ich richtig übermütig und zertrümmerte alles, was ich im Kofferraum fand, einschließlich einiger Flaschen Cola. Das machte mir absolut nichts aus ... ich fühlte mich einfach wunderbar und verrückt.

Als ich bei der Arbeit ankam, hielt meine Hochstimmung immer noch an. Ich sagte »Hallo« zu jedem, der mir über den Weg lief, und die meisten blickten mich völlig entgeistert an. Noch nie hatte Powers jemanden gegrüßt. Ich ging nach oben, zog meinen Kittel über und schaltete die Maschine ein. Immer noch kamen Leute herein, und ich begrüßte alle: »Hallo, wie geht's denn so heute morgen?«

Sie starrten mich einfach nur an und gingen schnell weiter.

Nachdem ich das Fließband angeschaltet hatte, wollte ich jemandem helfen, aber er zog nur meine Hand weg und sagte: »Verschwinde bloß. Was ist los mit dir? Was ist mit dir passiert, Powers?«

Zuerst wußte ich nicht, was er meinte, aber dann wurde mir klar, was die anderen von mir denken mußten. Beim Zerschlagen der Schnapsflaschen hatte ich mich vollgespritzt, und jetzt roch ich wie ein Schnapsfaß ... Außerdem hatte ich rote Augen, weil ich kaum geschlafen hatte, und dazu ein seliges Lächeln auf dem Gesicht ...

Für die Kollegen war es keine Frage, daß ich völlig betrunken sein mußte. Sie hatten alle Angst, daß ich jemanden gefährden könnte, besonders wenn die Maschinen liefen.

Um 9.15 Uhr war Frühstückspause. Die Maschinen wurden für eine Weile abgestellt, und jeder packte sein Butterbrot aus. Ich fühlte mich wunderbar.

Auf einmal kam der Vorarbeiter der Etage, Tio Kravacek, ein großer stämmiger Tscheche, zu mir herüber. »Powers, es gibt Beschwerden über dich, daß du betrunken bist und dadurch Kollegen in Gefahr bringst.«

Lachend antwortete ich: »Tio, ich bin nicht betrunken. Ich habe nicht mal einen Schluck getrunken.«

Zweifelnd musterte Tio mich, genau wie die anderen, die sich hinter ihm gesammelt hatten. LaVern Powers behauptete also, er hätte nicht getrunken! Ich war schon oft verkatert zur Arbeit erschienen und mit viel Wut im Bauch. Dann blieb ich normalerweise für mich und ließ die anderen in Ruhe. An diesem Morgen jedoch lachte ich und benahm mich ein bißchen verrückt.

Tio und ich stritten darüber, wie betrunken ich sei oder nicht sei, und er drängte mich immer weiter zur Tür, um mich aus der Halle hinauszulotsen. Die Leute merkten, daß Tio wütend war, daher liefen immer mehr Kollegen zusammen.

Aber ich lachte ihn an und sagte nur: »Komm schon, Tio, laß gut sein ... Mir geht's gut. Ich bin nur einfach glücklich. Mit mir ist alles in Ordnung.« Ich war einfach noch nicht so weit, den anderen zu sagen, daß ich Christ geworden sei. Ich hatte selbst noch nicht völlig begriffen, was mit mir eigentlich passiert war.

Tio wußte nicht, was er mit mir machen sollte. Er roch den Schnaps an meinen Klamotten, merkte nur, daß ich mich anders verhielt als sonst, und meinte schließlich genervt: »Du solltest mir jetzt lieber sagen, was los ist, Powers, oder es ist hier aus mit dir ... Du hast ja schon mal 'ne Pause eingelegt, die nächste könnte dein Ende sein. Mach doch dein Leben nicht kaputt.«

»Nein, Tio«, erwiderte ich, »ich mache gar nichts kaputt.«

»Überleg dir einfach was«, zischte er und versuchte leise zu reden. »Sag meinetwegen, du bist krank.«

»Aber warum sollte ich das, Tio? Ich bin nicht krank. Es ist schwer zu erklären.«

»Also gut, sag's mir einfach, nun mach schon ... Sag mir, was los ist.«

Ich versuchte, irgend etwas zu brummeln, aber er packte mich bei der Schulter. »Sieh mir in die Augen! Und dann sag, was du zu sagen hast.«

Also sah ich ihm direkt in die Augen und sagte laut: »Ich habe heute Morgen gebetet und Jesus gebeten, in mein Leben zu kommen und mir zu vergeben.«

Die Menge der Arbeiter, die um uns herum standen, blieb einen Augenblick lang völlig verdutzt. Dann fing das Gelächter an. Gleichzeitig erschien ein Strahlen auf Tios Gesicht, und im nächsten Moment hatte er mich an sich gedrückt: »Willkommen, Bruder!«

Es stellte sich heraus, daß Tio zur örtlichen Pfingstgemeinde gehörte. Ich konnte nur sagen: »Ja wirklich? Du auch?«

Die ganze Etage schien zu lachen, aber Tio ignorierte die Leute einfach. »Ich verstehe, ich verstehe«, murmelte er. »Komm, wir gehen einen Kaffee trinken ... «

Als wir durch eine Seitentür den Raum verließen, grölte jemand: »Feuert den blöden Kerl!« und dann lachten alle noch lauter.

Tio und ich gingen hinüber zur Cafeteria. Dort fragte er mich beim Kaffee aus, was genau passiert sei. Ich erzählte ihm von Judy und den Barry-Moore-Veranstaltungen – und was in der vergangenen Nacht in meinem Zimmer passiert sei. Dann schilderte ich ihm, wie ich auf dem Weg zur Arbeit die Schnapsflaschen zertrümmert hatte und wie gut ich mich fühlte, seit ich morgens aufgestanden war.

Tio nippte an seinem Kaffee. »Und bei wem warst du in der Seelsorge, wer hat dich beraten und mit dir gebetet?«

»Also ... eigentlich niemand. Ich war einfach in meinem Zimmer und wußte auf einmal, daß Gott mich liebt ... «

»Nur du allein? Sonst niemand? Du solltest noch mal zu dieser Veranstaltung gehen und dort mit einem der Mitarbeiter reden. Dann verstehst du besser, was mit dir passiert ist.«

»Ja, Tio, das mach ich ... das mach ich!«

Wir tranken unseren Kaffee aus und gingen wieder an die Arbeit. Ich fühlte mich immer noch großartig, obwohl die Leute hinter meinem Rücken tuschelten oder mir auch direkt ins Gesicht lachten. Aber das kümmerte mich nicht – wirklich nicht.

In der Mittagspause ging ich noch einmal zur Cafeteria, um mir etwas zu essen zu holen. Als ich nach dem Essen wie gewohnt eine Zigarette rauchte, kamen ein paar Kollegen auf mich zu. »He, Powers, weißt du denn nicht, daß Christen nicht rauchen dürfen?«

»Nein, das weiß ich nicht. Was hat das denn mit dem Christsein zu tun?«

Aber sie lachten bloß und gingen weiter.

Ich hatte noch viel zu lernen über christliche Tabus und was Christen nach Meinung der Leute durften oder nicht durften. Es dauerte fast ein Jahr, bis ich mit dem Rauchen endgültig aufhörte, während ich mit dem Trinken sofort Schluß machte – obwohl ich an der Grenze zum Alkoholismus war. Irgend etwas sagte mir, daß der Schnaps das Sagen gehabt hatte und daß jetzt Gott das Sagen haben mußte.

Als ich um halb fünf Feierabend hatte, eilte ich nach Hause, duschte, räumte auf, aß schnell etwas zu Abend und machte mich dann auf den Weg nach Belleville zu der Barry-Moore-Veranstaltung. Ich wollte möglichst früh da sein, damit ich noch mit ihm sprechen konnte, bevor die anderen Leute kamen. Und so saß ich schon auf der Eingangstreppe, als der Hausmeister kam, um den Saal zu öffnen. Ein paar Minuten später kam Barry zusammen mit Jim Blackwood, dem Direktor von Jugend für Christus. Ich sprach Barry an und fragte, ob er einen Augenblick Zeit für mich hätte.

Zuerst zögerte er. Vielleicht erkannte er mich vom Vorabend wieder – den verrückten jungen Mann, der mitten bei der Veranstaltung aufgesprungen und hinausgerannt war. Aber als ich mich vorstellte und erklärte, daß ich Hilfe brauchte, wurde er freundlich und bat mich, ihm zu erzählen, was passiert sei.

Wir setzten uns zusammen, und er schlug die Bibel auf. Dann bat er mich, ein paar Verse vorzulesen. Ich stolperte über viele Wörter, und schließlich sagte er: »Das fällt dir ziemlich schwer, nicht wahr?«

»Ja, ich kann nicht besonders gut lesen. Ich habe so gut wie keine Schulbildung.«

»Aber du hast doch gesagt, daß du eine wichtige Stelle bei der Bata-Schuhfabrik hast.«

»Ja, das stimmt auch, aber das Lesen fällt mir trotzdem schwer. Mit dem Schreiben klappt es ganz gut, und wenn man mir was zeigt, habe ich keine Probleme. Nur mit dem Lesen, da hapert es ziemlich.«

Barry nickte verständnisvoll, und wir lasen langsam weiter. Zwischendurch fragte er immer wieder: »Verstehst du das?«

»Ja, ich glaube schon. Sie erklären die langen Wörter, und ich glaube, ich verstehe, was es bedeutet.«

Barry ging mit mir die Stellen durch, die er als »Römerweg« der Erlösung bezeichnete. Als erstes lasen wir Römer 3, Vers 23: »Alle sind Sünder und haben nichts aufzuweisen, was Gott gefallen könnte.«

»Weißt du, daß du ein Sünder bist?« fragte er.

»Jetzt weiß ich das, aber vorher hätte ich nur sagen können, daß ich ein Ex-Knacki bin.«

»Was heißt das?«

»Daß ich ... in der Erziehungsanstalt war. Ich habe Leute bestohlen und war in den Tod einer alten Dame verwickelt.«

»Wirklich?« fragte Barry. »Aber ist dir klar, verstehst du wirklich, daß du ein Sünder bist?«

»Ja, das verstehe ich – damit ist das gemeint, was ich alles falsch gemacht habe. Damit ist mein Stehlen, Betrügen und Lügen gemeint.«

»Nein, darum geht es nicht in erster Linie«, widersprach er. »Es ist nicht nur das Stehlen und Lügen – das ist nur ein Teil davon. Das eigentliche Problem besteht darin, daß wir Gott und seinen Sohn nicht wollen.«

Dann ging er weiter zu Römer 6, Vers 23: »Denn die Sünde wird mit dem Tod bezahlt. Gott aber schenkt uns in der Gemeinschaft mit Jesus Christus, unserm Herrn, das ewige Leben, das schon jetzt beginnt und niemals aufhören wird.«

»Weißt du, was mit diesem Bezahlen gemeint ist?« fragte Barry mich.

»Ja, das ist das, was ich verdient habe«, antwortete ich.

»Richtig! Und für das, was du gegen Gott getan hast, für deine Sünde also, hast du eigentlich die Todesstrafe verdient. Sie ist fällig, und eigentlich müßte sie auch vollstreckt werden. Aber du bist begnadigt worden, denn Gott hat die Strafe für dich bezahlt und dir das ewige Leben geschenkt. Du hast ein schweres Leben gehabt, und Gott wird nicht ändern, was passiert ist, aber trotz aller deiner Sünden ist er bereit, das zu ändern, was von jetzt an geschieht. Er hat den höchsten Preis bezahlt, damit du dieses Geschenk bekommst. Du brauchst nichts zu tun, als seinen Sohn anzunehmen. Glaubst du das?«

Was da letzte Nacht in meinem Zimmer passiert war, wurde mir jetzt ein bißchen klarer. Ich sah Barry direkt an und sagte: »Ja.«

Dann ging er weiter zu Römer 10, Verse 9 und 10: »Denn wenn du mit deinem Munde bekennst: ›Jesus Christus ist der Herr‹, und wenn du von ganzem Herzen glaubst, daß Gott ihn von den Toten auferweckt hat, dann wirst du gerettet werden. Wer also von Herzen an Christus glaubt und seinen Glauben auch bekennt, der erlebt, was es heißt, von Christus erlöst zu sein.«

»Also, jetzt hör mal zu, LaVern: Was du da heute morgen in der Fabrik gemacht hast, als du vor all den Leuten deinem Vorgesetzten gesagt hast, was los ist, das heißt: mit dem Mund bekennen. Aber ich möchte mit dir über das Glauben im Herzen sprechen. Weißt du, wo dein Herz ist?«

»Ja, hier«, sagte ich und tippte auf meine Brust.

»Das Ding da in deiner Brust kann ersetzt werden«, sagte Barry und tippte mit seinem Finger gegen meine Brust, »aber das hier nicht.« Dabei tippte er sich mit dem Zeigefinger gegen die Schläfe.

Und dann tippte er wieder mit dem Zeigefinger auf meine Brust. »Denk daran, das da kann ersetzt werden, aber dies hier ... «, und er tippte mir sacht gegen die Schläfe, »ist das, womit du denkst. Das ist der Ort, wo du wirklich glaubst. Verstehst du?«

Ich verstand nicht.

Barry sprach mit großer Eindringlichkeit weiter: »Ich habe eine gute Nachricht für dich, LaVern, und du mußt das glauben. Du mußt an Gottes Wort glauben, weil jeder Tag deines Lebens ein Kampf sein wird. Die Sünde wird nicht einfach bereitwillig aus deinem Leben verschwinden. Du mußt denken ... so glaubt man im Herzen, daß Gott einen errettet hat.«

Und dann kamen wir zu Johannes 3, Vers 16. Als Barry den Vers las, setzte er meinen Namen ein: »Denn Gott hat LaVern so sehr geliebt, daß er seinen einzigen Sohn für ihn hergab. Jeder, der an ihn glaubt, wird nicht verlorengehen, sondern das ewige Leben haben.«

Gott hat LaVern so sehr geliebt! In meinem ganzen Leben hatte ich noch nie die Worte »Ich liebe dich« gehört, nicht einmal von meiner Mutter. Sie liebte mich, aber sie hatte mir das nie gesagt – das war einfach nicht ihre Art. Und alles, was mein Vater getan hatte, war das genaue Gegenteil.

Ehrlich gesagt wußte ich eigentlich gar nicht, was wirkliche Liebe war. Meine Jahre in der Straßengang und in der Erziehungsanstalt hatten mich gelehrt, das Wort Liebe als etwas Billiges und Seichtes zu betrachten. Ich liebte Süßigkeiten, liebte Schokolade, liebte Geld, oder ich liebte ein Mädchen wegen der sexuellen Befriedigung. Aber vor langer Zeit, als ich noch ein ganz kleiner Junge gewesen war, der auf dem Rücken seiner Mutter »Pferdchenreiten« gespielt hatte, da war die Saat der Liebe gesät worden und nie ganz verloren gegangen. Die Samen waren zwar verkümmert und hatten jahrelang geruht, aber in jenem entscheidenden Augenblick in meinem Zimmer waren sie aufgegangen. Wenn ich in der vergangenen Nacht seit dreizehn Jahren zum ersten Mal geweint hatte, dann deshalb, weil mir klar wurde, daß da wirklich jemand war, der sich um mich sorgte. Gott hatte seinen Sohn für mich hergegeben. Ich war erwünscht.

Als Barry meinen Namen in den Bibelvers einsetzte, war ich überwältigt. Die Tränen flossen in Strömen, und ich weinte, ohne mich zu schämen.

Ich weiß, daß du weißt, daß du weißt!

Barry Moore wartete geduldig, während ich weinte. Der Chor hatte gesungen, und anschließend sollte er sprechen. Aber er blieb noch bei mir sitzen.

Ich weiß es nicht genau, vielleicht waren ihm meine Tränen auch peinlich. Ein Kerl von 21 Jahren weint doch nicht ... Barry kannte mich damals noch nicht. Erst im Laufe der folgenden Jahre sollten wir uns besser kennenlernen, und ich merkte, daß Barry längst nicht so emotional veranlagt war wie ich. Er hatte zu mir gesagt: »Dein Herz ist hier oben« und sich dabei an die Stirn getippt. Für Barry hieß glauben: die Bibel zu verstehen und dann das zu glauben, was Gott uns versprochen hat.

Für mich war das Christsein immer etwas, das ich tief in mir spürte. Ich verstehe, ich glaube – aber ich fühle die Liebe Gottes auf eine Weise, die sehr persönlich und sehr real ist.

Der kleine Junge, der geschworen hatte, nie wieder zu weinen, und das auch dreizehn Jahre lang durchgehalten hatte, weint jetzt als Mann sehr leicht. Es ist nicht so, daß ich Tränen benutze, um damit Spannungen oder Gefühle wegzuspülen. Ja, manchmal sind mir meine Tränen sogar unangenehm, besonders wenn es mich auf der Bühne erwischt, wenn ich rede oder etwas vorführe. Dann kämpfe ich mit den Tränen, weil viele das Weinen für unangebracht halten, als sei es ein Zeichen für Schwäche oder Mangel an Glauben. Aber wenn ich gegen die Tränen ankämpfe, weiß ich, daß ich gegen den Heiligen Geist ankämpfe.

Im Laufe der Jahre bin ich meiner Familie gegenüber immer emotional gewesen und habe häufig geweint, einfach um sie wissen zu lassen, wie ich ihnen gegenüber empfinde. Ich erkläre, daß ich sehr allein und voller Angst war, bevor ich Christ wurde. Es ist eine furchtbare Tragödie, wenn man sich von absoluter Einsamkeit verzehren läßt, bevor man überhaupt das Leben entdecken kann. Ich danke Gott, daß ich ihn gefunden habe (eigentlich ist es umgekehrt, er hat mich gefunden!), bevor mich die Einsamkeit bei lebendigem Leib auffressen konnte. Und als Gott erst einmal die harte, aber zerbrechliche Schale geknackt hatte, die ich mir zugelegt hatte, da flossen die Tränen leicht.

Ich habe meinen Töchtern Tina und Paula oft gesagt: »Wenn Gott in unser Leben kommt, dann weiß man, daß man weiß, daß man weiß! Man weiß, daß man geliebt ist, und man weiß, daß man es weiß. Man weiß es einfach – ohne jeden Zweifel. Aber das alles war mir an diesem Abend im Jahre 1956 noch nicht klar.

Barry wartete, bis ich mich wieder gefangen hatte, und dann zeigte er mir noch einen Vers. Es war Johannes 1, Vers 12: »Die ihn aber aufnahmen und an ihn glaubten, denen gab er das Recht, Gottes Kinder zu sein.«

»Hast du ihn aufgenommen, LaVern?« fragte Barry.

»Ja, sicher, das habe ich!«

»Also gut, Kumpel! Alles, was ich dir jetzt noch sagen kann, ist: Willkommen in Gottes Familie! Ich muß jetzt gehen, aber wir sehen uns nachher noch.«

Das waren fast die gleichen Worte, die am Morgen Dad Adams zu mir gesagt hatte. Ich hatte gedacht, er wolle mich in seiner leiblichen Familie auf ganz neue Weise willkommen heißen, weil ich Christ geworden war. Doch als Barry Moore jetzt das gleiche sagte, begriff ich es richtig: Ich gehörte zur Familie Gottes. Und ich wußte, daß es stimmte!

Nach den Veranstaltungen von Barry Moore veränderte sich mein Leben in mancherlei Hinsicht.

Erstens änderte ich meinen Namen. Ich hatte den Namen LaVern schon immer gehaßt, während mir der Name Paul gut gefiel. (Ich wußte damals noch nichts über den Apostel Paulus.) Nachdem ich jetzt »neu geboren« war, schien mir das ein guter Zeitpunkt für einen Wechsel. Also bat ich die Leute, die mich kannten, mich von nun an mit dem neuen Namen anzusprechen. Wenn ich neue Leute kennenlernte, stellte ich mich gleich als Paul Powers vor.

Auch meine Freizeitgestaltung änderte sich. Statt samstags trinken und tanzen zu gehen, verbrachte ich die Abende in allen möglichen Veranstaltungen von Jugend für Christus. Ich sagte zu Jim Blackwood, dem örtlichen Leiter, daß ich gern helfen würde. Von da an teilte ich Liederbücher aus, stellte Stühle auf und bediente den Filmprojektor. Ich nahm meine Aufgaben sehr ernst, ja ich hielt diese Pflichten sogar für wichtiger als meine Arbeit in der Schuhfabrik, wo ich inzwischen eine leitende Position hatte mit hundert Leuten unter mir.

Selbstverständlich brach ich auch den Kontakt zum Hexenzirkel ab. Als sich meine Bekehrung herumsprach, schlich sich eins der

Mitglieder dieses Zirkels zu mir und ließ mich wissen: »Es ist besser, wenn du nicht über uns redest ... Paß gut auf, was du sagst.«

Ich antwortete: »Warum sollte ich über euch reden wollen? In meinem Leben sind andere Dinge wirklich wichtiger.«

Ich lehnte jetzt nicht nur die Hexerei ab, sondern hörte auch mit den Zaubertricks auf, besonders mit Kartentricks. Meine Tarotkarten warf ich weg, ebenso die Kristallkugel sowie alle Gegenstände, die ich von meinen Freunden aus dem Hexenzirkel bekommen hatte. Diese Tricks gehörten zu meinem alten Leben, mit dem ich nichts mehr zu tun haben wollte.

Eine weitere Sache, mit der ich Schluß machen mußte, war der Haß auf meinen Vater. Ein paar Wochen, nachdem ich Christ geworden war, nahm mich eines Abends ein Mitarbeiter von Jugend für Christus beiseite und sprach mich auf meine Ablehnung und Bitterkeit an. Er wußte ziemlich viel über meinen Hintergrund und kam besonders auf meine Bitterkeit gegen meinen Vater zu sprechen. Er wollte wissen, ob ich meine Familie informiert hätte, aber ich sagte nur: »Nein, ich hasse meine Eltern.«

Da erklärte er mir, was die Bibel zum Thema Haß und Vergebung sagt. Ich war beschämt und versprach ihm, Gott um Hilfe zu bitten, daß ich meinen Eltern vergeben könne.

Mom Adams drängte mich ebenfalls, meine Familie anzurufen und zu versuchen, wieder Kontakt mit meinen Angehörigen aufzunehmen. Ich kam zu dem Entschluß, daß ich meinen Vater gar nicht so sehr haßte, aber ich liebte ihn auch nicht richtig. Schließlich erklärte ich mich bereit, anzurufen.

Betty war dran und knallte sofort den Hörer wieder auf die Gabel, als sie meinen Namen hörte. Ich versuchte es noch einmal, aber sie legte wieder auf. Beim dritten Versuch verlangte ich über die Vermittlung einen persönlichen Anruf für Albert Powers.

Mein Vater kam ans Telefon, und ich platzte heraus: »Hier ist LaVern. Ich wollte dir nur sagen, daß ich jetzt zur Kirche gehe und dich nicht mehr hasse.«

Mein Vater lachte – ein kurzes, bitteres Lachen – und sagte: »Ich hab kein Geld mehr, und ich habe keine Zeit mehr«, und dann legte er auf. Als nächstes schrieb ich Briefe, um zu erklären, was mit mir passiert sei. Ich wolle ja sein Geld gar nicht; ich wolle ihm nur von Jesus Christus erzählen und von der Erlösung von der Sünde.

Ich bemühte mich wirklich, meinen Glauben zu bezeugen. Aber ich fürchte, in meinen Briefen standen auch Dinge, die ihn beschuldigten und verurteilten. Gott hatte mich verändert und mich aus all dem herausgeholt, und ich wollte so gern, daß meine Familie erfuhr, was passiert war. Ich wollte nicht, daß sie in die Hölle kamen, aber ich ließ sie auch wissen, daß sie auf dem besten Weg dorthin seien . . . Ich zitierte knallhart aus Traktaten und aus der Bibel, wo von der Verdammung der Ungläubigen die Rede war.

Ich bat Bekannte, für meinen Vater und für Betty zu beten, und schrieb auch weiterhin Briefe, die aber nach dem dritten oder vierten Anlauf mit dem Vermerk »Annahme verweigert« zurückkamen.

Immer wenn ich von einem Prediger hörte, der in der Gegend von Sarnia unterwegs war, bat ich ihn, doch bitte meine Eltern aufzusuchen. Einige mögen das auch getan haben, aber es half nicht.

Etwas, das ich aufrecht erhielt, war meine Beziehung zu Judy. Ein paar Tage nach der Evangelisation mit Barry Moore rief ich sie an, um mich für mein Verhalten zu entschuldigen. Wir kamen wieder zusammen und gingen regelmäßig zu Veranstaltungen von Jugend für Christus. Von nun an benahm ich mich wie ein perfekter Gentleman – auf keinen Fall schmiedete ich noch Pläne, sie betrunken zu machen, um sie dann zu verführen. Eines Tages würden wir heiraten, da war ich mir ziemlich sicher.

Nachdem ich Christ geworden war, wurde mir schnell klar, daß ich unbedingt besser lesen lernen mußte. Bei meinen Versuchen, in der Bibel zu lesen, mühte ich mich zwar mächtig ab, doch ich kam kaum weiter. Das war entmutigend, und deshalb wollte ich dagegen etwas unternehmen.

Anfang des Jahres schrieb ich mich in einer Abendschule ein, um meinen Schulabschluß nachzuholen. Die Lehrerin hieß Mrs. Sandenburg und war eine alte Dame mit Knoten und Brille. Sie trug immer dunkle Kleider, und ihre Haut war ebenso runzelig wie die von Mom Adams.

Am ersten Unterrichtsabend sagte sie: »Ich möchte jetzt, daß alle

Neukanadier, die hier Englisch lernen wollen, etwas über sich erzählen.«

Da saß ich nun als Kanadier zwischen all den Japanern, Chinesen, Tschechen und Ungarn, die unbedingt Englisch lesen lernen wollten, um kanadische Staatsbürger werden zu können. Miss Sandenburg bat uns, unsere Namen zu nennen und zu erzählen, wo wir herkamen, wo wir jetzt wohnten und welche Erwartungen wir an den Unterricht hatten.

Als ich an der Reihe war, stand ich auf: »Mein Name ist Paul Powers. Ich komme aus Frankford, Ontario. Ich arbeite bei der Bata-Schuhgesellschaft, und ich möchte lesen lernen.«

Mrs. Sandenburg starrte mich an: »Was?«

»Ich möchte lesen lernen«, erwiderte ich. »Ich bin nicht dumm.«

»Das habe ich auch nicht gesagt, junger Mann«, antwortete sie bissig.

»Nun, mir ist mein ganzes Leben lang gesagt worden, ich sei dumm. Aber das bin ich nicht.«

Mrs. Sandenburg sah mich immer noch an. Sie lächelte nicht, fragte sich aber offensichtlich, wie dieser Typ in ihren Unterricht geraten war. Als sie später herumging, um sich die Handschrift der einzelnen Schüler anzuschauen, machte sie bei mir halt und sagte: »Ich möchte nach dem Unterricht mit Ihnen sprechen. Ich glaube, ich kenne Sie.«

Nach dem Unterricht ging ich zu ihr, und sie sagte: »Sie gehen sonntags in die Bethel-Gemeinde, nicht wahr?«

»Ja, das ist meine Gemeinde.«

Mrs. Sandenburg erklärte mir, sie sei dort ebenfalls Gemeindemitglied, und fügte hinzu: »Möchten Sie wirklich lesen lernen?« Ich bestätigte ihr das, woraufhin sie meinte: »Nun, dann können Sie auch Ihre Bibel als Unterrichtsbuch benutzen; sie ist das beste Lesebuch.«

»Mr. Moore hat mir eine Bibel mit dem Alten und dem Neuen Testament drin gegeben. Es ist ein ziemlich dickes Buch.«

Mrs. Sandenburg nickte zustimmend und wies mich als erstes ins Johannesevangelium ein. Immer, wenn wir im Unterricht lesen sollten, las ich in der Bibel. Außerdem kümmerte sie sich immer wieder besonders um mich. Ich las ihr laut vor, und sie ließ mich dann den

Inhalt nacherzählen, um sicherzugehen, daß ich auch verstand, was ich las.

Als meine Freunde von Jugend für Christus erfuhren, daß ich wirklich lesen lernen wollte, um die Bibel zu verstehen, bekam ich von vielen Hilfe angeboten. Ich las ihnen Abschnitte vor, und sie stellten dann Verständnisfragen.

Ich ging jetzt in die Bethel Chapel Gemeinde, weil zwei der Platzanweiser von Jugend für Christus und auch der Leiter Jim Blackwood dazugehörten. Ursprünglich hatte ich vorgehabt, samstagabends nach Belleville zu einer Veranstaltung von Jugend für Christus zu fahren, bei Freunden zu übernachten und dann am nächsten Morgen mit Jim und den anderen zum Gottesdienst zu gehen.

Aber jeden zweiten Sonntag, wenn es keine Veranstaltung von Jugend für Christus gab, ging ich mit Mom und Dad Adams in Frankford zur Kirche. Später begleitete ich auch häufig Jim Blackwood, um ihm bei Evangelisationsveranstaltungen zu helfen.

Jim war für ein Gebiet mit einem Radius von etwa hundert Meilen verantwortlich, und wir fuhren überall hin, um Billy-Graham-Filme zu zeigen.

Als ich besser lesen konnte, trat ich dem Bibelquiz-Team von Belleville bei. Im Sommer 1957 wurde unser Team sogar ostkanadischer Meister. Im selben Jahr wurden wir im Juli zu einem internationalen Wettkampf in Winona Lake, Indiana, eingeladen. Ich fuhr also mit der Quizmannschaft, um sie anzufeuern, und außerdem tat ich mein Möglichstes, um mit einigen Teammitgliedern zu trainieren. Gleichzeitig war ich der Oberclown der gesamten Gruppe.

Im Rahmen dieser Veranstaltung sprach an einem Abend auch Bob Pierce (der Gründer der Organisation »World Vision«) zu dem Thema: »Was tust du hier – um Himmels willen?« Der mehrdeutige Titel war provozierend, aber Pierce meinte es wirklich ernst. In seiner ruhigen, aber sehr direkten Art forderte er Tausende von uns auf, einmal zu überschlagen, was wir hier auf der Erde für die Sache Jesu taten. Sein Vortrag war für mich ein Meilenstein in meinem geistlichen Leben. Als ich nach Hause kam, wußte ich, daß ich in den vollzeitlichen Dienst für Jesus gehen wollte – irgendwann und irgendwo.

Judy und ich waren noch bis Ende 1957 fest befreundet, aber kurz vor Weihnachten merkten wir beide, daß aus unserer Beziehung nichts Dauerhaftes werden konnte. Wir trennten uns in aller Freundschaft.

Einmal ein Dieb, immer ein Dieb?

Ehrfürchtig beobachtete ich, wie Jimmy mit seinen langen geschmeidigen Fingern brillante Tricks mit Seidentüchern, Münzen und anderen Gegenständen vorführte. Jimmy Lake, der in jenem Sommer eine Jugend-für-Christus-Evangelisation leitete, war bekannt für seine Tricks mit Seidentüchern. Die Vorführungen verblüfften und faszinierten gleichermaßen.

Nach der Vorstellung ging ich zu ihm. Ich war ein bißchen durcheinander, weil meine Erlebnisse mit dem Hexenzirkel mich zu der Überzeugung gebracht hatten, Christen dürften nichts mit Zauberkunst zu tun haben.

»Ich habe früher Kartentricks gemacht, aber jetzt nicht mehr«, wagte ich mich zögernd vor.

Jimmy lächelte und sagte: »Ich mache auch keine Kartentricks.«

Es stellte sich heraus, daß er ganz klare Grenzen hatte bei dem, was er an Täuschungskunststücken auf der Bühne zeigte. Bestimmte Tricks zeigte er aus Überzeugung nicht. Jimmy Lake, der früher einmal Vorsitzender des Magierverbandes gewesen war, beeindruckte mich zutiefst. Nachdem er Christ geworden war, hatte er angefangen, durch seine Kunststücke geistliche Wahrheiten zu illustrieren. Mittlerweile war er als Evangeliums-Zauberkünstler in den vollzeitlichen Dienst getreten.

»Durch meine Tricks gewinne ich die Aufmerksamkeit der Leute«, erklärte er, »und ich bringe rüber, was sie von der Bibel verstehen sollen. Wenn man die Augentür öffnet, wird dadurch die Ohrentür geöffnet und schließlich auch die Herzenstür!«

Jimmy Lakes Methode machte mich nachdenklich. Vielleicht würde ich meine Zaubertricks ja doch eines Tages wieder einsetzen können. Aber so weit war ich noch nicht. Die Leiter unserer Jugend-für-Christus-Arbeit wollten für ihre Veranstaltungen ausschließlich Profis, keine Amateure – und ich war noch Amateur. Ein paar Jahre später half Jimmy mir sehr dabei, professioneller zu werden beim Vorführen meiner Tricks.

Es gibt Tausende von Leuten auf der Welt, Christen und Nichtchristen, die Mitglieder des Magierverbandes sind. Fast alle machen nebenberuflich Vorführungen für eine geringe oder gar keine Gage. Viele Leute betrachten ihr Handwerk als reine Unterhaltung, aber der echte Evangelisations-Zauberkünstler übt sein Handwerk mit Hingabe aus. An dem besagten Abend bei der Jugend-für-Christus-Veranstaltung sah ich diese Hingabe bei Jimmy Lake. Und ich beschloß, seinem Beispiel zu folgen.

Den Sommer 1959 verbrachte ich ähnlich wie die vorangegangenen: Ich war unterwegs mit Jugend für Christus oder »World Vision«, hielt Vorträge und zeigte Filme in Ontario, Quebec und den Küstenprovinzen. Am Ende des Sommers war dann der Ruf in den vollzeitlichen Dienst stärker als je zuvor. Ich wußte, daß ich meine Stelle bei Bata aufgeben mußte, um mir mehr Bibelwissen anzueignen. Danach würde ich bereit sein, das zu tun, was Gott mir auftrug.

Im September 1959 zog ich nach London, Ontario, um dort ein Bibelseminar zu besuchen. Außerdem arbeitete ich weiter mit Jugend für Christus und hielt Vorträge, wenn ich darum gebeten wurde. Ein Teil der Arbeit bei Jugend für Christus hieß Life Line (»Lebenslinie«) und führte mich in Gefängnisse und halboffene Einrichtungen für jugendliche Straftäter. Während ich eine halboffene Einrichtung der Heilsarmee besuchte, lernte ich den sechzehnjährigen Tom kennen, der wegen Einbruchs schon einige Monate Erziehungsanstalt hinter sich hatte. Als ich ihm meine Geschichte erzählte, schien in seinem Gesicht irgend etwas zu dämmern. »Hast du gesagt, daß du in Sarnia aufgewachsen bist?« fragte er mich.

»Ja, und nachdem ich eine Frau niedergeschossen hatte, bin ich auf der Flucht vor der Polizei direkt durch London gekommen.«

»Und wie war noch dein Nachname?«

»Powers – mein richtiger Name war LaVern, aber vor ein paar Jahren habe ich mich in Paul umbenannt.«

»Kennst du mich denn nicht? Ich bin Tommy. Ich bin dein Stiefbruder, der kleine Junge , auf den du immer aufpassen mußtest!«

»Tommy! Na klar! Wie geht es dir?« Wir unterhielten uns noch sehr lange, und ich berichtete ihm, wie Gott mein Leben und mich selbst verändert hatte. Bevor ich ging, hatte Tommy mit mir gebetet und sein Leben Jesus übergeben.

Ich war noch gar nicht lange in London, als ich die Gelegenheit bekam, bei einer Veranstaltung in Sarnia zu helfen, und zwar im Rahmen einer Evangelisation mit Barry Moore. Sobald wir dort ankamen, fuhr ich zu meinem Elternhaus. Als ich an die Tür klopfte, machte ein jüngerer Bruder auf, doch sobald er mich erkannte, schlug er mir die Tür vor der Nase zu.

Ich ging ums Haus herum zur Hintertür und klopfte dort. Mein Vater, der gerade aus dem Keller kam, öffnete. Da standen wir uns nun gegenüber, zum ersten Mal seit über sieben Jahren. Bei unserer letzten Begegnung hatte er gesagt: »Von mir aus schickt ihn doch zur Hölle!«

Vater hatte sich nicht sehr verändert. Derselbe ausdruckslose Blick, das Weiße in seinen Augen war gelblich verfärbt vom Trinken. Er lächelte nicht und schien nicht einmal überrascht, mich zu sehen.

Ich versuchte ein Lächeln: »Hallo, Vater!«

Der Gesichtsausdruck meines Vaters blieb unverändert, seine kalten grauen Augen durchbohrten mich. »Was machst du denn hier?«

»Ich wollte nur ein paar Minuten mit dir reden. Ich möchte mich entschuldigen, daß ich euch all die unfreundlichen Briefe geschrieben habe, kurz nachdem ich Christ geworden war.«

Der Hauch eines Lächelns huschte über sein Gesicht, und er deutete ein Achselzucken an. »Ich habe von Tommy gehört. Er hat geschrieben, daß er dich getroffen hat.«

»Ja, Tommy und ich hatten ein tolles Gespräch. Ich habe versucht, ihm ein bißchen beim Bibellesen zu helfen.«

Erstaunlicherweise wurde mein Vater jetzt neugierig und wollte reden. Er bot mir ein Bier an, aber ich lehnte dankend ab und sagte ihm, ich würde mich gern mit Tommy anfreunden. »Vielleicht kann ich ihn ja mal mitbringen, wenn ich Freigang für ein Wochenende für ihn beantrage«, bot ich an.

Jetzt kam meine Stiefmutter in die Küche und beteiligte sich an dem Gespräch. Ich erwartete eine Menge Feindseligkeit, aber vielleicht hielt die Anwesenheit meines Vaters sie in Schach. Sie war nicht gerade herzlich, aber auch nicht offen feindselig.

»Ich nehme an, du hältst dich jetzt für was Besseres als wir«, stichelte sie.

»Nein, Betty«, erwiderte ich, »ich gehöre zu den ganz Schlimmen, aber Gott liebt mich trotzdem. Das ist alles, was zählt.«

Vater saß einfach nur da und hörte zu, während er hin und wieder einen Schluck Bier trank. Wir redeten noch ein wenig, und schließlich luden sie mich zum Abendessen ein. Lehrer und Freunde an der Bibelschule hatten mir erklärt, daß es sich nicht lohne, Leute zu verärgern, wenn man mit ihnen über den Glauben spricht. Deshalb blieb unser Gespräch ziemlich oberflächlich und allgemein. Ich fragte nach dem Ergehen aller Familienmitglieder, und natürlich berichtete ich ihnen, wie es mir ergangen war.

Als ich ging, lud ich meinen Vater und Betty zu der Abendveranstaltung mit Barry Moore ein, aber sie hatten kein Interesse. Ich verbarg meine Enttäuschung und versprach, sie noch einmal zu besuchen, eventuell sogar zusammen mit meinem Stiefbruder.

Am Abend erzählte ich Barry Moore von dem Besuch bei meiner Familie und daß ich sogar zum Abendessen geblieben sei. Barry legte mir den Arm um die Schultern und sagte: »Übertreib's aber nicht, Kumpel, mach keinen Druck. Hier gibt es gute Chancen – bete einfach weiter für sie ... und tu das Richtige mit deinem Stiefbruder.«

Im Laufe des nächsten Jahres besuchte ich Tommy häufig in dem Heim der Heilsarmee, das speziell für Kinder aus kaputten Familien eingerichtet war – eine Vorstufe zur Erziehungsanstalt sozusagen. Er bekam nie die Erlaubnis, mit mir zusammen seine Familie zu besuchen, aber er durfte an einigen Jugend-für-Christus-Veranstaltungen in London teilnehmen, die ihm offenbar gefielen. Außerdem belegte er einen Fernkurs beim Moody Bible Institute. Schließlich wurde er entlassen und zog wieder nach Sarnia zu Vater und Betty.

In den folgenden beiden Jahren hatte ich einen vollen Terminkalender. Ich besuchte das London Bible College, hielt Vorträge für Jugend für Christus, zeigte Filme und war auch weiterhin in der »Life Line«-Abteilung aktiv. Im Sommer 1961 belegte ich mehrere Kurse über Jugendarbeit am Moody Bible Institute in Chicago.

Trotz all meiner Bibelschulausbildung machte ich nie einen Abschluß, weil ich immer zuviel zu tun hatte und überall mitmischte. 1962 öffnete sich schließlich eine Tür, als in der Gegend von London der Leiter der Jugend-für-Christus-Arbeit in den Ruhestand ging und ich gebeten wurde, vollzeitlich als kommissarischer Leiter zu arbeiten.

Ich nahm das Angebot an, allerdings zögernd, denn die Rolle eines Leiters behagte mir eigentlich nicht. Mein Selbstwertgefühl war immer noch alles andere als intakt, und ich versuchte den Mangel zu verbergen, indem ich mir teure Kleidung zulegte und ein schickes Auto fuhr. Das bescheidene Gehalt, das ich von Jugend für Christus bekam, reichte nie aus, und schon bald steckte ich bis über beide Ohren in Schulden.

Damals mußte ich feststellen, daß der diebische LaVern von einst immer noch quicklebendig war, auch wenn er inzwischen Paul hieß. Ich begann, mein bescheidenes Gehalt »aufzubessern«, indem ich Geld aus den Umschlägen mit Spenden nahm, die per Post kamen. Mein Plan war ziemlich einfach: Ich nahm einen Umschlag mit Anschreiben und Bargeld, holte das Geld aus dem Umschlag und legte den Umschlag in die Schublade mit einer Notiz darauf, wieviel ich entnommen hatte. So behielt ich den Überblick, wieviel ich Jugend für Christus schuldete – in der festen Absicht, das Geld so schnell wie möglich zurückzuzahlen.

Aber mein rasanter Lebensstil, zu dem es unter anderem gehörte, toll auszusehen, wenn ich da oben auf der Bühne stand, mein Auto zu unterhalten und Leute nach den Veranstaltungen zum Essen einzuladen, brachte mich immer weiter in Zahlungsrückstand.

Irgendwann mußte das auffliegen – dummerweise ließ mich ausgerechnet ein Mädchen hochgehen, mit dem ich früher einmal gegangen war! Carol war Sekretärin bei Jugend für Christus, und sie hatte irgendwann Verdacht geschöpft, daß etwas mit den Finanzen nicht stimmte. Statt mir etwas zu sagen, informierte sie Bryan, den Leiter des Bibel-Clubs, mit dessen Schwester Penny ich seit kurzem befreundet war.

Ich hatte keinerlei Verdacht, daß mir jemand auf die Schliche kommen könnte – bis ich eines Tages ein paar Umschläge nicht finden konnte, die ich sorgfältig in meinem Schreibtisch versteckt hatte. Ich fragte mich, ob Carol sie vielleicht gefunden hatte, konnte aber nichts beweisen – und fragen wollte ich sie natürlich auch nicht.

An diesem Wochenende fand eine große Evangelisationsveranstaltung in London statt. Hinterher gingen wir noch alle zusammen in ein Restaurant am Ort. Wie üblich hatte ich keinen Pfennig Geld in der Tasche.

Beim Verladen unseres Materials in den Kofferraum meines Wagens entdeckte ich einen einzelnen Umschlag, in dem die Einnahmen des Büchertisches waren. Niemand merkte etwas, als ich schnell 25 Dollar Bargeld aus dem Umschlag nahm und dann weiter Liederbücher und anderes Material einpackte, unter anderem auch eine Geldtasche mit weit über 300 Dollar, der Kollekte des Abends.

Ich ging mit in das Restaurant und lud dort, wie üblich, die Jugendlichen zum Essen ein, die an dem Abend mitgeholfen hatten.

Plötzlich kam Claude Card, ein Mitglied des Jugend-für-Christus-Vorstandes an unseren Tisch und bat mich kurz mitzukommen. Wir gingen nach draußen.

»Paul, der Vorstand möchte mit dir reden – und zwar sofort – in Dr. MacKenzies Büro.«

Ich wußte nicht richtig, was eigentlich los war, aber ich hatte das dumpfe Gefühl, daß mein Spiel aus war. Als ich eintrat, warteten schon alle auf mich – Carol, Bryan und mehrere andere Vorstandsmitglieder, darunter Gordon Duke und »Buzz« Winslow, ein älterer Mann, der für mich eine Art Vaterfigur war.

Jetzt war ich wirklich beunruhigt. Gab es noch eine Chance, wie ich mich herausreden konnte, oder würde diesmal das Schwert wirklich über mir niedergehen?

Buzz Winslow ergriff das Wort und kam direkt zur Sache: »Wir müssen über ein paar Dinge in deinem Leben sprechen.«

Jetzt wußte ich, daß ich in der Falle saß, aber spielte den

Ahnungslosen. »Ich weiß nicht, was du meinst? Habe ich meine Arbeit nicht richtig gemacht?«

Buzz zog ein Blatt Papier hervor, auf dem die Spenden und die Einnahmen des Büchertisches aufgelistet waren: »Jemand hat die Einnahmen des Büchertisches heute abend festgehalten, und es fehlen 25 Dollar.«

Ich blickte hinüber zu Carol und sah ein triumphierendes Aufflackern in ihren Augen. Offenbar hatte sie das Geld gezählt, bevor wir das Auto beluden. Ich hatte die 25 Dollar genommen. Alles Leugnen half jetzt nichts.

»Ja ... habe ich.«

»Es war aber keine Notiz in dem Geldumschlag, und du hast das mit niemandem abgesprochen.«

Ich versuchte, mich irgendwie zu entschuldigen, und sagte: »Also, ich bin schließlich der Gebietsleiter, und die Kids haben auf mich gewartet. Außerdem hatte ich vor, es später zurückzuzahlen.«

Meine edlen Absichten ignorierend, bohrte Buzz weiter: »Paul, so was ist schon öfter vorgekommen.«

»Wer sagt das?« brauste ich auf.

»Kannst du das hier erklären?« fragte Buzz und legte all die Umschläge auf den Tisch, die ich in meiner Schreibtischschublade versteckt hatte! »Deinen eigenen Aufzeichnungen zufolge hast du fast 500 Dollar genommen.«

Jetzt steckte ich wirklich in der Klemme! Ich wurde ziemlich sauer, weil ich dachte, daß Carol hinter mir her spioniert hatte.

Nach einem langen Schweigen fragte Buzz: »Also, hast du es getan?«

»Ja, ich habe das Geld genommen, aber ich habe auch versucht, es wieder zurückzutun.«

»Du verdienst nicht viel, Paul. Wie wolltest du das denn jemals zurückzahlen?«

»Was soll ich denn jetzt deiner Meinung nach tun?« fragte ich ein bißchen trotzig.

»Du wirst das alles zurückzahlen müssen. Und wir müssen darüber reden, wie das aussehen kann.«

Die anderen Vorstandsmitglieder nickten beifällig.

»Na gut, während ihr hier weiter redet, kann ich ja schon verschwinden!« explodierte ich. Ich machte auf dem Absatz kehrt und rauschte hinaus. Dann stieg ich in mein Auto und fuhr quer durch die Stadt zum Jugend-für-Christus-Büro.

Während ich den Kofferraum öffnete und all das Material auslud, einschließlich der Geldtasche mit den Spenden des Abends, und damit nach oben hastete, dachte ich immer nur: »Es ist zu Ende … Du bist fertig … Du bist erledigt … Du schaffst es einfach nicht … Du bist wieder auf die Nase gefallen, und das einzige, was du tun kannst, ist verschwinden.«

Mir war elend, und ich schämte mich. Was sollten bloß Mom und Dad Adams denken? Was war mit Jim Blackwood und Barry Moore? Sie waren im Westen unterwegs, aber was würden sie sagen, wenn sie zurückkamen? Und dann war da noch mein Vater – ganz zu schweigen von Betty. Die würden sich bestimmt ins Fäustchen lachen.

Ich öffnete den Safe, legte die Geldtasche mit den Spenden hinein und schloß die Tür.

»Wenigstens können sie mir das nicht nachsagen!« dachte ich bei mir.

Als ich wieder die Treppe hinunterging, kamen mir zwei Vorstandsmitglieder von Jugend für Christus entgegen. »Was machst du hier, Paul?« fragte Claude Card.

»Ich habe die Spendentasche hergebracht, das Quizmaterial und die anderen Sachen. Das Geld ist im Safe, und die Sachen stehen auf dem Treppenabsatz.«

»Paul, du mußt dich mit dieser Sache auseinandersetzen«, bat Claude. »Du mußt zurückzahlen, was du dir genommen hast.«

»Nein, muß ich nicht … Ich hau ab … Ich gehe weg … irgendwohin, nur weg hier.«

»Aber ich möchte, daß du bleibst«, protestierte Claude. »Wir möchten, daß du das in Ordnung bringst.«

»Ich werde nirgends bleiben! Laßt mich durch!«

Ich übergab Claude meine Büroschlüssel, schob ihn praktisch beiseite und rannte nach draußen zu meinem Auto. Mit dröhnendem Motor fuhr ich vom Parkplatz und beschloß, in Richtung

für Jesus anging. Es gab keine Hoffnung mehr. Ich würde den Rest meines Lebens Schuhe verkaufen ... Wenigstens das konnte ich noch.

Nachdem ich bei meiner Stiefschwester und meinem Schwager in Toronto eingezogen war, hatte ich mich sofort mit dem Geschäftsführer der Bata-Filiale in der Innenstadt in Verbindung gesetzt. Er kannte meinen Namen und wußte um meinen guten Ruf im Schuhhandel. Ich hatte mir auch nicht die Mühe gemacht, ihm noch mehr über mich zu erzählen – beispielsweise daß ich bei Bata einmal gefeuert worden war, weil ich dort Geld geklaut hatte, und daß meine Arbeit bei Jugend für Christus beendet worden war, weil ich Geld »geborgt« hatte, um mein Gehalt aufzubessern.

»Was er nicht weiß, macht ihn und mich nicht heiß«, sagte ich mir. »Ich habe viel gute Arbeit für Bata geleistet, und ich kann Schuhe verkaufen wie sonst keiner ... Und was Jugend für Christus angeht, das ist halt dumm gelaufen. – Ich wollte das Geld ja zurückzahlen, aber ich hatte nun mal keine Chance ...«

Um meine Probleme zu verdrängen, stürzte ich mich in die Arbeit und setzte mich selbst unter Druck, immer die höchsten Verkaufsquoten zu erzielen. Ich fing zwar nicht wieder an zu trinken, aber ich rauchte mittlerweile wieder anderthalb Päckchen am Tag. Mein unglaubliches Arbeitspensum zusammen mit all den Schuldgefühlen und der verdrängten Depression nagten an mir, bis mich jener Streßanfall eines Abends auf dem Heimweg niederstreckte.

Als ich schließlich wieder arbeitsfähig war, mußte ich kürzer treten. Ich arbeitete immer noch hart, wahrscheinlich genauso hart wie jeder Durchschnittsverkäufer – aber für mich bedeutete das bereits ein Kürzertreten. Immer wenn ich merkte, daß ich wieder unter Streß stand, erinnerte ich mich an die Schmerzen, und dann machte ich langsamer. Einen solchen Schmerz wollte ich nicht noch einmal erleben.

Ein paar Monate später, als ich durch eines der größten Kaufhäuser in Toronto bummelte, hörte ich ein kleines Stimmchen rufen: »Onkel Paul, Onkel Paul, zeigst du mir einen Trick?« Ich wirbelte herum, und da stand die kleine blonde Sandra, für die ich während meiner Zeit an der Bibelschule hin und wieder Babysitter gewesen war. Damals war sie drei oder vier gewesen, und ich hatte ihr vor dem Schlafengehen manchmal Tricks mit Taschentüchern oder mit Schaumstoffbällen vorgeführt.

Ihre Mutter stand ganz in der Nähe und ließ sich gerade etwas als Geschenk verpacken. So unterhielten wir uns eine Weile. Als ich mich von den beiden verabschiedete, sagte Sandra: »Onkel Paul, ich mag deine Tricks ... und ich denke auch noch an Jesus ... Ich kenne Jesus immer noch!«

»Das ist toll, Sandra!« rief ich noch, während sie die Hand ihrer Mutter packte und die beiden auf die Rolltreppe zuliefen. »Vergiß das nie – er ist immer für dich da.«

Als ich das Kaufhaus verließ, wurde mir klar: »Du mußt etwas tun! Vielleicht gibt es ja doch noch etwas, das du für Jesus tun kannst, selbst wenn du dein Leben ziemlich vermasselt hast.«

Ich ging nach Hause und saß eine ganze Weile einfach so da. Sandras Worte gingen mir durch den Kopf: »Ich kenne Jesus immer noch!« Ich kannte Jesus auch immer noch – obwohl er jetzt wahrscheinlich nicht mehr viel von mir hielt.

Auf einmal fiel ich auf die Knie und betete. Ich bat Gott um Vergebung dafür, daß ich bei Jugend für Christus gestohlen hatte, daß ich zu feige gewesen war, dazubleiben und die Sache in Ordnung zu bringen, daß ich um ein Haar versucht hatte, mich umzubringen. Vielleicht – vielleicht konnte Jesus mich ja doch brauchen, auch wenn mein Leben ein einziger Scherbenhaufen war.

Die Begegnung mit der kleinen Sandra und das anschließende Gebet um Vergebung waren ein Wendepunkt in meinem Leben. Bis zu dem Tag hatte ich noch niemanden um Verzeihung gebeten für alles, was in London passiert war! Ich hatte zwar Reue und Bedauern empfunden, aber ich hatte keine Buße für mein Verhalten getan. Ich war herumgelaufen wie der verlorene Sohn. Gott mußte erst das kleine Mädchen schicken, damit ich seinen Ruf hörte und umkehrte.

In den folgenden drei Wochen überstürzten sich dann die Ereignisse. Als erstes zog ich bei meiner Schwester aus und in eine eigene Wohnung. Dann trat ich der Road Alliance Gemeinde bei, deren Pastor A.W. Tozer am Ende einer langen bemerkenswerten Laufbahn stand. Es ging mir gut ... so als ob sich vielleicht doch noch etwas in meinem Leben ändern könnte.

Eines Tages rief mich Jack, mein Geschäftsführer bei Bata, zu sich ins Büro. Die Firma wollte ein weiteres Geschäft eröffnen, und ich war gefragt worden, ob ich es leiten wolle. Als ich mich setzte, erwartete ich eigentlich, Jack würde mir mitteilen, es sei alles klar und ich könne als Geschäftsführer anfangen. Statt dessen erzählte er mir, man habe die üblichen Erkundigungen über mich eingezogen und sei dabei auf meine Schwierigkeiten bei Jugend für Christus gestoßen.

»Paul, du hast mir nicht gesagt, daß sie dich bei Jugend für Christus gefeuert haben, weil du dort in die Kasse gelangt hast. Machst du das hier auch?«

»Nein, natürlich nicht! Du weißt doch, daß ich wieder zur Kirche gehe und aufgehört habe zu trinken. Ich rauche nicht einmal mehr Zigarren.«

»Es tut mir leid, aber so können wir dich nicht halten. Ich persönlich hätte ja nichts dagegen, aber wenn die da oben das herausfinden, dann bekomme ich Probleme.«

Als ich Jacks Büro verließ, wußte ich, daß meine Tage bei Bata gezählt waren. Ich schlenderte durch die Innenstadt von Toronto und beschloß, ein wenig in einem christlichen Buchladen zu stöbern, wo ich schon viel Zeit verbracht und manchmal auch etwas zu lesen gekauft hatte. Trotz all meiner Probleme war ich immer noch lesehungrig.

Ich stöberte also eine Weile zwischen den Büchern herum, aber anscheinend hatten sie nichts in Richtung »Was tun bei Arbeitslosigkeit?«. Dann kam ich mit einem der Buchhändler ins Gespräch und erfuhr, daß der Leiter des angeschlossenen christlichen Filmverleihs in Rente ging. Schon als kleiner Junge hatte ich Filme geliebt, und Filme vorzuführen gehörte zu den wenigen sinnvollen Dingen, die ich während meiner Zeit in der Erziehungsanstalt gelernt hatte.

Also beschloß ich, mich um die freie Stelle zu bewerben.

A.J. Steward, der Geschäftsführer der Buchhandlung, führte das

Bewerbungsgespräch mit mir. Er wußte um die Schwierigkeiten, die ich während meiner Arbeit mit Jugend für Christus gehabt hatte.

»Wenn Sie deren Zustimmung und Empfehlung bekommen, stelle ich Sie ein«, sagte er. »Jugend für Christus hält gerade zur Zeit ein Treffen aller Gebietsleiter im Royal York Hotel ab, das ist nur eben die Straße runter. Das wäre doch ein günstiger Zeitpunkt zu versuchen, mit jemandem dort zu sprechen.«

»Warum nicht?« dachte ich. »Jetzt oder nie.«

Ich wartete über eine Stunde in der Hotelhalle, bis ich jemanden sah, den ich kannte. Schließlich kam eine Gruppe aus dem Aufzug, darunter Wes Arrum, inzwischen Leiter der Jugend-für-Christus-Arbeit von ganz Kanada, sowie Fred Koop, der Leiter von Toronto.

Ich stand auf, holte tief Luft und lief quer durch die Halle, um sie noch zu erwischen, bevor sie zum Mittagessen verschwanden.

Ich stellte mich ihnen einfach in den Weg. Ein langes verlegenes Schweigen war die Folge.

Dann sagte Fred Koop leise: »Hallo, Paul, schön dich zu sehen. Was ist los?« Er zog mich beiseite, und wir redeten leise miteinander. Ich erinnere mich noch, daß er sagte: »Es wird nie wieder so werden wie früher, aber ich habe ein paar ganz großartige Erinnerungen an unsere Zusammenarbeit.«

Wes Arrum tippte Fred auf die Schulter und sagte: »Wir müssen jetzt aber wirklich los ... Paul, lange nicht gesehen ... Wir waren gerade auf dem Weg zum Mittagessen, und der Zeitplan ist extrem knapp bemessen.« Ich merkte, daß er eigentlich kein Interesse hatte, mit mir zu reden, aber ich ließ nicht locker – konnte es mir nicht leisten, lockerzulassen.

»Also, es dauert nur einen Augenblick ... Ihr müßt mir einen Gefallen tun. Ich verliere gerade meinen Job, und A. J. Steward von der christlichen Buchhandlung hier würde mich auf Probe bei seinem Filmverleih einstellen, wenn ich eure Zustimmung und Empfehlung bekomme.«

Wes Arrum wechselte einen vielsagenden Blick mit Fred Koop und sagte dann: »Ich weiß nicht, Paul, du hast in London ein ziemliches Durcheinander hinterlassen. Wie sollen wir denn wissen, ob wir dir vertrauen können?«

»Ich verstehe ja, daß ihr skeptisch seid, aber ich habe die Dinge mit dem Herrn geklärt, und ich möchte das Geld, das ich Jugend für Christus schulde, zurückzahlen. Sieh mal, Wes, ich habe kaum eine Chance, wenn ihr mir nicht helft.«

Die Gruppe von Männern war sichtlich ungeduldig – es fehlte nur noch, daß ich jetzt dort in der Hotelhalle vor ihnen auf die Knie fiel ... Langsam wurde es für alle peinlich!

Wes schüttelte den Kopf und murmelte so etwas wie: »... habe die Geschichte schon oft gehört.« Ein Gefühl der Hoffnungslosigkeit stieg in mir hoch, so wie damals nachts auf der Straße, als ich gegen den Brückenpfeiler fahren wollte.

In dem Augenblick meldete sich Fred Koop zu Wort. »Wes, ich glaube, wir sollten Paul eine Chance geben. Er sagt, er hat die Dinge vor Gott in Ordnung gebracht, und ich bin der Meinung, wir sollten ihm glauben. Jeder macht Fehler – wir sind alle auf Vergebung angewiesen.« Zögernd beschloß Wes, sich Freds Meinung anzuschließen. Die anderen nickten zustimmend.

Zum ersten Mal seit Monaten sah ich einen Hoffnungsschimmer. Vielleicht öffnete Gott mir ja doch noch eine Tür!

»Ich bin einverstanden«, sagte Wes schließlich, »aber nur unter der Bedingung, daß du mir einen Teil deines Gehaltes an das Jugend-für-Christus-Büro in London überweist, bis deine Schulden bei uns beglichen sind. Außerdem solltest du eine schriftliche Entschuldigung an den Vorstand schicken.«

»Den Brief werde ich morgen abschicken! Vielen Dank, Wes, und diesmal werde ich dich nicht enttäuschen.«

In der folgenden Woche wurde ich eingestellt, und im Laufe der folgenden Monate zahlte ich jeden Cent zurück, den ich Jugend für Christus schuldete.

Meine Arbeitszeiten im Filmverleih der Buchhandlung lagen so, daß ich am Mittwochnachmittag frei hatte. Nachdem ich erfahren hatte, daß Jimmy Lake – jener christliche Zauberkünstler, den ich früher bei einer Veranstaltung von Jugend für Christus getroffen hatte – ganz in der Nähe wohnte, besuchte ich ihn regelmäßig. Was er mir vor Jahren gesagt hatte, beschäftigte mich noch immer, und ich wollte meine Zaubertricks gern wieder einüben. Jimmy half mir, meine Technik entscheidend zu verbessern.

Eines Tages kam ich am Riverdale Zoo vorbei. Normalerweise trieben sich dort immer viele Kindern herum, die Fußball spielten. Hin und wieder blieb ich stehen, um ihnen zuzusehen. Eines Tages schossen sie den Ball in meine Richtung, und ich kickte ihn zurück. Wir wiederholten das noch einige Male. Schließlich wurden sie neugierig und kamen zu mir gelaufen. Wir redeten ein bißchen, dann fiel mir ein, daß ich ein paar Zauberutensilien in der Tasche hatte – einen Schaumstoffball und ein paar kleine Seidentücher, mit denen ich bei Jimmy Lake geübt hatte. Das war eine gute Gelegenheit, mein Können auszuprobieren. Also fragte ich: »Wollt ihr einen Trick sehen?«

Was für eine Frage – eine Horde von Zehnjährigen will immer Tricks sehen! Ich zog die Seidentücher aus der Tasche, und vor ihren Augen wurde das blaue Tuch rot, und das rote wurde gelb.

»Wie machst du das?« wollten sie natürlich wissen.

»Also, ich muß jetzt weiter, aber nächsten Mittwoch habe ich frei. Wenn ihr dann um die gleiche Zeit wieder hier seid, zeig ich's euch.«

Am nächsten Mittwoch waren die Kids wieder da, und ich zeigte ihnen mehrere Tricks. Sie waren fasziniert, und wir freundeten uns richtig an. Ein paar Wochen lang machte ich immer Halt beim Zoo, wenn ich von Jimmy Lake zurückkam. Ich dachte mir nicht viel bei meiner Freundschaft mit den Kids vom Zoo – aber Gott dachte sich anscheinend sehr wohl etwas dabei. Heute weiß ich, daß er damals die Saat legte, die später in dem Dienst aufging, in dem er mich wirklich haben wollte.

Ich fing ernsthaft an, meine Tricks zu üben und daran zu feilen. Nach einer Weile wurde ich Mitglied bei Jimmy Lakes »Gemeinschaft christlicher Zauberkünstler« und in der »Gesellschaft amerikanischer Zauberkünstler«. Ich nahm regelmäßig an Treffen teil und suchte Kontakt zu den besten christlichen Illusionisten der damaligen Zeit. Unter ihren kritischen Blicken und dank ihrer konstruktiven Kritik bekamen meine Nummern den richtigen Schliff.

Die meisten Zauberkünstler können einen durchschnittlichen Zuschauer problemlos hinters Licht führen. Anders ist es, wenn man einen Trick unter den scharfen Blicken von Experten zeigt! Diese merken schnell, wenn die Technik schlampig ist oder das Timing nicht stimmt. Dann sagen sie: »Bei den Taschentüchern hast du dich zu langsam bewegt ... Die Koordination war schlecht ... Das versteckte Seidentuch war zu auffällig ... Achte auf die losen Fäden ... Paß auf, wenn du die Taube aus deinem Ärmel holst, ich habe sie schon vorher gesehen ...«

Auch die Wortbeiträge meiner Vorführung wurden unter die Lupe genommen: »Wenn du mit dem Publikum redest, dann bist du zu gestelzt, das ist nicht fließend ... Du bist verkrampft. Wenn du aus der Bibel zitierst, dann hörst du dich an wie ein kleines Kind, das versucht, einen Bibelvers aufzusagen ... Du mußt dir dabei mehr Zeit lassen, weil die Botschaft an dieser Stelle wichtiger ist als der Trick.«

Ich war dankbar für diese strengen Kritiker. Vor allem kam es ihnen darauf an, daß ich lernte, die Show dem Evangelium unterzuordnen. Ich habe ihren Unterricht und ihren Rat nie vergessen.

Am Jahresende 1963 bekam ich zusätzlich zum Filmverleih immer mehr auch mit der Buchhandlung zu tun. A.J. Steward war mit meiner Arbeit zufrieden, und er vertraute mir in allen Geschäftsbereichen. Was das »Aufbessern meines Gehaltes« betraf oder andere dumme Gedanken, so hatte ich meine Lektion gelernt und damit endgültig Schluß gemacht. Außerdem hörte ich auf zu rauchen – diesmal ebenfalls endgültig.

An einem heißen Augustnachmittag betrat plötzlich Jim Fishback den Buchladen, ein Freund aus alten Zeiten bei Jugend für Christus, der jetzt das Predigerseminar in Toronto besuchte. Begleitet wurde er von seinen beiden Schwestern Margaret und Ruby.

Ich konnte mich vage an Jims Schwestern erinnern, weil ich einmal im Rahmen der Jugend-für-Christus-Arbeit etwas auf der Farm der Fishbacks zu erledigen gehabt hatte. Ich schüttelte Margaret die Hand und bemerkte, wie klein und schmal sie war. Ihr weiches, kastanienbraunes Haar fiel ihr über die Schultern, und sie hatte ein wunderschönes, strahlendes Lächeln. Aber das Auffälligste an ihr waren die graublauen Augen. Sie konnten voller Zuneigung sein, fröhlich und zwinkernd, und gleich darauf traurig und nachdenklich.

»Sie ist ungefähr so groß wie Mom Adams«, dachte ich und sagte: »Sie sind also eine der jüngeren Schwestern. Sind Sie verheiratet?«

Die Frage mußte sie überraschen, doch sie reagierte schlagfertig: »Nein, Sie?«

Ich grinste und zog ein kleines Heftchen aus dem Regal: »Wie Ihre Ehe glücklicher wird«. Dann sagte ich: »Nein, aber ich denke darüber nach ...«

Margie wurde rot und stammelte: »Also ... das tu ich nicht, und ich habe außerdem sowieso keine Zeit für so was. Wir sind nur hier, weil wir Material für eine Ferienbibelschule brauchen, und jetzt müssen wir gehen.«

»Warum die Eile?« protestierte ich. »Warum gehen wir nicht nach unten ins Café? Dort gibt es ein phantastisches Getränk aus Orangensaft, Honig, Milch und Melonensaft.«

Ein bißchen zögernd stimmte sie zu, dann gingen wir die Treppe hinunter. Ich merkte, daß sie mich nicht unbedingt sympathisch fand, aber ich blieb freundlich zu ihr.

Im Gespräch stellte sich heraus, daß sie Lehrerin war und nun in Toronto ein paar Kurse an der Sommeruni belegt hatte. Je länger wir redeten, desto netter fand ich sie. Margie erinnerte mich an mein erstes Jahr bei Jugend für Christus, an die Kinder, das Lachen. Ich sehnte mich nach Freundschaft und nach dem, was gewesen war.

Als wir das Café verließen, erwähnte Margie, daß sie mit ihren Geschwistern am kommenden Samstag die kanadische Nationalausstellung besuchen wolle.

»Ich kann am Samstag frei bekommen«, platzte ich spontan heraus. »Macht es euch was aus, wenn ich mich anschließe?«

Margie sah ein bißchen irritiert aus und wußte nicht so richtig, wie sie reagieren sollte, aber Jim rettete mich. »Das ist eine tolle Idee – wir treffen uns in meiner Wohnung, und von da aus können wir dann starten.«

Am nächsten Samstag suchte ich verzweifelt die Adresse, die Jim mir gegeben hatte. Als ich die Hausnummer endlich gefunden hatte

– ich war inzwischen fast eine Stunde zu spät! –, da stand ich vor einem Beerdigungsinstitut. Es stellte sich heraus, daß Jim in einer Wohnung im Hinterhaus wohnte und hin und wieder für das Bestattungsunternehmen jobbte.

»Wir dachten schon, du hättest uns versetzt«, neckte Jim mich und lachte. Ich fing ebenfalls an zu lachen. Margie dagegen schien etwas verstimmt, aber ich tat so, als würde ich nichts merken. Dann ging's los in einem Auto, das Jim sich von einem Freund geliehen hatte. Außer Jim und Margie war auch noch ihre Schwester Ruby mit von der Partie.

Als Margie am Parkplatz ausstieg, trat sie in eine riesige Pfütze und stolperte. Ich packte sie beim Arm, damit sie nicht fiel: »Paß auf, sonst ertrinkst du noch – bei deiner Größe!«

Darüber mußte sie lächeln, aber ihr war absolut nicht mehr nach Lachen zumute, als die Kassiererin am Eingang mir ein Erwachsenen- und ihr ein Kinderticket verkaufen wollte. »Oh«, erwiderte die Dame auf meine Reklamation hin, »ich dachte, das wäre Ihre Tochter.«

Margie war ein wenig ärgerlich, aber schließlich mußte sie doch lachen.

Den ganzen Morgen über gingen Margie und ich hinter den anderen her. Wir interessierten uns nicht so sehr für die Fahrbetriebe; lieber sahen wir uns die Gewerbeschau und verschiedene Vorführungen an. Dabei plauderten wir über dies und das, unter anderem auch darüber, wie es wohl wäre, selbst Eltern zu sein und wie wir dann unsere Kinder erziehen würden ... Je mehr wir miteinander redeten, desto wohler fühlte ich mich mit Margie und desto unbefangener wurde sie. Ich entdeckte, daß sie einen herrlichen Humor hatte. Außerdem wurde uns klar, daß wir beide Jesus lieb hatten.

Um die Mittagszeit beschlossen wir, ohne die anderen weiterzugehen, und so vereinbarten wir mit Jim und Ruby einen Treffpunkt für später.

Wir gingen hinüber zum Musikpavillon, hörten uns ein Konzert an und aßen anschließend eine Kleinigkeit. Obwohl es mir zu dem Zeitpunkt noch nicht klar war, glaube ich heute, daß ich mich da schon in sie verliebt hatte.

Den ganzen Nachmittag spazierten wir gemeinsam herum, unterhielten uns weiter und stellten fest, daß wir beide gern Musik hörten und gute Bücher lasen. Sie erzählte mir von ihrer Arbeit als Lehrerin – daß sie Missionslehrerin in Maniwaki, Quebec gewesen sei, aus gesundheitlichen Gründen jedoch wieder habe nach Hause ziehen müssen und nun in einer Schule in der Nähe von Tillsonburg unterrichte.

Ich konnte mein Glück kaum fassen, eine junge Frau an meiner Seite zu haben, mit der ich soviel Spaß haben konnte – und die außerdem noch klug und kreativ war und geistlichen Tiefgang hatte. Margie gab mir das Gefühl, jemand zu sein – die Persönlichkeit, die ich immer hatte sein wollen. Nicht der Paul Powers, der vor ein paar Jahren wie verrückt in der Gegend herumgesaust war, der Veranstaltungen von Jugend für Christus geleitet und dabei versucht hatte, jemand zu sein, der er nicht war.

Margie hatte nichts davon, nett zu mir zu sein. Ich war ein Niemand, ein kleiner Angestellter, der Filme verlieh. Aber mir bedeutete ihre Freundschaft so viel – und auch die von Jim. Ich hatte Jims Familie schon immer bewundert, weil dort eine Liebe und Herzlichkeit herrschte, die ich selbst nie erlebt hatte.

Am Ende des Tages bot Jim an, mich noch im Wagen nach Hause zu bringen. Margie und ich rückten auf dem Rücksitz eng zusammen. Als wir vor meiner Haustür ankamen, sagte ich »Gute Nacht« und gab ihr einen Kuß auf die Wange.

Sie sah mich nachdenklich an und sagte: »Das war wirklich ein wunderschöner Tag.« Seit unserem Melonendrink ein paar Tage zuvor war wirklich eine Menge passiert!

»Ich schreibe dir«, versprach ich, während ich aus dem Auto kletterte. Später erfuhr ich, daß Margie beim Wegfahren zu Jim sagte: »Ich glaube nicht, daß Paul mir schreibt. Er hat einfach einen schönen Tag gehabt; aber mehr wird daraus nicht.«

Ehrlich gesagt, auch ich war mir nicht so sicher – zumindest an diesem Abend noch nicht. Es sollte sich aber herausstellen, daß wir beide uns sehr geirrt hatten.

Werden unsere Spuren fortgespült?

»Deine Eltern sind also einverstanden, daß du mitfährst? Margie, das ist einfach toll! Das wird ein wunderbares Wochenende, das verspreche ich dir. Am Freitag fahren wir los – ich hole dich ab!«

Margie, zu dieser Zeit noch Lehrerin in Ingersoll, lebte bei ihren Eltern auf einer Farm außerhalb von Tillsonburg. Ihr Vater, ein ehemaliger Feuerwehrmann, betrieb jetzt Viehzucht und Ackerbau. Alle Familienmitglieder waren aktive Christen, und besonders ihrer Mutter lag die Mission sehr am Herzen. Margie hatte noch zwei Schwestern (beide ebenfalls Lehrerinnen) und drei Brüder.

Ich dachte zurück an unseren gemeinsamen Tag bei der Nationalausstellung. Was hatte mich damals so an ihr angezogen? Ich glaube, es war ihre stille Ernsthaftigkeit, das Lächeln in ihren Augen, das alles um sie her einzunehmen schien. Sie war gebildet und hatte eine innige Beziehung zu Jesus, wie ich es noch bei keinem anderen Mädchen erlebt hatte. Zudem war sie sehr ernsthaft und liebte klassische Musik. Ihr Glaube und ihr Tiefgang forderten mich heraus.

Als ich den Hörer auflegte, war ich glücklich wie seit Jahren nicht mehr. Die letzten acht Wochen waren so schnell vergangen, und es war so viel passiert, seit Margie und ich uns in der Buchhandlung getroffen hatten ...

Nachdem wir uns an jenem Samstagabend voneinander verabschiedet hatten, schrieb ich Margie schon am Sonntagnachmittag einen Brief. Drei Tage später schrieb ich den nächsten. Dann rief Jim Fishback an: »Ich fahre am Wochenende zur Farm in Tillsonburg – willst du mitkommen? Mein ältester Bruder heiratet am Samstag.«

Natürlich wollte ich – zum Glück hatte ich an diesem Wochenende keine Termine.

»Toll«, sagte er. »Samstag früh geht es los.«

Jim hatte Margie gar nicht gesagt, daß er mich mitbringen würde; um so größer war die Überraschung! Sie hatte meine Briefe bekommen und war gerade unterwegs zum Briefkasten, um ihre Antwort einzuwerfen. Als ich jetzt plötzlich vor ihr stand, gab sie mir einfach den Brief: »Dann kannst du ihn ja gleich lesen ... Aber noch besser ist, daß du selbst da bist, Paul.«

Es war ein wunderbares Wochenende. Und wenn wir uns am Wochenende zuvor noch nicht richtig verliebt hatten, dann passierte das spätestens an den folgenden beiden Tagen.

Am Samstag mähte ich den Rasen um das Farmhaus – einen halben Hektar mindestens –, und später half ich Margies Vater, ein Hornissennest zu entfernen. Am Abend spielten wir zusammen Monopoly und machten Popcorn. Dabei lernte ich ihre Eltern besser kennen. Vater Fishback war erst noch ein bißchen zurückhaltend, aber später wurden wir richtige Freunde.

Als wir uns am Sonntagabend auf den Rückweg nach Toronto machten, versprach ich Margie wieder zu schreiben, und das tat ich auch – manchmal zwei oder drei Mal in der Woche! Sie schrieb zurück, und immer wenn ich mich freimachen konnte, besuchte ich sie zu Hause auf der Farm. Bald stand in unseren Briefen der Satz: »Ich liebe Dich« ... Ich schwebte auf Wolke sieben!

Im Herbst hatte ich angefangen, in einer Jugendgruppe mitzuarbeiten, und war nun eingeladen worden, im Oktober bei einer großen Wochenendfreizeit etwa 150 Kilometer östlich von Toronto zu sprechen. Ich wußte, daß Margie sehr gut Klavier spielte, und hatte sie deshalb angerufen, um zu fragen, ob sie bei den Veranstaltungen den musikalischen Part übernehmen würde. Das Ganze war für meine Begriffe sehr förmlich abgelaufen – sie hatte erst ihren Vater um Erlaubnis gefragt –, aber dann war sie wieder ans Telefon gekommen: »Ich darf mitfahren!«

Überglücklich legte ich den Hörer auf.

Wir hatten vereinbart, daß wir uns gleich nach der Schule in der Wohnung ihrer Schwester in einem Vorort von Toronto treffen. Gegen Mittag kamen wir fast gleichzeitig dort an. In meiner Tasche steckte ein kleines Kästchen mit einem Diamantring darin.

Ursprünglich hatte ich geplant, Margie irgendwo oben am Echo Lake an einem romantischen Plätzchen zu fragen, ob sie mich heiraten wolle, aber als ich in der Wohnung ihrer Schwester ankam, wußte ich, daß ich unmöglich so lange warten konnte.

Ich ging ins Schlafzimmer, wo Margie gerade ihre Tasche packte, dann umarmte ich sie ganz fest, küßte sie und sagte: »Ich möchte gern mit dir reden.«

»Gut«, sagte sie und sah ein bißchen irritiert aus. Jedenfalls ahnte sie nun schon, daß ich etwas Wichtiges auf dem Herzen hatte.

»Margie,wir haben doch darüber gesprochen zu heiraten ... und ich liebe dich wirklich, und ich weiß, daß du mich auch liebst ...« Verlegen holte ich den Diamantring hervor. »Darf ich ihn dir anstecken?«

Margies Gesicht war eine Spiegel aller nur denkbaren Gefühle in ihr. Zuerst zeigte es unbändige Freude, die sich dann aber urplötzlich in schieres Entsetzen verwandelte.

»O nein, nein, nein!«

»Bitte, Margie, liebst du mich?«

»O ja, Paul, das weißt du doch!«

Ich steckte ihr den Ring – er war viel zu groß – an den Finger, und sie murmelte: »Hast du meinen Vater schon gefragt?«

»Hör mal, ich will doch nicht deinen Vater heiraten, sondern dich!« Ich legte den Arm um sie und versuchte gleichzeitig, sie zu trösten und aufzumuntern. »Margie, es wird schon alles in Ordnung kommen. Dein Vater mag mich doch.«

»Ja, aber er hat keine Ahnung, daß du mich heiraten willst!«

Ihre Schwester kam herein und wollte wissen: »Stimmt was nicht? Was ist denn los?«

»Ach, nichts«, sagte ich. »Wir freuen uns nur, daß wir uns wiedersehen.«

Als Margie ihrer Schwester später von dem Ring erzählte, war die entzückt, aber sie verstand auch Margies Sorge. Die Fishbacks waren eine sehr traditionsbewußte Familie, und man verlobte sich nicht mit einer Fishback-Tochter, ohne vorher beim Vater um ihre Hand angehalten zu haben. Also legte Margie den Ring in die Schachtel zurück, die sie in ihrer Handtasche verstaute. Dann stiegen wir ins Auto und machten uns auf den Weg nach Kingston.

Während der zweistündigen Fahrt holte sie den Ring immer wieder hervor und steckte ihn an den Finger, aber sie hielt ihre andere Hand darüber. Es war, als wollte sie den Ring zwar tragen, aber niemanden sehen lassen, daß sie ihn trug – wenigstens jetzt noch nicht.

Gegen fünf Uhr nachmittags kamen wir in Kingston an, wo wir noch mit einigen Leuten zusammen essen wollten, bevor wir gemeinsam die restlichen 30 Kilometer zum Echo Lake fuhren.

Margie behauptete jedoch, sie habe keinen Hunger; also beschlossen wir, einen Spaziergang am Strand entlang zu machen, von wo man einen Blick auf die tausend Inseln hatte, die nur ein paar Meilen vor der Küste lagen.

Es war ein wunderbarer Herbsttag. Das Laub der Ahornbäume war rot und goldgelb gefärbt, und die untergehende Sonne tanzte auf dem Wasser, während die Wellen an den Strand rollten.

Eng umschlungen gingen wir am Strand entlang und redeten – über alles. Wie sollten wir ihren Vater anpacken? Was sollte ich sagen? Was empfanden wir dabei, einen so ernsthaften Schritt wie eine Heirat zu wagen? Konnten wir von der Jugendarbeit und der Arbeit beim Filmverleih leben? Wie sah meine Zukunft aus?

Es war das kanadische Erntedankwochenende im Oktober 1964, und es war ein paar Wochen vor meinem 28. Geburtstag. Mein Ziel war es, einmal einen eigenen Filmverleih zu haben, aber ich wollte auch weiterhin evangelistisch arbeiten. Ich hatte immer noch Schulden – für Kleidung, Autokäufe und andere Sachen, die ich auf Kredit gekauft hatte –, wenn auch das meiste inzwischen bezahlt war. Aber meine Schulden machten mir an diesem Tag am allerwenigsten zu schaffen. Ich wußte, daß Margie und ich es zusammen schaffen konnten. Nur sie schien mir immer noch ein bißchen unsicher.

Ich schaute auf die Uhr und sah, daß es Zeit war zurückzugehen.

Auf dem Rückweg blickte Margie nach unten und sah die Fußspuren, die wir auf dem Hinweg hinterlassen hatten. Zum Teil waren sie von den anrollenden Wellen weggespült worden.

»Vielleicht wird das auch mit uns passieren«, sagte sie nachdenklich. »Vielleicht werden unsere Träume alle weggespült.«

»Nein«, protestierte ich, »siehst du nicht die Fußspuren da vorn? Sie sind immer noch da. Wo sie weggespült werden, das sind nur die unruhigen Gewässer, mit denen wir es auch zu tun bekommen können. Davon bleibt keine Ehe verschont.«

»Ja, ich weiß. Aber schaffen wir es?«

Ich blieb stehen, sah Margie tief in die Augen und sagte: »Wir müssen es schaffen! Wenn wir uns genug lieben, um für das, was wir haben, zu kämpfen, dann schaffen wir es. Ich glaube, ich habe genug durchgemacht, um zu wissen, was kämpfen heißt. Was wir haben, ist es wert, darum zu kämpfen!«

Margie war still und nachdenklich, als wir weitergingen. Dann kamen wir an eine Stelle, wo nur noch ein Paar Fußspuren zu sehen war – und zwar meine. Sie war dort barfuß näher am Wasser gegangen.

»Wie erklärst du das jetzt, Prediger?«

»Das ist ganz einfach. An der Stelle habe ich dich getragen.« Ich lachte und nahm sie spielerisch auf den Arm. »Siehst du, so leicht bist du!«

Während ich sie so hochhielt, wehrte sie sich und schrie: »Laß das, ich will runter!«

»Alles in Ordnung ... ich halte dich fest.«

Ich ließ sie wieder hinunter, wir küßten uns und gingen weiter. Unterwegs sahen wir manchmal zwei Fußspuren, manchmal nur eine.

Wir kamen zurück zum Hotel und saßen noch eine Weile im Restaurant, wo wir auf die anderen warteten. Während des Essens fing Margie an, etwas auf ihre Papierserviette zu kritzeln.

Auf meine neugierigen Blicke antwortete sie: »Ach, nur ein Gedicht über die Fußspuren im Sand.« Margie schrieb dauernd Gedichte, das hatte ich inzwischen mitbekommen, und deshalb stellte ich auch keine weiteren Fragen mehr. Wir fuhren an diesem Abend noch weiter zum Echo Lake.

Am nächsten Morgen spielte Margie bei der Veranstaltung Klavier, während ich eine Ansprache zu dem Thema hielt: »Ich kann nicht beten«. Schüler, Studenten und auch junge Berufstätige aus ganz Ontario und aus dem Staat New York nahmen an der Freizeit teil. Ich versuchte, ihnen zu erklären, was passiert war, als ich bei Jugend für Christus gearbeitet und mir Geld »geliehen« hatte, ohne mit jemandem darüber zu sprechen. Eine Zeitlang hatte ich damals nicht beten können – Gott schien so weit weg, und ich hatte das Gefühl, nicht würdig zu sein, weil ich versagt hatte.

Die jungen Leute hörten mir aufmerksam zu, während ich das

Vaterunser durchging und erklärte, wie ich damals nicht hatte sagen können »Vater unser ...«. Ich erzählte von meinem Vater – wie ich gelernt hatte, ihn zu lieben, nachdem ich ihn jahrelang gehaßt und mir gewünscht hatte, ihn umzubringen. »Er ist da, auch wenn ich falle«, so lautete meine wichtigste Aussage an jenem Tag.

Am Morgen hatte Margie mir das fertige Gedicht über die Spuren im Sand überreicht, das sie abends zuvor begonnen hatte. »Ich hatte einen Traum« war der ursprüngliche Titel. Sie hatte nachts nicht schlafen können und über unser Gespräch nachgedacht. Aber das Schreiben des Gedichts habe ihr neuen Mut gegeben, erklärte sie mir – und nun sei sie bereit, mich zu heiraten, denn sie wisse ganz genau, daß Gott immer bei uns sein würde. »Und überhaupt ist das die einzige Chance, daß unsere Ehe auch funktionieren kann«, erklärte sie zum Schluß.

Als ich das Gedicht las, verstand ich, was sie meinte:

Eines Nachts hatte ich einen Traum:
Ich ging am Meer entlang mit meinem Herrn.
Vor dem dunklen Nachthimmel
erstrahlten, Streiflichtern gleich,
Bilder aus meinem Leben.
Und jedesmal sah ich zwei Fußspuren im Sand,
meine eigene und die meines Herrn.
Als das letzte Bild an meinen Augen
vorübergezogen war, blickte ich zurück.
Ich erschrak, als ich entdeckte,
daß an vielen Stellen meines Lebensweges
nur eine Spur zu sehen war.
Und das waren gerade die schwersten Zeiten meines Lebens.
Besorgt fragte ich den Herrn:
»Herr, als ich anfing dir nachzufolgen,
da hast du mir versprochen,
auf allen Wegen bei mir zu sein.
Aber jetzt entdecke ich,
daß in den schweren Zeiten meines Lebens
nur eine Spur im Sand zu sehen ist.

Warum hast du mich allein gelassen,
als ich dich am meisten brauchte?«
Da antwortete er: »Mein liebes Kind,
ich liebe dich und werde dich nie allein lassen,
erst recht nicht in Nöten und Schwierigkeiten.
Dort, wo du nur eine Spur gesehen hast,
da habe ich dich getragen.«

Unter das Gedicht hatte Margie noch zwei Bibelstellen gesetzt, Jesaja 63,9 und Hebräer 13,5. Bei Jesaja heißt es: »Denn wenn sie in Bedrängnis waren, litt auch er. Immer wieder ist sein Engel zu ihnen gekommen und hat sie gerettet. Er befreite sie damals vor langer Zeit, weil er sie liebte und Mitleid mit ihnen hatte. Er nahm sie auf die Arme und trug sie Tag für Tag.« Und im Hebräerbrief steht: »Seid nicht hinter dem Geld her, sondern zufrieden mit dem, was ihr habt. Denn Gott hat versprochen: Niemals werde ich euch verlassen. Ich werde für euch sorgen, daß es euch an nichts fehlt.«

Als ich an diesem Abend predigte, erzählte ich den jungen Leuten von unserem Strandspaziergang und wie wir über unsere bevorstehende Heirat gesprochen hatten. Ich erzählte, wie ich sie hochgehoben und sie protestiert hatte: »Laß mich runter!« Und ich fuhr fort: »Aber Margie wußte, daß ich sie festhalten und nicht loslassen würde. Genauso ist das auch mit uns. Wir können Jesus nicht sehen, aber in seinem Wort garantiert er uns, daß er für uns gestorben ist, als wir noch Sünder waren. Das ist seine feste Zusage. Ich habe immer wieder Zeiten erlebt, in denen ich das Gefühl hatte, es wäre stockdunkel um mich her, und ich konnte ihn nicht sehen. Ich strampelte und schlug um mich, und manchmal glaubte ich gar nicht mehr, daß er mich noch liebte, aber er war immer da und hat mich getragen.«

Dann las ich Margies Gedicht vor, und die jungen Leute waren mucksmäuschenstill; man hätte die sprichwörtliche Stecknadel fallen hören können. Einige von ihnen sagten mir später, sie hätten an diesem Morgen ihre persönliche Entscheidung für Jesus getroffen.

Am Sonntag nach dem Gottesdienst sprach ich noch mit vielen Teilnehmern über Margies Gedicht. Die Reaktionen darauf waren unterschiedlich: Viele mochten es, aber manche hatten es anscheinend nicht verstanden. Später versuchte Margie, das Gedicht zu veröffentlichen, aber es schien niemanden zu interessieren. Vielen Verlagen war es zu religiös. Trotzdem fand das Gedicht seinen Weg in Lokalzeitungen und Gemeindeblätter. Irgendwann war es in ganz Kanada, Amerika und darüber hinaus verbreitet.[1]

Am Montagmorgen packten wir, verabschiedeten uns von allen und nahmen Glückwünsche von vielen Freunden entgegen, die von unserer Verlobung erfahren hatten. Sie lachten, als wir ihnen unsere Sorge mitteilten, wie wohl Margies Eltern auf die Neuigkeit reagieren würden.

Auf dem Rückweg machten wir Station in Frankford und besuchten kurzentschlossen Mom und Dad Adams. Margie und Mom Adams waren etwa gleich groß und verstanden sich auf Anhieb prächtig. Bevor wir weiterfuhren, beteten die Adams mit uns für unsere gemeinsame Zukunft.

Wir lachten und sangen und hatten viel Spaß auf dem weiteren Rückweg – aber gegen Ende der Fahrt wurden wir beide immer schweigsamer. Wie würde Margies Vater reagieren?

Margie saß auf dem Beifahrersitz und grübelte: »Kennen wir uns wirklich gut genug?« Sie hatte an diesem Wochenende mehr über meine Vergangenheit erfahren und gemerkt, daß wir so verschieden waren. Konnte das gutgehen?

Abends gegen halb acht kamen wir auf der Farm an und fanden Margies Eltern am behaglich prasselnden Herdfeuer in der Küche.

---

[1] Vielleicht haben auch Sie schon das Gedicht irgendwo gesehen – auf Postern, Postkarten oder sonstigen Geschenkartikeln. Es ist in fast jeder denkbaren Form auf der ganzen Welt unter dem Titel »Spuren im Sand« verkauft worden. Aber weil Margie das Gedicht damals nicht urheberrechtlich schützen ließ, bekam sie auch kein Autorenhonorar. Später erschien das Gedicht dann häufig ohne Verfasserangabe oder mit dem Vermerk »Autor unbekannt«. Die Geschichte ist ausführlicher in Margies Buch nachzulesen (Margaret Fishback Powers, Spuren im Sand. Ein Gedicht, das Millionen bewegt, und seine Geschichte). Vor einiger Zeit haben die Firmen *Hallmark*, *C.M. Paula Publishing* und *Lenox Image* sie als Verfasserin des Gedichtes anerkannt und eine Lizenz von HarperCollins Publishers, Toronto, erworben.

Nach kurzer Begrüßung flüsterte Margie ihrer Mutter etwas ins Ohr und sagte dann: »Papa, Paul möchte etwas mit dir besprechen.«

Margie und ihre Mutter verließen die Küche. Da stand ich nun und starrte nervös auf Mr. Fishback, einen grobschlächtigen Mann deutscher Abstammung, der einfach dasaß – die Daumen in die Hosenträger eingehakt – und mich musterte, als sei ich ein Stier auf dem Viehmarkt. Er hatte mich nicht aufgefordert, Platz zu nehmen, also blieb ich stehen.

»Sie wollten also mit mir reden?« fragte er schließlich.

»Jawohl.«

»Nun, hattet ihr einen Unfall?«

»Nein.«

»Worüber wollen Sie denn dann reden?«

»Über Margie.«

»Stimmt etwas nicht mit Midge?« Er nannte seine Tochter meistens mit ihrem Spitznamen.

»Nein, alles in Ordnung.«

»Worüber möchten Sie dann reden?«

Ich fing an zu stottern. »Also … Ich glaube, jetzt müßte ich wohl sagen: Ich bitte um die Hand Ihrer Tochter …«

Es folgte ein langes Schweigen, wobei Mr. Fishback mich einfach nur ansah. Aber dann blitzte der Schalk aus seinen Augen: »Nun, und was ist mit dem Rest von ihr?«

Schlagartig hatte ich meine Fassung wiedergewonnen und antwortete: »Gut, den möchte ich auch.«

Vater Fishback schob sich die Brille auf die Stirn und sagte: »Liebst du sie?«

»Ja!«

Er sah ein bißchen unsicher aus. »Weißt du überhaupt, wovon ich rede?«

»Ich glaube schon«, erwiderte ich.

»Mein lieber Junge … das möchte ich dir auch raten.«

Ich holte tief Luft und beschloß dann, meine Sache zu Ende zu bringen. »Mr. Fishback, ich werde Margaret lieben und ehren. Ich werde versuchen, sie glücklich zu machen – aber ich bin ein Realist. Es wird sicher auch Zeiten geben, in denen sie unglücklich ist. Aber wenn ihr etwas weh tut, möchte ich da sein und sie trösten. Ich will sie nicht von der Familie trennen, aber ich möchte, daß sie meine Frau wird ... Ich möchte zu Ihrer Familie gehören!«

Mr. Fishback setzte sich in seinem Sessel zurück und sah mich lange an. Dann erhob er sich, kam zu mir herüber und legte mir seine großen, schwieligen Hände auf die Schultern. Als nächstes spürte ich eine Umarmung, bei der ich dachte, mir würden alle Knochen brechen.

»Komm her, mein Sohn ... willkommen in unserer Familie!«

Ein Druckfehler – und was daraus entsteht

»Paul, meine Schlüssel sind weg! Ich kann mich genau erinnern, daß ich sie auf der Kommode gesehen habe, als ich mich für die Trauung umzog, und dann habe ich sie in die Handtasche gesteckt. Jetzt sind sie weg, und ich komme nicht an mein Gepäck heran!«

»Okay, Mrs. Powers, dann wollen wir mal sehen. Dein Mann kennt viele Methoden, Schlösser zu öffnen ...« Ich nahm Margies Koffer und ging in die Kochnische unserer neuen Wohnung in der Innenstadt von Toronto. Wir hatten beschlossen, dort einmal zu übernachten, bevor wir auf Hochzeitsreise zum Echo Lake fuhren – jenem Ort, mit dem wir ganz besondere persönliche Erinnerungen verbanden.

Unsere Hochzeit fand am Samstag, dem 10. Juli 1965 in Tillsonburg statt. Über hundert Gäste waren zur Feier erschienen, darunter Pfarrer, Evangelisten und Missionare genauso wie Zauberkünstlerkollegen und Bauchredner ... Mom und Dad Adams waren gekommen und sogar mein Vater und Betty. Das bedeutete doch wohl, daß sie mich inzwischen akzeptierten – wenigstens ein bißchen.

Nach dem Empfang versuchten ein paar Freunde, uns mit ihren Autos zu verfolgen, aber wir entwischten ihnen irgendwann doch. Nachdem uns zwischendurch noch fast das Benzin ausgegangen war, kamen wir schließlich am Sonntagmorgen um drei Uhr in unserem Appartement in Toronto an.

Wir hatten uns für ziemlich schlau gehalten, Margies fertig gepackte Koffer für die Hochzeitsreise schon ein paar Tage zuvor in die Wohnung zu bringen. Auf diese Weise konnten ihre Schwestern sich nicht daran zu schaffen machen und kleine »Überraschungen« hinterlassen. Aber offenbar hatte sich doch jemand einen Scherz erlaubt.

Margie wollte um keinen Preis ohne ihr Nachthemd ins Bett gehen – aber das steckte zusammen mit all den anderen Sachen im verschlossenen Koffer.

»O Paul, was machst du denn da?... Du wirst noch meinen Koffer ruinieren!« jammerte Margie, während ich vorsichtig mit einer Küchengabel an dem Schloß hantierte. Ich versuchte es zu drehen, aber es blieb störrisch. Also nahm ich die Gabel und bog einen der Zinken zur Seite.

»Mach dir keine Sorgen«, versicherte ich ihr. »Ich habe schon Schlösser aufgekriegt, die sehr viel schwieriger waren als dies hier ... na also! Geschafft! Das funktioniert doch immer noch.«

Margie hatte vor Bewunderung ganz große Augen. »Paul, ich wußte gar nicht, daß du so etwas kannst; du bist wirklich klasse!«

»Ach, das ist nur ein kleiner Kniff, den ich mir mal irgendwo abgeguckt habe«, sagte ich bescheiden. Ich hatte Margie bisher nicht allzu viel von unserer Gang in Sarnia erzählt und wie ich schon im Alter von zehn Jahren gelernt hatte, normale Schlösser zu knacken. Es war ein tolles Gefühl, in den Augen seiner Frau ein Held zu sein – warum sollte ich das mit Geständnissen verderben?

Am nächsten Morgen frühstückten wir spät, bummelten durch die Stadt und genossen das schöne Wetter. Die Schule, an der Margie vom Herbst an unterrichten sollte, war nicht weit weg, und sie wollte einfach dort vorbeigehen und schon mal einen Blick darauf werfen. Wir hatten viel Zeit, es war einfach wunderbar, ganz ohne Termindruck zu sein. Während wir so dahinschlenderten, hörten wir von irgendwoher Musik und gingen neugierig in diese Richtung.

»Das sind Gospelsongs«, sagte ich, und eine Minute später standen wir mitten in einer christlichen Freiversammlung. Ich kannte sogar den Leiter, Mr. Wyman, mit dem ich schon einmal zusammengearbeitet hatte.

»Paul, wie schön, dich zu sehen!«

Ich stellte Margie vor, und während wir miteinander plauderten, sah ich, daß dort ein unbenutztes Akkordeon lag. Das junge Mädchen, das eigentlich hatte spielen sollen, war nicht gekommen.

Margie griff nach dem Instrument. »Ich kann für euch spielen.«

In den folgenden Stunden arbeiteten wir bei jenem Straßeneinsatz mit. Margie spielte viele bekannte Lieder, die auch den Passanten vertraut waren. Mr. Wyman hielt einige Kurzansprachen, und ich führte zwischendurch Zaubertricks vor und erzählte, wie sich durch den Glauben an Jesus mein Leben verändert hatte. Viele Leute blieben stehen, einige trafen eine Entscheidung für Jesus.

Es war ein wunderbarer erster Ehetag! Margie und ich haben später noch oft gesagt, daß dieser Tag im Grunde das Sahnehäubchen auf unserem Flitterwochenkuchen war!

Am Montagmorgen fuhren wir dann los in Richtung Echo Lake, machten aber unterwegs noch einmal in Frankford halt, um Mom und Dad Adams zu besuchen. Sie überredeten uns, bei ihnen zu übernachten. So schliefen Margie und ich in meinem alten Zimmer. Wir machten am Abend sogar noch einen kleinen Spaziergang zu dem Hügel, um die Strommasten aus der Nähe zu betrachten, die mir damals in jener denkwürdigen Nacht wie zwei Kreuze erschienen waren.

Dienstag fuhren wir endgültig weiter. Der Pastor meiner Gemeinde in Toronto, zu der ich inzwischen gehörte, hatte uns freundlicherweise seine Hütte am Seeufer des Echo Lake zur Verfügung gestellt. Nachdem wir ein bißchen suchen mußten, fanden wir sie schließlich – und weil es ein heißer Julitag war, beschlossen wir, erst einmal ein erfrischends Bad im See zu nehmen.

Es sah so aus, als ob wir den ganzen See für uns hätten. Kein Mensch weit und breit. Also machten wir uns nicht die Mühe, Badesachen anzuziehen, und sprangen einfach nackt ins kühle Naß. Wir planschten herum und waren gerade wieder in der Hütte, um uns im Schlafzimmer abzutrocknen, als wir eine Stimme hörten: »Hallo? Hallo? Kann ich reinkommen?«

Margie floh schleunigst ins Bad, während ich hastig einen Bademantel überstreifte und ins Wohnzimmer ging. Dort stand ein älterer Herr, der offenbar einen Schlüssel für die Haustür besaß!

»Hallo! Mein Sohn ist Ihr Pastor in Toronto. Er hat mich gebeten, vorbeizuschauen, ob in der Hütte alles in Ordnung ist. Ich war gestern schon hier, aber da habe ich keinen angetroffen – eigentlich hatte ich Sie nämlich schon Sonntag erwartet.«

Während ich mit dem alten Herrn plauderte, kam Margie – vollständig angezogen – aus dem Badezimmer. Nachdem ich sie vorgestellt hatte, folgte eine lange, verlegene Pause. Er sah Margie an und dann mich, wie ich im Bademantel vor ihm stand ... dann räusperte er sich: »Ich glaube, ich habe Sie gestört ... ich gehe wohl besser!«

Wir warteten, bis seine Schritte nicht mehr zu hören waren – dann erst wagten wir es, uns anzusehen. Margie schlich zur Haustür, schob den Riegel vor ... und dann brachen wir prustend vor Lachen auf dem Bett zusammen.

Unsere gemeinsame Woche dort am Echo Lake war eine wunderbare Zeit, in der wir uns sehr viel besser kennenlernten. In all den Monaten, in denen wir befreundet gewesen waren, hatte ich nur selten Gelegenheit gehabt, mit Margie allein zu sein. Gewöhnlich waren wir bei ihrer Familie auf der Farm, wo immer viele Leute zusammenkamen.

Aber jeder Urlaub geht einmal vorbei, und wir kehrten zurück nach Toronto. Margie begann an einer Schule im Yorkville District zu unterrichten, damals ein verrufenes Innenstadtviertel. Ich arbeitete weiter im Filmverleih der Buchhandlung. An den Wochenenden wurde ich regelmäßig als Zauberkünstler zu christlichen Veranstaltungen eingeladen.

Im Spätherbst sollte ich eine Woche lang auf einer Jugendwoche in Timmins sprechen, etwa 700 Meilen nördlich von Toronto. Ich hatte geplant, Freitagnachmittag nach der Arbeit loszufliegen und dann bis zum kommenden Donnerstag dort Veranstaltungen durchzuführen. Als ich am Freitagabend in den Saal kam, traute ich meinen Augen nicht. Der Saal war zwar voll, aber nicht etwa mit Jugendlichen, sondern mit kleinen Kindern! Ich griff nach dem Einladungszettel und stellte fest, daß bei der Altersangabe ein Fehler passiert war: Nicht »Jugendliche zwischen 15 und 21« waren eingeladen worden, sondern »Kinder zwischen 5 und 12«!

Es waren zwar auch ein paar Teenager gekommen – aber nur, weil der Pastor am Sonntag im Gottesdienst auf den Fehler hingewiesen hatte. Die erste Veranstaltung brachte ich mit Mühe und Not hinter mich, aber ich fühlte mich doch ziemlich hilflos, weil mein gesamtes Material auf Jugendliche zugeschnitten war.

Nach der Veranstaltung rief ich ziemlich entmutigt Margie an und klagte ihr mein Leid. »Sie haben mir alles vermasselt ... Es sind fast nur kleine Kinder da, und ich bin einfach nicht dafür vorbereitet.«

»Aber du mußt dableiben, Paul«, drängte Margie. »Wenn du die Sache jetzt abbrichst, handelst du dir einen schlechten Ruf ein, weil die Leute dich für unzuverlässig halten. Du mußt unbedingt bleiben!«

Ich versuchte, mit Margie zu diskutieren, aber vergeblich. Sie überzeugte mich, daß ich diese Woche hinter mich bringen mußte. Also bat ich sie, Kontakt zu Jimmy Lake aufzunehmen und ihm ein paar Tricks abzukaufen, die für kleinere Kinder besser geeignet waren. Sie versprach mir, zu ihm zu gehen und die Utensilien mit dem nächsten Bus von Toronto aus loszuschicken.

Als ich den Hörer auflegte und ins Bett ging, fragte ich mich, was das nun schon wieder sollte ... Nicht daß ich kleine Kinder nicht gemocht hätte! Ich erinnerte mich noch gern an meine kleinen Freunde vom Zoo. Aber ich war ein Jugendevangelist – und das wollte ich auch bleiben, bis ich vielleicht einmal Pastor werden würde.

Am London Bible College und auch in den Sommerkursen am Moody Bible Institute in Chicago war immer die Ausbildung zum Pastor, Missionar oder (einer neuen Spezialrichtung) zum Jugendpastor hervorgehoben worden. Bei meinem Hintergrund schien es nur natürlich, den Jugendbereich zu wählen, weil ich dort Erfahrungen aus erster Hand weitergeben konnte.

Als ich am Samstagabend zur zweiten Veranstaltung erschien, waren die meisten Kinder wiedergekommen. Mich selbst überraschte das am meisten, hatte ich doch am Vorabend über typische Jugendprobleme gesprochen, etwa über die Freundschaft zwischen Mädchen und Jungen, über Probleme im Zusammenleben und über

Gruppendruck – also Dinge, mit denen Kinder noch gar nichts zu tun hatten, so meinte ich wenigstens. Weil das Paket von Margie noch nicht angekommen war, brachte ich auch den Samstagabend irgendwie hinter mich, indem ich versuchte, meine Vorführung entsprechend umzugestalten. Ich führte ein paar einfache Münzentricks vor und arbeitete einen Teil von LaVerns Geschichte in mein Programm ein. Dabei erzählte ich in der dritten Person, so als ob LaVern eine andere Person wäre.

Am Sonntagnachmittag kam endlich das Paket mit den Utensilien, die Margie bei Jimmy Lake erstanden hatte. An diesem Abend war die Halle brechend voll mit kleinen Kindern, und ich führte einen »Bibel-Zerreiß-Trick« vor, zu dem ein langer Papierstreifen gehörte, auf dem in großen Druckbuchstaben das Wort »Bibel« stand. Diesen Papierstreifen zerriß ich vor den Augen der Kinder in kleine Stücke, während ich erzählte, daß es Leute gäbe, die die Bibel gern zerstören würden. Sie sagen, daß sie nicht an die Schöpfung glauben oder an die sogenannten Wunder der Bibel – das seien alles nur Märchen.

Ich schloß meinen kleinen Vortrag mit den Worten: »Man kann die Bibel gar nicht loswerden. Auch wenn man sie zerreißt, ändert das nichts daran, daß Gottes Wort wahr ist . . .« Und im selben Augenblick erschien in meinen Händen ein heiler Papierstreifen mit dem Wort »Bibel« darauf. Den Kindern schien diese Bibel-Geschichte zu gefallen.

An den folgenden beiden Abenden führte ich ihnen Seiltricks vor. Dabei ging es hauptsächlich um den Gedanken, daß nur Gott Sünden wegnehmen kann und daß in Gottes Augen alle Sünden gleich schlimm sind.

Am Mittwochabend drehte sich mein Anschauungsunterricht um eine »Phantombox«, das war ein weiterer Trick, den Margie bei Jimmy Lake gekauft hatte. Als ich sie dem Publikum zeigte, war die 20 mal 20 Zentimeter große Box völlig leer, und ich bemerkte dazu, daß wir oft versuchen, so zu tun, als sei in unserem Leben alles in Ordnung. Dann griff ich in die »leere« Box und zog schmutzige Taschentücher, dreckige Socken und andere Sachen heraus – ein Sinnbild für die Sünde in unserem Leben.

Jeden Abend führte ich einen anderen Trick vor, und dabei erzählte ich immer einen Teil von LaVerns Geschichte, ohne jedoch dessen wahre Identität preiszugeben. Für den letzten Abend hatte ich mir einen schwierigen Trick mit drei Seidentaschentüchern und einem Beutel aufgehoben. Ich erklärte, der Beutel stehe für LaVern, den jungen Taugenichts, von dem ich die ganze Woche erzählt hatte. Während ich sprach, hantierte ich mit den Seidentüchern, um zu zeigen, wie Gott die Sünde von unserem Leben wegnimmt, wenn wir an Jesus glauben.

Schließlich sagte ich: »Woher weiß ich eigentlich so genau, daß Gott das alles tun kann? Weil ich selbst dieser LaVern bin – der Dieb und Mörder, von dem ihr die ganze Woche gehört habt! Jesus hat mein Herz von all der Sünde und dem Haß gereinigt, und er kann auch euer Herz reinigen.«

Später sprach ich mit einem neunjährigen Jungen über Jesus. Als ich mit ihm die Bibelstellen aus dem Römerbrief und dem Johannesevangelium las, merkte ich, daß er sehr wohl verstand, worum es dabei ging. Er wußte, was Sünde war und woher die Lügen kamen – vom Vater der Lüge, dem Satan selbst. Ich betete mit ihm, gab ihm eine Bibel und schickte ihn mit einem aufmunternden Klaps auf die Schulter nach Hause.

Als ich an diesem Abend allein auf meinem Zimmer war, dachte ich darüber nach, was passiert war. Diese kleineren Kinder verstanden viel mehr, als ich gedacht hatte. Die Woche war also nicht vergeblich gewesen! Wollte Gott mir damit etwas sagen? Nein, das bildete ich mir sicher nur ein. Er hatte mich zur Arbeit unter Jugendlichen berufen – da war ich mir ganz sicher.

Wieder zu Hause, erzählte ich Margie, was passiert war. Sie gestand, daß sie zusammen mit zwei befreundeten Lehrerinnen die ganze Woche für mich gebetet hatte. Dafür war ich ihr sehr dankbar – aber ihre letzte Bemerkung brachte mich wieder in Verwirrung: »Paul, ich weiß, daß du wirklich gut bist für die Kinderarbeit.«

»Aber Margie, Gott hat mich in die Arbeit mit Jugendlichen berufen ... Meine gesamte Ausbildung ist auf diese Zielgruppe ausgerichtet ...«

»Das weiß ich, Paul, und du machst das auch ganz wunderbar ...

Ich sage ja auch nur, daß du besonders sensibel bist für kleine Kinder und daß du weißt, wie man sie anrühren kann. Ich glaube, du solltest einfach beten, was das zu bedeuten hat.«

Ein paar Tage später fragte Margie mich, ob ich nicht Lust hätte, einmal mit ihr in die Schule zu kommen und ihre Klasse zu beobachten. Sie unterrichtete eine Klasse mit Elf- und Zwölfjährigen, eine ruppige und schwer zu bändigende Horde. Yorkville war ein sozialer Brennpunkt in Toronto und Zentrum der Drogenszene. Die Eltern vieler Schüler waren Hippies oder Drogenkonsumenten, die von San Francisco nach Kanada gekommen waren.

Ich zeigte den Kindern ein paar Tricks und plauderte mit ihnen, nicht über irgendwelche Glaubensdinge, sondern ganz allgemein übers Leben. Ich fragte sie zum Beispiel, wie sie sich fühlten, wenn sie betrogen, logen oder stahlen. Die meisten lachten und sagten, das wichtigste sei eben, sich nicht erwischen zu lassen.

Als Margie und ich an diesem Tag zu Abend aßen, gab ich zu: »Also diese Kinder, die du da unterrichtest, haben wirklich das Evangelium nötig – sie sind offensichtlich viel älter, als ihr Alter vermuten läßt.«

Etwa um diese Zeit bekamen Margie und ich Kontakt zum »Fischnetz«, einem christlichen Café für Jugendliche in der Gegend von Yorkville. Mindestens drei Abende in der Woche verbrachten wir dort. Ich als »christlicher Zauberkünstler«, während Margie Klavier spielte, in der Seelsorge tätig war und bei meinen Vorstellungen assistierte.

Wenn wir kamen und gingen, trafen wir auf der Straße immer häufiger kleine Kinder, die für das Café noch zu jung waren. Immer öfter blieb ich stehen, um mit ihnen zu reden – und genau wie damals die Kinder am Zoo wurden auch sie meine Freunde und erzählten von ihren Problemen und Sorgen. Ich konnte sie in ihren Augen entdecken: die Sehnsucht nach Liebe und Geborgenheit. Viele von ihnen waren völlig verwahrlost; offensichtlich kannten sie so etwas wie Familienleben überhaupt nicht. Ich merkte: Diese Kinder waren begieriger, das Evangelium zu hören, als Teenager es waren.

Ein weiteres Schlüsselerlebnis folgte ein paar Monate später. Ich war eingeladen, in der Sonntagsschule der Freien Methodistengemeinde in der Innenstadt von Toronto aufzutreten. Nach meiner Zaubervorstellung sprach ich die Einladung aus, daß die Kinder jetzt Jesus in ihr Herz lassen könnten. Etliche Kinder kamen nach vorn. Die folgende Stunde – während parallel der Sonntagsgottesdienst lief – redete ich mit ihnen und ließ sie erzählen. Dabei erfuhr ich, wie ihr Leben aussah.

Manche Kinder erzählten, sie seien so einsam, daß sie anfingen, mit dem Fernseher zu reden. Andere, die verzweifelt die Gesellschaft von Freunden suchten, um jemanden zum Reden zu haben, hingen an Kiosken und öffentlichen Plätzen herum. Sie konnten es einfach nicht aushalten, nach Hause zu kommen, nur um festzustellen, daß sie dort völlig allein waren. Ihre Mütter und Väter – wenn sie denn das Glück hatten, beide zu kennen – waren stundenlang nicht zu Hause und manchmal auch bis spät nachts unterwegs.

Mir dämmerte, daß die Einsamkeit und Isolation, die sie beschrieben, genau das war, was ich damals in Guelph erlebt hatte. Die Isolation, die diese Kinder erlebten, war genauso real wie das, was ich empfunden hatte, als nicht einmal die Wärter mit mir geredet hatten. Ihre Eltern wollten nicht mit ihnen reden, weil sie zu müde waren oder weil sie erst nach Hause kamen, wenn ihre Kinder schon längst schliefen. Kein Wunder, daß diese Kinder sich nach anderen Kontaktpersonen umsahen, die ihnen die Familie ersetzten.

Wenn ich mit diesen Kindern sprach, spulte sich meine eigene Kindheit wie ein Film vor meinem inneren Auge ab. Als ich zwischen neun und zwölf gewesen war, hatte ich mit meiner eigenen Art von Isolation und Elend zu kämpfen gehabt. Meine eigentliche Schule war nicht das offizielle Gebäude mit den Klassenräumen gewesen, sondern die Garage im Garten hinter Jimmy D.'s Haus. Dort hatte ich die für mich wichtigen Dinge gelernt . . . Trinken, Drogen und Sex, wie man ein Auto kurzschließt oder ein Fenster einschlägt, ohne dabei Lärm zu machen, wie man mit einer Feile ein Schloß knackt und mit einem Kleiderbügel die Verriegelung einer Autotür öffnet.

Zugegeben, die meisten Kinder, mit denen ich es hier zu tun hatte, waren noch nicht in dieser kriminellen Szene gelandet. Aber sie und ich damals hatten etwas Entscheidendes gemeinsam: Sie wußten wenig oder gar nichts von Gott und noch weniger über seinen Sohn Jesus Christus. Und sie waren unterwegs auf einer sehr einsamen Straße, auf der auch ich einmal unterwegs gewesen war ... beinahe bis zur Katastrophe.

Nach dem Morgen in der Sonntagsschule bekam ich mehr Anfragen von Gemeinden im Großraum Toronto. Mit der Zeit stellte ich fest, daß ich immer mehr Veranstaltungen speziell für Kinder machte – und zwar gar nicht so ungern. Margie und ich sprachen darüber.

»Weißt du«, gab ich schließlich zu, »vielleicht hast du ja recht ... Vielleicht will Gott ja, daß ich mit Kindern arbeite, auch wenn das unter den Geistlichen zur Zeit nicht unbedingt ›in‹ ist.«

Von nun an arbeiteten Margie und ich häufig auf Wochenendveranstaltungen für Kinder zusammen. Wir fuhren dann freitags direkt von der Arbeit aus in alle möglichen Orte, die nicht weiter als anderthalb Stunden Fahrzeit von Toronto entfernt lagen. Ich entwickelte eine Reihe von Kinderprogrammen, wobei ich mir große Mühe gab, eine Mischung aus Tricks und Geschichten hinzubekommen, die etwas verdeutlichten. Durch meine Arbeit beim Filmverleih hatte ich auch eine gute Auswahl von Kinderfilmen zur Hand.

Selbstverständlich ließ ich weiterhin Geschichten aus dem Leben von LaVern in mein Programm einfließen, aber immer in der dritten Person. Wenn ich dann am Ende der Woche die Kinder fragte: »Würdet ihr LaVern gern kennenlernen?«, dann waren viele von ihnen richtig ängstlich. Ich konnte sie dann beruhigen, indem ich sagte: »Ich bin LaVern! Und ich bin hier, um euch zu sagen, daß Gott jeden Menschen verändern kann.«

Margies musikalische Fähigkeiten bereicherten das Programm ungemein. Wir merkten schnell, daß die traditionellen Kinderlieder aus den Gemeindegesangbüchern für viele Kinder zu kompliziert waren. Also schrieb Margie eigene Lieder mit einfacheren Texten.

Im April 1966 war ich dann so weit, aus dem Filmverleih der Buchhandlung auszusteigen und meinen eigenen Verleih zu eröffnen. Ich kaufte eine Lizenz der Firma Gospel Films und wurde deren neuer Repräsentant in Toronto. Daneben hatte ich auch noch Filme vieler anderer Filmproduzenten im Programm.

Als Margie und ich eines Abends gerade darüber sprachen, welche guten Möglichkeiten wir doch durch den Filmverleih hätten, rief Redd Harper an, ein Christ und ehemaliger Westernschauspieler, der jetzt als Prediger arbeitete. Ich freute mich, von ihm zu hören.

Nachdem wir eine Weile über dies und das geplaudert hatten, fragte er: »Was hältst du davon, hierher zu fliegen und mit mir zusammen eine Evangelisation zu machen? Ich bin für alle möglichen Orte rund um Los Angeles gebucht, und deine Hilfe käme mir sehr gelegen.«

Margie hielt das für eine großartige Chance. Also blieb sie in Toronto, während ich nach Los Angeles flog, um zwei Wochen lang zusammen mit Redd zu evangelisieren.

In dieser Zeit schaffte ich es außerdem, das berühmte Magic Castle in Hollywood zu besuchen, eine Arena für Top-Zauberkünstler, wo allabendlich Vorstellungen angeboten wurden. Ich gelangte durch die Einladung eines Zauberkünstlers dorthin, dessen Künstlername »Senator« Crandall war. Ich hatte ihn in Toronto kennengelernt, als er bei einem Kongreß von Zauberkünstlern einen Vortrag gehalten hatte.

Mit allen möglichen Ideen und Hoffnungen im Kopf kehrte ich zurück nach Toronto. Ob ich vielleicht auch einmal im Magic Castle mitarbeiten konnte? Der Gedanke faszinierte mich. Mir gefiel die ganze Szene in Los Angeles – die großen Autobahnen und der rasante, schnelle Lebensstil ... Offensichtlich gab es dort die Chance, Tausende von Leuten mit dem Evangelium zu erreichen.

In meinem Kopf nahm der Plan bereits Konturen an: Wir könnten unseren Filmverleih behalten und auch weiter in kanadischen Gemeinden Evangelisationen durchführen, aber auch ab und zu in die USA fliegen. Redd hatte mich bereits für eine weitere Veranstaltungsreihe im September eingeladen und mich gedrängt, auch Margie mitzubringen.

Das Leben verlief glatt – ganz wie ich es mir wünschte –, und offenbar fuhren wir gerade auf der Überholspur zum Erfolg. Ich ahnte nicht, daß wir kurz vor einer großen Umleitung standen, die uns an den Rand des Ruins bringen sollte. Nicht nur in unserer Arbeit, sondern auch in unserer Ehe!

Du lebst in einer Traumwelt!

»Natürlich gehst du, wenn du das möchtest, Paul … Aber du weißt ja, was ich von der Hollywood-Szene halte. Wir haben schon hundertmal darüber geredet, und du hast versprochen, mit all dem aufzuhören.«

»Margie, ich habe gar keine Wahl. Ich habe schon vor Monaten Verträge für diese Auftritte unterschrieben, und wenn ich die nicht einhalte, kann man mich juristisch belangen … Womöglich verlieren wir sogar das Haus … Und außerdem brauchen wir das Geld.«

»Also gut, aber fahr allein! Das Reisen ist mir zuviel, solange Paula noch so klein ist. Aber ich sage dir eins, Paul: Wir sind schon sehr weit von dem Weg abgekommen, auf den wir uns vor der Hochzeit geeinigt haben!«

Ich war zwar nicht der Meinung, daß wir überhaupt weit gekommen waren – aber ich hatte keine Zeit zum Streiten. Während ich schnell meine Sachen packte, fuhr schon das Taxi vor. Ich küßte Margie und die Mädchen, und weg war ich. Noch heute sehe ich Tina und Paula vor mir, wie sie ihre kleinen Nasen gegen die vereiste Fensterscheibe drücken; und ich sehe Margie, die mir besorgt und ernst hinterherschaut.

Es war ein elender Beginn für eine Reise, aber was sollte ich tun? Margie würde sich schon wieder beruhigen. Wenn ich wiederkam, mußten wir über alles reden. Ich würde ihr klarmachen, wie weit wir es schon gebracht hatten und wie sehr Gott uns in den vergangenen sechs Jahren gesegnet hatte.

Das war im Januar 1971. Im großen und ganzen war das Leben gut zu uns gewesen. Mit unserem Filmverleih lief es in letzter Zeit zwar nicht so gut, aber wir wohnten in einem wunderschönen Haus in einer ruhigen Wohngegend von Toronto. Wir hatten einen

Swimming Pool, zwei schicke Autos und Kreditkarten, von denen wir häufig Gebrauch machten.

Auf der Fahrt im Taxi zum Flughafen überlegte ich, wie es eigentlich zu dieser Situation gekommen war. Nachdem ich 1966 zwei Wochen lang mit Redd in Los Angeles zusammengearbeitet hatte, lud er mich ein: »Warum kommst du nicht einfach im September wieder, und wir machen noch ein paar Veranstaltungen zusammen? Und bring doch auch deine Frau mit! Laura und ich würden sie gern kennenlernen.«

»Plane uns ruhig ein«, erwiderte ich, »ich bespreche das mit Margie. Wahrscheinlich werden wir kommen.«

Und so war es auch. Wir verbrachten ein aufregendes Wochenende mit Redd und Laura in ihrem wunderschönen Haus in Hollywood. Freitag, Samstag und Sonntag arbeiteten wir mit Redd zusammen in einer großen Gemeinde in Long Beach.

Am letzten Abend nach dem Schlußgebet kam ein Mann auf uns zu, der mir irgendwie bekannt vorkam. »Hallo, ich bin Walt Disney«, stellte er sich vor. »Ihre Vorstellung hat mir gefallen, und ich frage mich, ob Sie vielleicht Interesse hätten, bei uns in Disneyland oder Disneyworld zu arbeiten.«

»Vielen Dank, Mr. Disney, aber ich glaube nicht, daß ich dazu gut genug bin.«

»Sie sind zwar nicht der beste Zauberkünstler der Welt«, räumte Disney freimütig ein, »aber Sie haben einen Draht zu Kindern. Wie lange sind Sie noch in der Stadt?«

»Morgen nachmittag fliegen wir wieder nach Hause.«

»Kommen Sie doch einfach morgen früh in mein Büro und füllen Sie eine Bewerbung aus«, drängte er. »Ich glaube, wir können Sie gebrauchen.«

Am nächsten Morgen füllten wir tatsächlich im Disneyland-Büro in Anaheim die Bewerbung aus. Dann flogen wir zurück nach Toronto, so daß Margie rechtzeitig zum Schulbeginn daheim war und ich mich um meinen Filmverleih kümmern konnte. Die Feiertage nahten – für den Filmverleih die beste Zeit des Jahres.

Ich hatte das Angebot von Walt Disney schon fast vergessen, als etwa einen Monat später ein Anruf kam: Ob ich ein paar Probevorstellungen in Disneyworld in Orlando, Florida machen könnte, etwa in einer Woche?

Und ob ich das konnte! – Ich flog wieder allein, alles lief gut, und bald bekam ich häufiger Anfragen, Vorstellungen in Florida und Kalifornien zu übernehmen.

Meine Auftritte in Disneyland und Disneyworld zogen weitere Engagements nach sich, hauptsächlich in großen Vergnügungsparks in Kalifornien. Immer, wenn ich in Los Angeles war, schaute ich im Magic Castle vorbei. Schließlich überredete mich mein Freund und Kollege Senator Crandal, mich auch selbst dort zu bewerben. 1968 wurde ich aufgenommen und ein paarmal auch um Vorstellungen gebeten, die ich persönlich als Höhepunkte meiner Karriere betrachte.

Schon bald wurde unser Leben ziemlich hektisch: Im Sommer hatte Margie Schulferien, und auch der Filmverleih lief schleppend. In dieser Zeit konzentrierten wir uns auf Veranstaltungen in Gemeinden, Ferienlagern und Sommerbibelschulen im Raum Toronto.

Nach der Evangelisationsarbeit im Sommer fuhren wir schnell zurück nach Toronto, weil dann die hektischste, aber auch einträglichste Zeit im Filmverleih begann, die etwa bis Silvester dauerte. Danach setzten wir uns gleich wieder ins Flugzeug und flogen nach Los Angeles, Florida oder Atlanta – um hauptsächlich im säkularen Bereich zu arbeiten. Hin und wieder arbeitete ich auch mit Redd Harper in Los Angeles zusammen, aber in erster Linie machte ich Unterhaltungsprogramme für Kinder in den großen Vergnügungsparks.

Dieser Jahresrhythmus forderte seinen Preis. Als erstes wurde dadurch Margies Arbeit als Lehrerin in Mitleidenschaft gezogen. Anfang 1967 begleitete sie mich auf einer Reise an die Westküste, und als wir wieder zurückkamen, sagte sie mir ganz offen, es sei ihr unmöglich, weiterhin eine volle Stelle als Lehrerin zu haben und die Schüler so oft allein zu lassen. Sie beschloß, zu kündigen und nur hin und wieder als Vertretung zu arbeiten. Die Wintermonate über – von Januar bis März – waren wir dann zusammen unterwegs.

Unsere »Winterferien« in den Vereinigten Staaten waren aus mehreren Gründen angenehm: Zum einen schmeichelte es mir, in den größten und besten Vergnügungsparks aufzutreten. Außerdem wurde meine Arbeit gut honoriert – und dann war es dort wesentlich wärmer als in Ontario. Im April kamen wir in der Regel wieder zurück nach Toronto und konzentrierten uns auf den Filmverleih, in dem um Ostern herum wieder relativ viel los war. Gleichzeitig bereiteten wir in dieser Zeit schon wieder die Evangelisationsveranstaltungen im Sommer vor.

In den ersten paar Jahren genoß Margie unsere Reisen und schien auch gut mit dem hektischen Lebensstil zurechtzukommen. Im Winter und Frühjahr 1968 reisten wir zusammen – bis kurz vor der Geburt unserer Tochter Tina im Mai. In diesem Jahr war sie nicht bei den Sommereinsätzen dabei, aber im darauffolgenden Sommer begleitete sie mich bereits wieder. Wir nahmen Tina einfach mit und waren zusammen in Kanada, Pennsylvania und dem Staat New York unterwegs. Als im Januar 1971 dann unsere zweite Tochter Paula geboren wurde, geriet unser Leben ein wenig aus den Fugen.

Ich war noch nie ein Finanzgenie gewesen – und schon bald stellte ich fest, daß mein Filmverleih immer tiefer in die roten Zahlen geriet. Wahrscheinlich hatten wir uns einfach nicht genug um das Geschäft gekümmert. Mir machte das Reisen und die Vorstellungen vor vollen Sälen soviel Spaß, daß ich die Finanzmisere gar nicht so schnell bemerkte. Den Filmverleih hatten wir drei Studenten überlassen, die ich noch aus meiner Zeit bei Jugend für Christus kannte. Sie hielten den Laden zwar in Gang, aber beispielsweise ließen sie Rechnungen einfach wochenlang liegen, wenn wir unterwegs waren. Außerdem hatten wir den Verdacht, daß einer heimlich Geld für sich abzweigte.

Bald hatten wir uns mit unserem Verleih total übernommen. Wenn mein Agent dann ein Honorar für Auftritte in den Vereinigten Staaten schickte, versuchte ich zwar, hier und da eine Rechnung zu bezahlen. Aber meistens war ich eher geneigt zu sagen: »Komm, Margie, wir haben in letzter Zeit so viel Streß gehabt ... Laß uns mit den Kindern ein paar Tage nach New York fliegen. Da tritt gerade ein Zauberkünstler auf, den ich schon immer gern sehen wollte ... Und du kannst ein bißchen bummeln gehen.«

Dann steckten wir unsere Kreditkarte ein, stiegen in den nächsten Flieger nach New York oder Chicago – oder sonstwohin, nur weg von dem Druck und der Verantwortung – und gaben Geld aus, das wir nicht hatten, für Dinge, die wir nicht brauchten. Ich kaufte mir oft neue Zauberutensilien, die in der Regel sehr teuer waren, und bald hatte ich eine ganze Garage voller Zubehör, das ich – wenn überhaupt – meist nur ein- oder zweimal benutzte.

Im Jahr 1972 hätte ich merken müssen, daß ich haarscharf vor dem Bankrott stand, aber das schnelle, umtriebige Leben hatte mich blind gemacht für unsere wirtschaftliche Lage. Auch geistlich geriet ich ins Abseits – indem ich immer seltener in Gemeinden und bei Evangelisationen auftrat, dafür aber immer häufiger in den großen Vergnügungsparks arbeitete.

Ich war zynisch geworden, was meinen Einsatz bei christlichen Veranstaltungen anging. Zu oft hatte ich die Erfahrung gemacht, daß Gemeinden es nicht für nötig hielten, pünktlich die anstehenden Honorare zu zahlen. Disneyland und die anderen großen Vergnügungsparks zahlten besser – und obendrein pünktlich! Wenn ich vor der Wahl stand, in einer Gemeinde für 30 Dollar aufzutreten oder in einem Vergnügungspark für 300 Dollar – dann war es natürlich attraktiver, dorthin zu gehen, wo gut bezahlt wurde.

Schon 1970 hatte Margie gespürt, in welche Richtung wir abdrifteten. Wir sprachen über die Veränderungen, die sie bei mir zu bemerken glaubte. Zuerst wies ich alles weit von mir, aber nach und nach mußte ich zugeben, daß ich zunehmend verbittert darüber wurde, wie die Gemeinden mit freien Mitarbeitern umgingen.

Im Herbst 1971 erklärte ich mich schließlich bereit, auf weitere Engagements im säkularen Bereich zu verzichten. Allerdings waren da noch mehrere unterschriebene Verträge einzuhalten. Und so kam es, daß ich an jenem besagten Januarmorgen losfuhr.

In den folgenden Monaten absolvierte ich eine Reihe von Auftritten in Kalifornien, Florida und Georgia. Wann immer das möglich war, flog ich zwischendurch nach Hause. Die Spannungen zwischen Margie und mir ließen aber nicht nach, ja sie nahmen sogar noch zu, weil Margie behauptete, dieses Pendeln würde zuviel Geld verschlingen – Geld, das wir eigentlich brauchten, um unsere Schulden zu bezahlen. Inzwischen arbeitete sie wieder vertretungsweise in der Schule und gab Musikunterricht, um uns finanziell etwas zu entlasten.

Als ich eines Abends aus Florida kam, stand Margie nicht wie üblich bei der Gepäckabfertigung am Flughafen, um mich abzuholen. Statt dessen hatte sie ihren Bruder Jim geschickt.

»Margie war einfach zu müde, um jetzt im Feierabendverkehr zu fahren«, erklärte er. »Sie hat mich gebeten, dich abzuholen.« Das trug absolut nicht dazu bei, die bestehenden Spannungen abzubauen. Ich vernahm sehr wohl die unterschwellige Botschaft, daß meine Frau und ich uns immer weiter voneinander entfernten.

Im April war ich in Kalifornien ausgebucht: in Vergnügungsparks, bei der Eröffnung eines großen Supermarktes und in verschiedenen Clubs. Margie war in Toronto geblieben, aber ich rief sie an und bat sie, nach Los Angeles zu kommen, damit wir uns in ihren Frühjahrsferien dort treffen konnten. Zögernd erklärte sie sich einverstanden, mit den Kindern zu kommen.

Ich hatte inzwischen mit meinen Auftritten gutes Geld verdient – trotz der Pendelei nach Kanada war noch eine Menge übriggeblieben. Um so mehr war ich davon überzeugt, daß ich mit den Auftritten in Vergnügungsparks weitermachen mußte, um die Schulden ganz loszuwerden – selbst in den Sommermonaten, die normalerweise den Evangelisationseinsätzen vorbehalten waren. Darüber wollte ich mit Margie reden, wenn sie kam.

Als die drei eintrafen, erzählte Margie mir, das Ostergeschäft im Filmverleih sei dieses Jahr nicht so gut gelaufen wie sonst. Die Studenten, die für uns das Geschäft führten, brauchten anscheinend mehr Aufsicht und Anleitung. Offenbar liehen auch die Gemeinden weniger Filme aus, um damit ihre Feiertagsprogramme auszustatten. Wir hatten diese Tendenz schon zu Weihnachten 1971 bemerkt, und jetzt setzte sie sich fort.

Diese Nachricht lieferte mir ein weiteres Argument, wenigstens einen Teil des Sommers in Vergnügungsparks in den USA zu arbeiten. Aber mit diesen Ideen wollte ich Margie nicht sofort überfallen; sie sollte sich erst ein bißchen einleben.

Ein paar Tage später ließen wir Tina und Paula bei den Harpers und machten uns auf den Weg nach Whittier, um uns dort mit Virgil und Eleanor Wemmer zu treffen, guten Freunden, die dort einen blühenden Filmverleih betrieben. Es war Freitagabend, und wir fuhren gemütlich die Autobahn entlang. Ein guter Augenblick, um mit Margie über meine Pläne zu reden, dachte ich mir.

Als Margie hörte, daß ich im Sommer noch mehr säkulare Engagements annehmen wollte, fing sie an zu weinen. »Ich halte das nicht mehr aus, Paul«, sagte sie verzweifelt. »Wir haben Schulden, weil wir zuviel Geld ausgeben. Wir sind hier und gehen groß aus, obwohl wir das lieber lassen sollten. Wir benutzen unsere Kreditkarten, ohne nachzudenken, und wir bekommen Rechnungen für Sachen, die wir eigentlich nicht brauchen.«

»Aber Margie, ich habe endlich ein paar Engagements bekommen und ein paar Schecks. Es sieht schon alles viel besser aus, und wenn ich im Sommer weiter in den Vergnügungsparks arbeite, dann können wir wirklich den größten Teil unserer Schulden bezahlen!«

»Paul, du machst dir etwas vor, und du weißt es genau! Du verdienst vielleicht viel Geld, aber du gibst es sofort wieder für Flugtikkets aus. Immer wenn du ein paar Dollar in der Tasche hast, sieht für dich alles rosig aus, aber das ist ein Trugschluß.«

»Margie, als wir geheiratet haben, habe ich dir versprochen, für dich zu sorgen. Ich tue mein Möglichstes, und ich verstehe nicht, was du eigentlich sagen willst.«

»Paul, du hast immer für uns gesorgt, aber jetzt haben wir ein echtes Problem. Wir leben einfach über unsere Verhältnisse – ein schönes Haus mit Pool, Reisen überall hin, Geld ausgeben in Hotels. Aber das schlimmste ist, daß du kaum noch über Jesus sprichst. Und wenn du eine Veranstaltung in einer Gemeinde hast, dann spulst du das Programm einfach mechanisch ab – ich merke, daß du nicht mit dem Herzen dabei bist. Ich möchte lieber arm sein und wieder in unserem alten Appartement wohnen, als so zu leben, wie wir es jetzt tun.«

»Wie kannst du nur so etwas sagen! Wir haben in den letzten Jahren so viel Schönes erlebt. Wir sind gereist, haben viel gesehen und eine Menge Leute kennengelernt. Gut, wenn es mit dem Filmverleih im Moment nicht so gut steht, dann müssen wir eben einen Weg finden, um das wieder in Ordnung zu bringen ...«

»Paul, du machst dir doch selbst was vor. Merkst du denn nicht, daß wir immer weiter in Rückstand geraten? Du nimmst deine Gagen aus den Vergnügungsparks, um die Verluste im Filmverleih damit aufzufangen, du benutzt das Geld, um deine Reisekosten zu bezahlen, und dann gibst du auch noch jede Menge Geld für Zubehör aus. Wir haben eine Garage voller Zeugs, das du kaum benutzt ... nur weil du etwas ganz Bestimmtes für eine Vorstellung haben wolltest oder um irgendeine Person aus der Branche zu beeindrucken.«

»Aber ich brauche diese Sachen – sie gehören zu meinem Geschäft! Ich bin Zauberkünstler! Heutzutage muß man immer bessere Tricks zeigen, wenn man es zu etwas bringen will.«

»Aber Paul, wir bringen es zu nichts! Du gibst Tausende von Dollar für ein Stück Ausrüstung aus, und dann steht es in der Garage, nachdem du es ein- oder zweimal benutzt hast. Die Sachen sind wie Spielzeug für dich, nicht wie Werkzeug, das du immer wieder benutzt. Ich sage dir, daß wir das alles nicht brauchen. Wir sind nicht glücklich ... Die Kinder sind nicht glücklich!«

»Was willst du damit sagen ... die Kinder sind nicht glücklich? Sie reisen gern und sehen sich auch gern meine Vorstellungen an.«

»Ja, Paul, sie sehen deine Vorstellungen, aber sie fragen sich auch, wann du mal wieder zu Hause bist, um ihnen biblische Geschichten vorzulesen und mit ihnen zu beten. Du entschuldigst dich damit, daß du zuviel zu tun hast. Aber die Wahrheit ist, daß du kein Interesse mehr hast.«

Das Gespräch war ganz anders verlaufen, als ich gehofft hatte. Statt verständnisvoll zu sein, machte Margie mich klein und kritisierte mich. Ich beschloß, jetzt meinen Trumpf aus dem Ärmel zu ziehen, und erzählte ihr von einem neuen Zaubertrick, den ich kaufen konnte und durch den ich jede Menge neue Engagements bekommen würde. Es handelte sich um eine Art Telefonzelle, die in Fachkreisen »Crazy Lady« genannt wird, in die jemand hineingeht und dann scheinbar zerteilt wird.

»Es kostet nur dreitausend Dollar, Margie! Das ist genau das, was ich brauche – nicht nur für die Vergnügungsparks, sondern auch bei Auftritten in Gemeinden. Ich kann damit in den größeren Gemeinden und Ferienlagern auftreten, die mich auch anständig bezahlen. Dann brauchen wir endlich nicht mehr für ein paar Pfennige bei den kleinen Gemeinden zu arbeiten.«

»Dreitausend Dollar, Paul, woher sollen wir denn das Geld nehmen?«

»Margie, mit diesem Trick bekomme ich jede Menge neue Engagements.«

»Und wie willst du das Ding nach Hause befördern? Was meinst du, was der Transport kostet! Und wovon sollen wir es bezahlen, bis du die nötigen Engagements hast?«

»Margie, es wird schon klappen. Ich habe alles schon geplant. Bis Buffalo schicken wir es per Bahn, und dann kommen wir mit dem Auto über die Grenze und nehmen es Stück für Stück mit nach Kanada. Auf diese Weise brauchen wir es auch nicht zu verzollen.«

»Ist das deine christliche Sicht der Sache? Und überhaupt, kannst du den Kindern in den Gemeinden mit diesem Trick überhaupt etwas Geistliches vermitteln?«

»Ach, ich habe alle möglichen Ideen. Man kann die gespaltene Persönlichkeit damit veranschaulichen, wie es ein Loch im Leben gibt, wenn man zwar mit dem Kopf viel weiß, aber das Herz nichts damit anfangen kann ...«

»Paul, merkst du eigentlich, was du da gerade gesagt hast? Du redest davon, daß man mit dem Kopf viel weiß, aber das Wissen nicht ins Herz gelangt – und gleichzeitig willst du den Zoll betrügen! Du lebst in einer Traumwelt! Komm endlich zurück in die Wirklichkeit! Wir vertrauen Gott nicht mehr, du vertraust nur noch den Leuten, die dir am meisten bezahlen.«

»Da haben wir es wieder, Margie, du kommst mir mit frommen Sprüchen, um mich klein zu machen. Das ist unfair! Du sagst, ich vertraue Gott nicht, und dabei bist du es, die dauernd über Geld redet. Du sagst, daß wir nie genug haben, und dann steh ich da und versuche herauszufinden, wie ich genug Geld verdienen kann, damit wir alle unsere Rechnungen bezahlen können – aber du läßt mich im Stich! Und was meine Reisekosten angeht . . . Du weißt, daß ich schon seit langem gern in die Vereinigten Staaten ziehen möchte. In Kanada bringt es uns einfach nicht genug Geld. Aber du möchtest in der Nähe deiner Familie bleiben, und deshalb muß ich eben weiter reisen. Wir können nicht alles haben, Margie!«

»Wir brauchen nicht alles, Paul. Alles, was wir brauchen, ist dahin zurückzugehen, wo wir angefangen haben, als wir heirateten!«

»Du weißt genau, daß wir dahin nicht zurück können. Wir sind über all das weit hinaus. Wir haben zwei Kinder, ein Haus, eine Firma …«

»Nun, vielleicht kannst du nicht zurück, aber ich kann es. Ich bin in einer kleinen Landkirchengemeinde großgeworden, und …«

»Ach, jetzt kommt wieder die Nummer mit der kleinen Landgemeinde!«

»Ich möchte meine Töchter jedenfalls lieber in einer kleinen Landgemeinde aufwachsen sehen, wo sie das Evangelium hören, als in einem Haus, wo der Vater sagt, daß er Jesus lieb hat, aber er verhält sich, als ob er zur Familie des Teufels gehört! Mir reicht's, Paul! Wenn du dich nicht änderst, verlasse ich dich und nehme die Mädchen mit.«

Zurück ins Gelobte Land – und in die Armut

»Ich verlasse dich und nehme die Kinder mit!«

Ich war zutiefst schockiert über Margies Worte. Unser Wortgefecht, das getobt hatte, während wir uns durch den Freitagabendverkehr von Los Angeles manövrierten, war schlagartig verstummt. Zum ersten Mal in unserer Ehe hatte ich Angst – wirklich Angst. Ich hatte noch nie viel gehabt, und das, was ich angehäuft hatte, konnte ich ruhig verlieren. Aber mein angeknackstes Selbstwertgefühl hätte es nie überstanden, Frau und Kinder zu verlieren. Sie waren mir das wichtigste im Leben.

»Wir reden später darüber«, sagte ich ruhig, als wir auf den Parkplatz des Restaurants fuhren, wo wir uns mit unseren Freunden treffen wollten. »Laß uns einfach versuchen, einen schönen Abend mit Eleanor und Virgil zu haben – wenn das möglich ist.«

Wir betraten das Lokal und versuchten, so zu tun, als sei nichts gewesen. Ich bezweifle sehr, daß uns das gelang. Virgil und Eleanor merkten bestimmt, daß irgend etwas bei uns nicht stimmte. Statt wie sonst lange beisammenzubleiben und zu plaudern, verabschiedeten wir uns früh mit der Entschuldigung, wir hätten eine anstrengende Woche hinter uns und seien müde.

Auf der Heimfahrt saß Margie schweigend in der Dunkelheit.

»Also gut«, ergriff ich schließlich das Wort, »ich habe im Restaurant nachgedacht. Ich gebe zu, daß es nicht so gut aussieht, besonders in Kalifornien. Seit Walt Disney tot ist, ist Disneyland einfach nicht mehr das, was es einmal war. Es herrscht immer viel Hektik und Unruhe, wenn ich dort auftrete. Ich glaube, wir sollten darüber beten.«

»Ich habe schon gebetet, Paul«, sagte Margie sanft. »Ich habe dafür gebetet, daß wir aus diesem Hollywood-Lebensstil rauskommen. Wir haben eine wunderbare Familie und einen großartigen Auftrag, und ich glaube, daß all das an erster Stelle stehen muß. Dann können wir Gott auch unsere Finanzen anvertrauen. Du mußt aufhören, Gott zu sagen, was du möchtest – und statt dessen bereit sein, das zu tun, was er möchte.«

Eine ganze Weile war ich still. Dann sagte ich: »Weißt du, ich glaube, du hast recht. Es gibt vieles, wofür wir Gott danken können. Wir haben eine gute Ehe, und ich weiß nicht, warum wir sie aufs Spiel setzen sollten. Ich möchte die Kinder nicht verlieren ...«

»Mich doch auch nicht, oder?« fragte Margie besorgt.

»Nein, dich möchte ich auch nicht verlieren. Aber ebensowenig möchte ich, daß wir dauernd streiten. Das tut uns einfach nicht gut.«

»Nun, vielleicht sind wir beide einfach ein bißchen gestreßt«, meinte Margie. »Paul, ich war in letzter Zeit so verzweifelt, deshalb habe ich einfach mal Dampf abgelassen.«

»Ich weiß. Ich glaube, wir fahren erst mal nach Hause und überlegen, wie es weitergehen soll. Für mich sieht es so aus, als ob wir den Filmverleih verkaufen sollten.«

»Das habe ich eigentlich nicht gemeint, Paul.«

»Ich weiß aber nicht, ob wir es anders noch schaffen können, Margie. Ich kenne einen Mann in Buffalo, der das Geschäft schon seit langem gern kaufen möchte. Vielleicht sollten wir wirklich darüber nachdenken.«

Wir kamen relativ früh wieder bei den Harpers an, beschlossen aber, sofort ins Gästeappartement zu gehen, das Redd uns immer zur Verfügung stellte, wenn wir in Kalifornien waren. Tina und Paula schliefen, und wenig später waren auch wir eingeschlafen. Ich war müde – so müde. Aber ich war bereits zu einem Entschluß gekommen: Aus mehr als einem Grund konnten wir uns die »Crazy Lady« nicht leisten.

Früh am nächsten Tag rief ich den Besitzer der »Crazy Lady« an, um ihm mitzuteilen, daß ich nicht mehr interessiert sei. Als Margie und ich später auf der Terrasse frühstückten, erzählte ich ihr davon. Ich langte über den Tisch, faßte Margie bei beiden Händen und erklärte: »Die Familie muß zusammenbleiben.«

Wir weinten beide, als wir uns umarmten, aber diesmal waren es heilsame, gute Tränen.

Als wir wieder in Toronto waren, fing sofort unsere allsommerliche Evangelisationsarbeit an, während wir gleichzeitig versuchten, einen riesigen Stapel von Rechnungen zu bewältigen.

Ich überließ nun den gesamten Finanzbereich Margie. »Das ist nicht mein Ding – das wissen wir wohl beide. Am besten kümmerst du dich darum, und ich helfe dir, so gut ich kann.«

Wir beschlossen, den Filmverleih fürs erste noch zu behalten. Chuck Peterman, der Vizepräsident von Gospel Films, rief mich im Laufe des Sommers mehrmals an, um zu hören, wie es mit der Firma stand. Er wußte, daß wir Probleme hatten und anderen Filmfirmen erhebliche Summen schuldeten. Sanft aber bestimmt fing Chuck an, mir zuzureden, das Geschäft zu verkaufen, aber ich hielt ihn noch hin. Ich wollte abwarten, wie sich die Zahlen im Herbst entwickelten, bevor ich endgültig zum Verkauf bereit sei.

Der Sommer verging schnell. Margie war glücklich, daß wir zu Hause waren und taten, was wir als unsere Aufgabe sahen, aber finanziell wurde es von Woche zu Woche schwieriger. Im Frühsommer hatten wir mehrere Evangelisationsveranstaltungen in der Nähe von Buffalo durchgeführt, für die wir auch sofort ein Honorar erhielten. Aber als es dann Herbst wurde, mußte Margie sich richtig abmühen, um auch nur die dringendsten Rechnungen zu bezahlen. Ich fing an, meine Zauberausrüstung zu verkaufen, damit wir wenigstens die monatlichen Zinszahlungen für unser Haus leisten konnten. Schließlich verkauften wir auch unseren Kombi, so daß uns nur noch Margies altes Auto blieb.

Als es auf die Feiertage am Ende des Jahres zuging, hofften wir sehr, daß einige Gemeinden in der Umgebung von Toronto, wo ich kürzlich Kinderwochen durchgeführt hatte, endlich mein Honorar überweisen würden. Aber die Zeit verging, und nichts geschah. Verstärkt wurden unsere Sorgen noch dadurch, daß der jahreszeitliche Aufschwung, den wir für den Filmverleih erwartet hatten, ausblieb. Der Abwärtstrend, den wir schon zuvor beobachtet hatten, setzte sich anscheinend fort. Die Gemeinden setzten für ihr Feiertagsprogramm einfach keine Filme mehr ein.

Im Dezember waren wir sozusagen pleite. Wir hatten kaum noch Geld, um Lebensmittel zu kaufen; oft aßen wir die billigen Cornflakes zum Frühstück, wie unsere Kinder. Aber dann auch Cornflakes zum Abendessen – davon wird man einfach nicht satt! Wieder fingen Margie und ich an, zu streiten. Als ich mich an einem kalten Tag in der Vorweihnachtszeit wieder einmal beklagte, drängte sie mich, persönlich bei den Gemeinden vorzusprechen und die Honorarschecks persönlich abzuholen.

Dies war die Vorgeschichte für die Situation, die ich im ersten Kapitel dieses Buches beschrieben habe. Ich machte mich auf den Weg – und handelte mir damit den demütigendsten Tag meines Lebens ein. Bei meiner Rückkehr hatte ich etwa 40 Dollar Anzahlung in bar, aber keinen einzigen Scheck mit dem vollständigen Honorar erhalten. Wen wundert es, daß ich an diesem Abend am Rande eines Nervenzusammenbruchs stand! Wir hatten die »Fleischtöpfe Ägyptens« – sprich Hollywood – verlassen und waren in unser »gelobtes Land« zurückgekehrt. Aber statt Milch und Honig gab es dort nur Armut. Was dachte Gott sich eigentlich dabei?

Vielleicht dachte er, daß er Paul Powers erst auf die Knie bringen mußte, bevor er anfangen konnte, alles wieder zusammenzufügen. Der beschämende Vorfall mit dem Goldpapier sorgte jedenfalls dafür. Nachdem ich Tina an diesem Abend so brutal geschlagen hatte, wurde ich von Schuldgefühlen gepeinigt.

Vor unserer Hochzeit hatten Margie und ich darüber gesprochen, wie wir später einmal unsere Kinder erziehen wollten. Wir waren uns einig, daß wir sie wirklich erziehen wollten, aber niemals schlagen. Bis zu diesem Abend hatte ich Tina vielleicht ein halbes Dutzend Mal einen Klaps aufs Handgelenk gegeben, etwa um sie davon abzuhalten, etwas kaputt zu machen. Aber als ich sie dann zu Boden stieß und ihr gar ins Gesicht schlug, da war ich nicht ich selbst. Oder doch? Hockte der alte LaVern vielleicht immer noch in mir, jederzeit bereit, hervorzupreschen, wenn sich die Gelegenheit bot?

Am nächsten Morgen benutzte Gott dann noch einmal Tina, um mich völlig zurechtzubringen. Stolz und Scham hatten mich gehindert, Tina um Vergebung zu bitten, daß ich sie mißhandelt hatte, und Margie und Paula, daß ich sie in Angst und Schrecken versetzt hatte. Als Tina mir sagte, sie habe die Schachtel für mich mit Küssen gefüllt, da war das wie der letzte Schlag eines Holzfällers, der eine majestätische Tanne fällt. Mein Stolz kippte, und ich fiel auf die Knie, um meine Lieben um Vergebung zu bitten.

Unsere Fahrt zur Fishback-Farm in Tillsonburg war in jeder Hinsicht perfekt. Wir fuhren auf der frisch geräumten Straße, sprachen darüber, wie schön es bei Oma und Opa werden würde, und beim Gedanken an den Truthahnbraten, den es nach all den Cornflakes geben würde, lief uns schon das Wasser im Mund zusammen.

Es war zweifellos das schönste Weihnachtsfest, das wir als Familie jemals erlebt hatten. Alle Geschwister von Margie waren mit ihren Ehepartnern und Kindern da. Tina und Paula gesellten sich voller Freude zu ihren Cousins und Cousinen, und ihr Lachen klang in der frostigen Luft, während sie im Schnee herumtollten und die lange Rodelbahn vom Hügel herunter schlitterten.

Am Weihnachtstag aßen wir wie die Fürsten von allem, was die Fishback-Farm hervorgebracht hatte. Dazu gehörte sogar ein köstlicher Ahornsirup. Mutter Fishback bereitete daraus immer viele Süßigkeiten und bewahrte sie für Weihnachten auf. Das einzige auf dem Tisch, das nicht von der Farm stammte, waren die beiden etwa

10 Kilo schweren Truthähne, die sie in der Nachbarschaft gekauft hatte.

Falls Vater und Mutter Fiskback ahnten, daß wir Probleme hatten, so sprachen sie uns jedenfalls nicht darauf an. Wir sagten nur, daß wir in letzter Zeit viel zu tun gehabt und außerdem beschlossen hätten, nicht mehr in den USA herumzureisen, sondern uns auf unseren Evangelisationsdienst in Ontario zu konzentrieren.

»Ach, Paul, das heißt, daß du mehr zu Hause sein wirst, ja? Das ist auch wirklich wichtig, jetzt, wo die Mädchen größer werden.«

»Da hast du recht, Mutter«, stimmte ich zu; Margie und ich tauschten einen vielsagenden Blick aus. »Außerdem bin ich das viele Reisen auch leid.«

Wir blieben die ganze Woche auf der Farm und kehrten erst Anfang Januar wieder nach Hause zurück. Als wir die Auffahrt zu unserem Haus hochfuhren, fragte ich mich, wie wir es jemals halten sollten. Wir waren zurück im Alltag – und der Stapel mit Rechnungen war höher denn je. Ich hatte fast alle Zauberutensilien verkauft, die ich entbehren konnte, und die Schecks von den Kirchengemeinden waren immer noch nicht da.

»Wir müssen auf Gott vertrauen«, sagte Margie. »Er wird unseren Glauben belohnen.«

Und das tat er auch. In nicht einmal einer Woche überwiesen mehrere Gemeinden die ausstehenden Honorare, und am Ende des Monats waren alle bezahlt. Ein zusätzliches Bonbon war der Bericht von Bruce, dem jungen Mann, dem wir unseren Filmverleih überlassen hatten, nachdem wir den anderen beiden gekündigt hatten: Um Silvester hatte es eine unerwartet große Nachfrage nach Filmen gegeben, und die Zahlungen trudelten ebenfalls ein. Das, zusammen mit ein paar Vertretungsjobs von Margie als Lehrerin und einigen Evangelisationsveranstaltungen von mir in der unmittelbaren Umgebung an Wochenenden, linderte die Lage. Insgesamt hatten wir genug Geld, um über den Winter und ins Frühjahr hinein zu kommen.

Als die Osterzeit nahte, wurden wir wieder mit der Tatsache konfrontiert, daß der Filmverleih wirklich rückläufig war. Chuck Peterman hielt weiter regelmäßig Kontakt zu uns; schließlich bot er an, nach Toronto zu kommen und bei den Verkaufsverhandlungen zu helfen. Unser Verleih wurde an eben jene Buchhandlung verkauft, zu der er ursprünglich gehört hatte (und wo ich in den sechziger Jahren als Angestellter gearbeitet hatte). Durch die gute Beratung von Chuck Peterman und seiner Frau Helen verkauften wir das Geschäft zu Bedingungen, die uns fast völlig von unseren finanziellen Schwierigkeiten befreiten.

Zwei Wochen später bekam ich noch einen unerwarteten Bonus. Der neue Geschäftsführer der Buchhandlung kannte sich im Filmverleihgeschäft nicht gut aus, und darum stellte er mich wieder ein – mit einem festen Gehalt. Auch Margie half, indem sie dort eine Teilzeitstelle in der Buchhaltung übernahm.

Unser Programm für Kinderwochen wurde immer reichhaltiger. Es enthielt sowohl Übungen, bei denen die Kinder mitmachen konnten, als auch Zauberkunststücke, die das Evangelium veranschaulichten, Handpuppen und sogar Bauchreden.

Schon als ganz kleines Mädchen war unsere Tochter Tina fasziniert gewesen von Bauchrednern und ihren Puppen, und als wir einmal in Merlin's Castle in Disneyland waren, bat sie uns, ihr eine eigene kleine Bauchredner-Puppe zu kaufen. Die Puppe hieß Cindy, und Tina spielte ständig mit ihr, wobei sie so tat, als hätte die Puppe eine eigene Stimme, während sie den Kopf so bewegte, daß sie nickte, mit den Augen rollte oder lächelte.

Im Alter von sechs oder sieben war Tina schon eine gute Bauchrednerin, obwohl sie keine Bücher darüber lesen, sondern sich alles nur durch Nachahmung aneignen konnte. Irgendwann trat sie sogar in unserem Programm auf. Natürlich wollte ihre jüngere Schwester Paula nicht hintenanstehen und fing ebenfalls mit dem Bauchreden an. Ihre Puppe nannte sie Heather.

Margie und ich amüsierten uns oft darüber, wie »Zufälle« und »Mißverständnisse« uns in die Kinderarbeit geführt hatten. In Timmins, Ontario, hatte ein Druckfehler auf dem Einladungszettel dazu geführt, daß statt der vorgesehenen 15-21jährigen die 5-12jährigen kamen. In Toronto war ich am Zoo »zufällig« Kindern begegnet, und auch die Kinder vor dem »Fischnetz« waren mir einfach über den Weg gelaufen. Jedenfalls war es mir damals so vorgekommen.

Wir wissen natürlich, daß Gott solche »Zufälle« arrangiert. Im Jahr 1975 arrangierte er einen weiteren, um mein Handwerkszeug zu verbessern und meine Vision zu erweitern.

Ich wurde in eine Gemeinde in einem Vorort von Montreal eingeladen. Den Pastor, Carl Crate, kannte ich noch aus seiner Zeit als Gemeindepastor in Ontario. Er rief mich an und sagte, er habe von meinem Zauberprogramm gehört und wolle mich für eine Kinderwoche engagieren. Er erwähnte allerdings nicht, daß bei einer ähnlichen Evangelisation im Vorjahr ein Bauchredner aufgetreten war, von dem die Kinder begeistert gewesen waren.

Margie und die Mädchen waren zu Hause geblieben, und ich fing Samstag nachmittags mit meinem Paradetrick an, mich in weniger als 25 Sekunden aus einer Zwangsjacke zu befreien. Niemand fragte an diesem Tag nach Bauchrednerei. Am Sonntagmorgen jedoch, als ich mit meinen Zaubertricks in der Sonntagsschule aufgetreten war, fragten nach der Vorstellung einige Kinder: »Wo ist denn deine Puppe? Wir möchten mit deiner Puppe sprechen!«

Ich versuchte zu erklären, daß ich nur mit Marionetten arbeitete, aber mit der Erklärung gaben sie sich keineswegs zufrieden. Marionetten waren schon in Ordnung, aber sie erinnerten sich an Frank Wellington und seine Handpuppe vom vergangenen Jahr. Und davon wollten sie mehr sehen.

Am Sonntag abend war die Kirche wieder brechend voll, aber es tat mir leid, daß ich den Kindern nicht bieten konnte, was sie sich so sehr wünschten. Immer wieder fragten sie: »Wo ist denn deine Puppe?«

Wären doch nur Margie und die Kinder mitgekommen, dann hätten Tina und Paula ein paar Bauchredner-Nummern mit ihren Puppen vorführen können. Aber es war natürlich sinnlos, sich mit »was wäre wenn« aufzuhalten. Ich mußte irgendwie allein aus der Situation herauskommen – mit Gottes Hilfe.

Am Montag fing ich an herumzutelefonieren, um in Erfahrung zu bringen, ob es in Montreal jemanden gab, der eine Bauchrednerpuppe hatte, die er verleihen oder auch verkaufen würde. Aber ich hatte kein Glück.

Verzweifelt rief ich einen Laden für Zaubereibedarf in New York City an und erfuhr, daß dort eine Puppe zu verkaufen sei – ein kleiner Junge namens T.J., was für Timmy Jimmy stand. Ich bat den Eigentümer, T.J. für mich zu reservieren, ich wolle ihn am nächsten Tag abholen.

Gleich nach der Kindervorstellung um drei Uhr nachmittags stieg ich zusammen mit zwei Jugendlichen ins Auto. Wir brauchten fast sieben Stunden bis New York City, wo wir spät abends ankamen. Wir schliefen im Auto und standen am nächsten Morgen schon vor der Tür, als der besagte Laden öffnete.

Als ich dem Eigentümer das Geld für den kleinen T.J. gab, fragte er: »Können Sie denn bauchreden?«

»Wenn Sie meinen, ob ich ein richtiger Bauchredner bin: Nein, eigentlich nicht.«

Der Mann lachte. »Dann ist das hier vielleicht ganz hilfreich für Sie.« Und er warf mir eine Broschüre über Bauchrednerei zu.

Den ganzen Rückweg nach Montreal las ich in der Broschüre und übte mit der Puppe, während sich die beiden jungen Leute beim Fahren ablösten. Zwischendurch alberten wir herum, weil wir alle nicht genug geschlafen hatten.

Am Abend waren die Kinder begeistert von der Vorstellung, obwohl ich noch ziemlich heftig die Lippen bewegte. Aber ich konnte es nicht ändern, man wird eben nicht auf einer siebenstündigen Autofahrt zum Bauchredner. Und dann beschloß ich, meine »Schwäche« einfach zu »outen«. Als die Nummer zu Ende war, ließ ich T.J. sagen: »Ist doch ganz einfach: Wenn ihr nicht versteht, was ich sage, dann müßt ihr es einfach von Pauls Lippen ablesen!«

Margie und die Mädchen waren begeistert, als ich mit T.J. nach Hause kam. Die Mädchen gaben mir später noch alle möglichen Tips; obwohl sie erst sieben und fünf Jahre alt waren, kannten sie sich darin viel besser aus als ich.

Wenig später konnte ich »Rusty« zu einem sehr günstigen Preis erwerben. Rusty war größer als T.J. und hatte mehr bewegliche Teile und mehr Ausdruck. Eine Zeitlang arbeitete ich mit beiden Puppen, aber schließlich konzentrierte ich mich darauf, die Nummern mit Rusty zu verbessern. Tina und Paula halfen mir dabei, aber ich fühlte mich immer ein bißchen unsicher.

Im darauffolgenden April rief Redd Harper an: »Wir planen eine Tournee durch Israel, und wir würden gern ein paar Leute mitnehmen, die Zeugnis geben – ganz locker. Es gibt aber in Israel ein Gesetz gegen Proselytenmacherei (Übertritt zu einer anderen Religion). Das heißt, alles muß so aussehen, als ob es Teil des Reiseprogramms ist. Bist du interessiert?«

Ich war noch nie in Israel gewesen, und nachdem ich die Sache mit Margie besprochen hatte, kamen wir zu dem Entschluß, daß ich mitfahren sollte und sie mit den Mädchen in Toronto bleiben würde. Die Reisegruppe bestand aus über 60 Leuten, darunter etliche Prominente, Schauspieler, Musiker und andere, die mit Berichten aus ihrem Leben Zeugnis gaben. Unsere Gruppe war fast drei Wochen lang in Israel unterwegs und besuchte all die bekannten Schauplätze der Bibel.

Ich war für die Kindervorstellungen verantwortlich. Bald schon merkte ich, daß die israelischen Kinder Rusty lieber mochten als alle Zaubertricks! Ich war immer noch nicht besonders professionell im Bauchreden, aber den Kindern machte das nichts aus, sie waren einfach hingerissen. Als Rusty und ich wieder nach Hause kamen, waren wir ein echtes Team – und er wurde zu einem festen Bestandteil meines künftigen Programms.

Zurück in Toronto, verstärkte ich meine Bemühungen im Filmverleih, um einen guten Eindruck auf meinen Arbeitgeber zu machen. Außerdem standen wieder Abendveranstaltungen für Kinder auf dem Programm. Das bedeutete, daß ich um fünf Feierabend machen mußte, nach Hause hastete, rasch etwas herunterschlang und um sieben startklar in der jeweiligen Gemeinde war. Die Sonntagsschulvereinigung von Ontario hatte ein Treffen in meiner Heimatgemeinde in Toronto, und ich war dabei für drei Referate und eine Nummer im Hauptprogramm vorgesehen. Ich hatte mich selbst enorm unter Druck gesetzt – entsprechend hoch war mein Adrenalinspiegel.

Am Freitag, als ich unmittelbar vor der Eröffnung der Großveranstaltung die Treppe hinaufeilte, bekam ich wieder einen Streßanfall. Die Schmerzen waren so schlimm wie beim ersten Mal, aber sobald ich den Begriff »Streßanfall« gehört hatte, war ich beruhigt: Es würde schon wieder alles in Ordnung kommen. Ich blieb ein paar Tage im Krankenhaus und durfte dann wieder nach Hause – mit der strikten Anweisung, kürzer zu treten.

Im Kürzertreten war ich leider noch nie gut gewesen. Als der Sommer kam, nahmen Margie und ich wie gewohnt zwei Monate Sonderurlaub, um in Sommerbibelschulkursen mitzuarbeiten. In dieser Jahreszeit war im Filmverleih normalerweise nicht viel los, so daß wir uns das erlauben konnten.

Diesmal stellten wir allerdings fest, daß wir uns »überbucht« hatten und pro Tag drei verschiedene Kurse leiten mußten – einen vormittags, einen nachmittags und einen am Abend. Wir besaßen einen kleinen Wohnwagen, den wir an einer zentralen Stelle zwischen den drei Veranstaltungsorten aufgestellt hatten.

Unsere achtjährige Tochter Tina begleitete uns und half bei den Vorstellungen. Sie war inzwischen eine gute Bauchrednerin geworden und schaffte es viel besser, den Mund nicht zu bewegen, als es mir jemals gelingen würde.

Die fünfjährige Paula blieb mit einer Babysitterin beim Wohnwagen und spielte mit ihrem Lieblingsspielzeug, eine Krippenszene aus Olivenholz, die ich in der Nähe von Tiberias in Israel erstanden hatte. Paula liebte es, sich mit Maria, Josef und dem Jesuskind zu unterhalten, mit den Weisen aus dem Morgenland und anderen Krippenfiguren. Sie war immer fröhlich und vergnügt und schien zufrieden, auch wenn wir nur wenig Zeit für sie hatten.

Eines Tages mußte ich nach der Mittagspause noch einmal zurück zum Wohnwagen, weil ich etwas vergessen hatte. Und da saß Paula unter einem Baum und spielte wie üblich mit ihrer Krippe. Als ich an ihr vorbeiging, rief ich kurz »hallo« und fragte dann: »Na, mein Schatz, wo sind denn Maria und Josef, ich kann sie gar nicht sehen.«

»Ach, das ist schon in Ordnung, Papa«, erwiderte Paula, »Maria und Josef sind auf einer Evangelisation, und die drei Weisen hüten das Jesuskind.«

Ich blieb wie angewurzelt stehen. »Was sagst du? Die drei Weisen hüten das Jesuskind?«

»Ja, Papa. Maria und Josef sind immer weg, genau wie du und Mama.«

Ich lächelte, sagte Paula, daß ich sie lieb hätte, gab ihr einen Kuß und ging zurück zum Auto, wo Tina und Margie auf mich warteten. Ich erzählte Margie, was Paula gerade gesagt hatte. Zuerst mußten wir beide darüber lachen, aber später traf mich die eigentliche Aussage, die meine kleine Tochter ganz ohne Hintergedanken gemacht hatte, mit voller Wucht: »Maria und Josef sind immer weg – genau wie du und Mama.«

Später an diesem Abend, als unsere letzte Veranstaltung zu Ende war und Margie und ich noch einen Spaziergang machten, kamen wir noch einmal auf das zurück, was Paula gesagt hatte. »Vielleicht benutzt Gott Paula, um uns auf etwas aufmerksam zu machen. Vielleicht will er uns sagen: Kommt einmal wieder zur Ruhe!«

»Weißt du was, Margie«, fuhr ich fort, »wir arbeiten diesen Sommer nicht mehr als sonst, weil wir möglichst viel *dienen* wollen, sondern weil wir so mehr *verdienen* können. Darum haben wir ja den dritten Kurs angenommen.«

Margie bedachte mich mit einem ihrer vielsagenden Lächeln. »Ich glaube, ich weiß, was du meinst, Paul. Ich habe mir das zusätzliche Geld genauso gewünscht wie du, aber ich glaube, wir sollten einmal darüber reden, was wir anders machen müssen.«

Die Ironie an der ganzen Sache war, daß wir den Eltern, die in unsere Veranstaltungen kamen, immer ans Herz legten, doch genug Zeit für ihre Kinder zu haben. Und nun hörten wir die Wahrheit aus dem Munde unserer eigenen Kinder: Paul und Margie Powers haben keine Zeit, sie sind immer unterwegs, um zu evangelisieren ...

Margie und ich nahmen uns vor, das, was wir predigten, auch selbst zu praktizieren. So richteten wir spezielle Familienabende ein, die konsequent freigehalten wurden. Die Mädchen durften sich dann aussuchen, was sie tun wollten – in ein Restaurant gehen, ein Lieblingsessen kochen, einen Spieleabend veranstalten oder was auch immer.

Heute sind Tina und Paula erwachsen und beide verheiratet. Aber wenn sie nach Hause kommen, dann findet immer noch ein Familienabend statt. Der einzige Unterschied zu damals besteht darin, daß sie heute auch beim Kochen helfen.

Andy und die kleinen Leute

VERLOREN
»Rusty« (Bauchrednerpuppe)
Der Finder erhält eine Belohnung
Wir stellen keine Fragen!

Diese Anzeige gab ich in verschiedenen Tageszeitungen in Toronto auf.

Ich hatte an einem kalten Wintertag eine Vorstellung in einer Kinderklinik gegeben und anschließend die gesamte Ausrüstung hinaus auf den Parkplatz gebracht. Dann war ich noch einmal kurz hineingegangen, um Tina und Paula zu holen. Als wir zu unserem Lieferwagen zurückkamen und die Kisten verladen wollten, war Rusty verschwunden. Obwohl wir den Diebstahl sofort der Polizei meldeten und mehrere Suchanzeigen in den Zeitungen schalteten, bekamen wir nicht einen einzigen Hinweis.

Wie sollte ich ohne Rusty auskommen? Er war inzwischen nicht nur ein Teil meiner Vorstellungen geworden, sondern fast schon ein Teil von mir ... Jedenfalls würde es nicht leicht sein, Ersatz zu finden. Ganz zu schweigen von den Kosten; gute Bauchrednerpuppen kosten viel Geld! Meine erste Puppe T.J. war auch nicht sofort verfügbar, denn die hatte ich als Leihgabe dem Bauchredner-Museum Vent Haven zur Verfügung gestellt.

Im Juli des darauffolgenden Jahres nahm unsere gesamte Familie an einem Bauchredner- und Zauberkünstlerkongreß in Kentucky teil. Bei solchen Kongressen gibt es immer Dutzende von Ständen, an denen neue und gebrauchte Bauchrednerpuppen angeboten werden. Aber diesmal war keine dabei, die uns auf Anhieb gefiel. Wir waren fast schon soweit, unsere Suche aufzugeben – als wir Clinton

Detweiler trafen, den Leiter einer Bauchrednerschule in Littleton. Wir saßen im Hotel bei einer Tasse Kaffee zusammen und sprachen darüber, welche Bauchrednerpuppen möglicherweise bald auf den Markt kommen würden.

Paula stand vom Tisch auf, schlenderte ein bißchen herum und beobachtete die Leute am Swimming Pool: alles Bauchredner, die am Kongreß teilnahmen und in der Mittagspause an den Pool kamen, um zu üben.

Plötzlich kam sie wieder ins Restaurant gestürzt und rief: »Papa, Papa, ich habe gerade eine tolle Puppe gefunden, und sie ist zu verkaufen.«

Wir waren ohnehin fertig mit dem Kaffee, also beschlossen wir, uns die Puppe anzusehen.

»Das ist er, das ist Andy!« schnatterte Paula aufgeregt und deutete auf die andere Seite des Pools, wo ein kleiner Junge im Liegestuhl lag.

»Paula, das ist ein echter kleiner Junge«, sagte Margie. »Und einen kleinen Jungen kann man leider nicht kaufen.«

Aber Paula zerrte uns weiter: »Nein, Mama, das ist kein kleiner Junge. Es ist eine Puppe, und sie ist zu verkaufen.«

Der Eigentümer der Puppe hatte ihren Kopf gerade mit einem Lackspray eingesprüht und saß ganz in der Nähe. Er wartete nun darauf, daß der Lack trocknete, aber er war auch an einem Verkauf interessiert – allerdings zu einem astronomischen Preis.

Als ich mir die Puppe näher ansah, sagte mein Herz sofort: »Das ist genau die richtige für alle möglichen Veranstaltungen!« Margie dachte praktisch das gleiche. Alle drei, Margie, Tina und Paula drängten mich: »Papa, die brauchen wir!«

Ich fragte den Besitzer, ob er definitiv verkaufen wolle. »Ja, natürlich«, antwortete er. »Sie können ihn ruhig mal nehmen ... er heißt Greg.«

»Nein, so heißt er nicht«, widersprach Paula, »das ist Andy. Den Namen habe ich für ihn ausgesucht!«

Als ich mit der Hand an Andys Rücken entlangglitt und ihn in der Handfläche meiner linken Hand barg, war die Wirkung einfach unglaublich! Wie er paßte, wie er reagierte, ja selbst die Stimme, die ich ihm einfach so zum Ausprobieren gegeben hatte – alles war perfekt, als ob ich einen maßgeschneiderten Handschuh trug!

Als ich mit dem Besitzer wegen des Preises verhandelte, sah es zunächst aussichtslos aus. Doch dann bot Clinton an, mir einen Teil der Kaufsumme zu leihen. Schließlich einigten wir uns, und Andy gehörte zur Familie.

Andy wurde mein neues Markenzeichen. Mit ihm war es leicht, Interesse und Aufmerksamkeit zu wecken – und außerdem half er mir dabei, von meinem alten »Zauberer-Image« wegzukommen. Fortan nannte ich mich »Bauchredner und Evangeliums-Illustrator«. Dadurch öffneten sich für uns die Türen von Gemeinden, die nicht bereit gewesen wären, einen »Zauberkünstler« zu engagieren.

Wo immer ich auftrete, ist Andy unverzichtbar. Er spricht eigentlich jeden an, Kinder wie Erwachsene. Ich nehme ihn sogar mit, wenn ich gelegentlich an Universitäten auftrete. Wenn Andy Shakespeare zitiert, liegt ihm das Publikum zu Füßen!

Wenn ich mich mit Andy unterhalte, hilft das den Kindern, eigene Probleme und Sorgen bei ihm wiederzuentdecken. Wir reden zum Beispiel über das Thema Lügen und Übertreiben, oder es geht um das Thema Ängste. Viele Kinder haben Angst im Dunkeln. Andy vertraut ihnen an, daß er das gut verstehen kann, weil auch er Angst hat, wenn er wieder in seine Kiste muß und ich den Deckel zuklappe.

Manchmal tritt Andy mit Sonnenbrille und hochgeschlagenem Hemdkragen auf und erklärt jedem, daß er jetzt »obercool« ist und »echt in«. Anschließend geht es dann um das Thema Gruppenzwang. Ein anderes Mal begrüßt Andy mich am Anfang der Vorstellung mit »Hallo, Dicker!«, was immer ein guter Lacher ist, aber dann zu einem Gespräch überleitet, daß man seine Freunde nicht beschimpfen darf, wenn man richtige, echte Freunde haben möchte.

Am meisten Aufmerksamkeit bekommt stets das Thema Gewalt und Mißbrauch. Im einen Augenblick herrscht brüllendes Gelächter über Andys Gags – im nächsten Moment ist es mucksmäuschenstill, wenn er erzählt, »wie mir jemand sehr weh getan hat«.

Andy ist der ideale Eisbrecher für alle Kinder, so unterschiedlich sie auch sein mögen: für die kessen und mutigen ebenso wie für die schüchternen und ängstlichen, die sich anders niemals öffnen würden.

Da war zum Beispiel Jennifer. Als ich zum ersten Mal im Sommercamp in die Werkstatt kam, wo sie gerade etwas bastelte, bekam sie einen Wutanfall. Sie fing an zu schimpfen und zu treten. »Hau ab!« schrie sie mir entgegen. In den folgenden Tagen erfuhr ich, daß diese Reaktion kein Einzelfall war. Einmal hatte ein Betreuer im Teenageralter versucht, ihr ein Spiel zu zeigen, und sie dabei leicht gestreift. Sie hatte das Spiel in tausend Teile zertrümmert, ihm eine geklebt und geschrien: »Faß mich nicht an!«

An einem Morgen erzählte ich die Geschichte von LaVern. Jennifer rannte aus der Vorstellung und lief zur Toilette, wo sie hysterisch weinte. Meine Tochter Paula, die damals ein Teenager war, ging ihr nach und fing an, mit dem kleinen Mädchen zu reden. Da erfuhr sie, daß Jennifer seit ihrem dritten Lebensjahr mißhandelt und sexuell mißbraucht worden war. Zuerst vom Vater und dann vom Stiefvater. Paula gelang es, sie ein bißchen zu beruhigen, und betete mit ihr.

Am Abend saß Jennifer ein paar Reihen weiter vorn, am nächsten Tag schon in der zweiten Reihe und von da an ganz vorn in der ersten Reihe. Sie lachte genauso laut wie alle anderen über Andy, der schon die ganze Woche versucht hatte, sich mit ihr anzufreunden. Als Andy sie einlud, doch zu ihm auf die Bühne zu kommen und ihm die Hand zu schütteln, kam sie sogar. Das war ein echter Durchbruch, denn schließlich war Andy ein »kleiner Junge« – und Jenny haßte alle Männer.

Am Samstagabend am Lagerfeuer hatten die Kinder die Gelegenheit zu sagen, was ihnen die Woche bedeutet hatte.

Das vierte Kind, das aufstand, um etwas zu sagen, war Jennifer. Sie berichtete, daß sie während der Woche Jesus eingeladen hätte, in ihr Herz zu kommen. Außerdem sagte sie, daß sie für ihren Papa beten werde ... und daß sie jetzt wisse, daß das, was passiert war, nicht ihre Schuld sei. Dann fing sie leise an zu weinen, blickte schließlich auf und sagte: »Jesus liebt mich ... er liebt mich jetzt. Ich weiß, daß meine Mama mich liebt, und sie gibt mir auch nicht die Schuld ... und jetzt habe ich auch einen Vater, der mir nicht mehr weh tut.«

Ich wünschte, ich könnte sagen, daß Mädchen wie Jennifer die seltene Ausnahme ist. Aber leider ist sie nur eines von vielen mißbrauchten und mißhandelten Kindern, die in unsere Veranstaltungen kommen. Ich erinnere mich an ein Mädchen, das mitten in der Vorstellung aufsprang und schrie: »Wenn Gott wie mein Vater ist, dann möchte ich lieber in die Hölle kommen!«

Aber die meisten Kinder teilen mir ihre Probleme viel unspektakulärer mit. Manche kommen nach den Vorstellungen zu mir und flüstern: »Bitte bete für meinen Papa, weil er trinkt und meine Mama und mich schlägt, und jetzt liegt er zu Hause auf der Couch. Bitte bete für ihn.«

Und dann kommt vielleicht auch noch die Mutter, und ich sage: »Ihre Tochter hat mich gerade gebeten, für ihren Papa zu beten.«

Und dann blickt die Mutter mit verschleiertem Blick auf und fragt nervös: »Was hat sie Ihnen erzählt?«

Wenn ich es ihr sage, kommt in aller Regel eine von zwei Reaktionen: entweder eine Bitte um Beratung irgendwann im Laufe der Woche oder Scham und Wut.

Dieser gesamte Bereich des Mißbrauchs ist extrem sensibel, und viele wollen darüber nicht reden. Ich habe erlebt, wie ein Vater mitten in einer Veranstaltung über Mißhandlung und Mißbrauch aufsprang und mir zurief, es stehe mir nicht zu, in seiner Gemeinde über so etwas zu reden, ich solle sofort verschwinden. Ich habe erlebt, daß Pastoren mir rieten, vorsichtig zu sein und das Thema lieber nicht anzusprechen, »weil unsere Leute hier so was nicht hören wollen ... Sie möchten lieber die biblische Botschaft hören.«

Aber ich denke, wir dürfen nicht schweigen, weil es so viele verletzte Kinder gibt. Ich denke an Billy, einen Indianerjungen, der von seinem Vater geschlagen und dann von einer Pflegefamilie zur anderen geschoben wurde. Aber die körperliche Mißhandlung war nur das eine Problem. Ich lernte ihn in einem Sommercamp kennen und freundete mich ein bißchen mit ihm an.

Am letzten Abend kam er nach dem Abendessen, um mit mir zu reden. Er wollte wissen, ob ich an diesem Abend noch sprechen würde, was ich bejahte. Am Schluß legte ich meinen Arm um ihn und sagte: »Du, ich mag dich!«

»Ich weiß ... brauchst du mir nicht zu sagen.«

»Aber ich möchte, daß du es hörst«, erklärte ich.

Billy starrte zu Boden und sagte nichts. Dann blickte er auf und sagte mit Tränen in den Augen: »Weißt du, was ich gern wissen möchte? Ich möchte wissen, warum die Leute in meiner Gemeinde so etwas nie sagen. Warum sehen die nur meine Hautfarbe?«

Und dann war da noch David, der auch viel von Ablehnung wußte. Der kleine David konnte wunderschön Klavier spielen, aber er war klein, linkisch und pummelig. Er war der Typ, der von den Mitcampern gern als »Streber« bezeichnet wird. Nachdem er mich und Andy in unserer Nummer über Schimpfnamen und Ablehnung gehört hatte, kam er während der Pause zu mir geschlichen und fragte: »Bist du eigentlich wirklich ein Pastor?«

»Ja, ich bin ein ordinierter Pastor, David«, antwortete ich.

»Aber du redest gar nicht wie ein Pastor, und du siehst auch nicht so aus ...«

»Wie sehe ich denn dann aus?«

David sah mich an, studierte mein Gesicht und antwortete dann: »Wie ein Christ in der Bibel, nehme ich an.«

Ich drückte David ganz fest und ging zurück in meine Garderobe, schloß hinter mir ab und weinte. Ich weinte um David und all die anderen Kinder, die Liebe und Angenommensein brauchen, genauso wie ich es gebraucht hätte, als ich in seinem Alter war.

Gott hat mein Herz mit Liebe zu ihnen allen gefüllt, und ich möchte ihnen helfen, die Sachen für sie zu »reparieren«. Aber Kinder, die mißhandelt worden sind, abgelehnt und vom Leben verletzt, werden nicht so schnell heil. Es braucht viel Zeit und Gebet – vor allem Gebet.

Im Laufe meines Christenlebens räumte ich dem Gebet immer einen hohen Stellenwert ein, weil ich wußte, daß das biblisch ist – und für Christen die Quelle aller Kraft. Aber eines Tages hatte ich ein Erlebnis, wodurch ich das Gebet in einem völlig anderen Licht sah.

Ich war zu einer ganz neuen Gemeinde eingeladen worden, die nur ein paar Kilometer von der Erziehungsanstalt Bowmanville entfernt lag. Ich sprach vor einer Sonntagsschule und erzählte den Kindern die Geschichte von LaVern in Bowmanville: wie er zusammen mit seinen Mitgefangenen zu der Weihnachtsveranstaltung des Gideon-Bundes gegangen sei. Ich beschrieb, wie LaVern auf die Bühne ging, um sein Geschenk entgegenzunehmen, wie er entdeckte, daß es ein Neues Testament war, es dann fluchend zerfetzte und dem Mann ins Gesicht schleuderte.

Um die Kernaussage zu untermauern, zeigte ich noch einmal meinen Trick mit dem zerrissenen Papierstreifen, auf dem BIBEL stand. Als ich nach der Vorstellung meine Ausrüstung zusammenpackte und mich auf eine zweite Vorstellung vor Jugendlichen vorbereitete, kam eine gutgekleidete ältere Dame auf mich zu.

»Ich habe Ihren Vortrag in der Sonntagsschule gehört«, sagte sie. »Erinnern Sie sich an den Namen des Mannes, der damals versuchte, LaVern ein Neues Testament zu überreichen?« Ich mußte gestehen, daß ich es nicht wußte, aber sie lächelte nur und sagte: »Ist auch egal. Es war mein Mann! Er ist vor zwei Jahren gestorben, aber ich möchte doch, daß Sie wissen, er hat den Karton mit Bibeln wieder mit nach Hause gebracht, die er nicht verteilen konnte. Und die Bibel, die Sie zerfetzt hatten, hat er jahrelang aufbewahrt. Er hat immer wieder für Sie gebetet.«

Eine Gänsehaut lief mir über den Rücken, uns beiden kamen die Tränen. Bevor die Frau ging, überreichte sie mir ein kleines weißes Päckchen mit einem blauen Band. Es war genau so ein Päckchen wie damals in Bowmanville. Dann hörte ich sie nur ein Wort sagen: »Endlich ...«

Mehr brauchte ich nicht zu hören, denn ich wußte, was sie meinte. *Endlich* hatte Gott das Gebet ihres Mannes erhört. *Endlich* hatte der feindselige junge Mann, der ihren Mann und die Bibel verflucht hatte, die grenzenlose Liebe Gottes entdeckt.

Mit dem Gebet ist das immer so. *Irgendwann* erhört Gott ein Gebet – manchmal erst nach Jahren. *Wie* er es erhört, das zählt zu den Geheimnissen des Christseins. Unsere besten Gebete sind die, wenn wir nicht unseren Willen durchsetzen wollen, sondern alles Gottes überlassen. Jesus hat uns darin ein Vorbild gegeben, indem er betete: »Nicht mein, sondern dein Wille geschehe.«

Wie uns der Westen eroberte

»Vancouver, wir kommen!« kündigte ich an, als ich mit unserem schwerbeladenen Lieferwagen auf die Autobahn fuhr. Tina und Paula, damals zwölf und neun Jahre alt, schwatzten aufgeregt auf dem Rücksitz, während Margie auf dem Beifahrersitz saß – nachdenklich und in sich gekehrt.

Es war Ende Juli 1980. Der große Möbelwagen mit unserer gesamten Einrichtung und allem Hausrat war bereits vor uns gestartet. Dreizehn Jahre lang hatten wir in Toronto gelebt, und jetzt waren wir unterwegs in ein neues Leben.

»Vancouver, British Columbia! Das ist so weit weg, Paul! Ob unser Wagen durchhält?«

»Er muß durchhalten!« erwiderte ich gutgelaunt. »Schließlich muß ich ab dem 4. August dort arbeiten. Und außerdem müssen wir da sein, wenn der Möbelwagen kommt. Und – um das nicht zu vergessen, Margie – wir haben einen Ruf Gottes ... Gott würde uns doch sicher nicht rufen und uns dann irgendwo auf der Strecke liegenbleiben lassen, oder?«

Margie lachte und richtete sich für die viertausend Kilometer weite Fahrt in ihrem Autositz ein. Was blieb ihr auch sonst übrig? Wir hatten unsere Entscheidung getroffen und konnten jetzt nur hoffen, daß dieser Umzug mit dem Willen Gottes, nach dem wir wirklich intensiv gefragt hatten, übereinstimmte.

Alles hatte vor einem Jahr damit angefangen, daß mein Cousin uns angerufen und erzählt hatte, seine Gemeinde in Vancouver wolle uns für eine zweiwöchige Evangelisation engagieren. Wir sagten zu und nahmen Tina und Paula mit. Wir hatten eigentlich vorgehabt, zwei Wochen dort zu bleiben, aber schließlich wurden drei Wochen daraus, weil die Gemeinde uns so begeistert aufnahm und so positiv auf unsere Arbeit reagierte.

Während unseres Aufenthaltes in Vancouver besichtigten wir die Stadt und merkten, daß sie mitten in einem Bauboom steckte. Es wurden unzählige Wohnanlagen gebaut und auch neue Kirchen für Tausende von Menschen, die Jahr für Jahr neu in die Stadt zogen.

Auf der Rückfahrt nach Toronto fragten wir uns, ob vielleicht

British Columbia ein neues Missionsfeld für uns sein könnte. Schon seit einiger Zeit hatten wir uns überlegt, ob nicht irgendwann ein Wechsel dran sei; wir befürchteten nämlich, daß unser Dienst abflachen und zur Routine werden könnte.

Wir arbeiteten jetzt seit fast 15 Jahren in denselben Gemeinden und Camps in Ostkanada – wobei wir normalerweise mit denselben Hilfsmitteln und Methoden dieselbe Botschaft verkündeten. Vielleicht war jetzt Zeit für einen Tapetenwechsel?

Aber war das Gott, der da sprach, oder waren es nur unsere menschlichen Überlegungen?

»Margie, ich möchte nicht nach British Columbia umziehen, nur weil wir glauben, daß unsere Arbeit vielleicht immer ein bißchen mehr zur Routine wird. Dafür muß ich schon bessere Gründe haben.«

»Nun, wir könnten ja unser Haus zum Verkauf anbieten – und dann sehen wir, was passiert«, schlug sie vor. »Laß uns beten und dann alles in Gottes Hände legen. Wenn wir das Haus sofort verkaufen können, nehmen wir das als Zeichen von Gott, daß wir umziehen sollen. Wenn nicht, warten wir ab.«

Im September wurde unser Haus mit einer zweimonatigen Frist zum Verkauf angeboten. Es gab ein paar Interessenten, aber kein einziges Angebot.

Wir legten also die Idee mit dem Umzug auf Eis, beteten aber weiter darum, daß Gott uns seinen Willen zeigen möge. Wir hatten immer noch das Gefühl, daß Gott mehr von uns wollte als Teilzeitarbeit in der Kindermission. Vollzeitliche Kinderarbeit in Ontario und Ostkanada war für uns nie eine echte Alternative gewesen, weil es in dieser Gegend des Landes schon über ein Dutzend vollzeitlicher Kinderevangelisten gab. In British Columbia dagegen gab es keinen einzigen. Aber wenn wir dort hingehen sollten – warum hatte Gott dann nicht einen Käufer für unser Haus geschickt, auch wenn für Immobiliengeschäfte gerade »Nebensaison« war?

Wir waren hin- und hergerissen. In Ontario kannten wir uns aus und hatten einen Kreis von Leuten aufgebaut, denen unsere Arbeit gefiel. Andererseits war da aber auch das Gefühl, langsam ein bißchen abgedroschen zu wirken.

Ein Argument für den Umzug war, daß die Winter in Ontario lang und kalt waren und wirklich an meiner Gesundheit gezehrt hatten. Mindestens zweimal im Jahr bekam ich eine Bronchitis oder gar eine Lungenentzündung. Andererseits stellte sich die Frage, wovon wir in British Columbia leben sollten, bis wir einen vollzeitlichen Dienst eingerichtet hatten. Wir waren ratlos und wußten nicht, was wir tun sollten.

Der Winter verging, es wurde Frühling, und wir warteten immer noch auf klare Weisungen. Im Mai bekamen wir eine Einladung zu einer Konferenz baptistischer Pastoren, die in Marylake, nördlich von Toronto, stattfinden sollte. Auf der Konferenz sprachen wir mit Freunden, die bald nach British Columbia ziehen wollten. Sie sahen in B.C. riesige Möglichkeiten für die Evangelisationsarbeit, worin ich ihnen zustimmte. Als ich erzählte, was wir als Familie in Vancouver erlebt und gesehen hatten, schloß ich mit den Worten: »Dort boomt es zur Zeit – was für Chancen für Evangelisation und Missionsdienst!«

»Paul, ich sehe deinen missionarischen Blick«, sagte einer meiner Freunde. »Warum beten wir nicht für dich und bitten um den Frieden, den Gott verspricht?« Wir beteten zusammen, und danach ging es mir schon besser, aber ich wußte leider immer noch nicht, was wir tun sollten.

Am nächsten Tag rief ich Margie an: »Was denkst du über British Columbia, bist du immer noch dafür?«

»Ja, Paul, ich habe nachgedacht und gebetet, und ich glaube immer noch, daß Gott uns dort eine Tür für den vollzeitlichen Dienst öffnet. Die Möglichkeiten sind da, wir brauchen nur noch den Glauben.«

»Aber es gibt dabei so schrecklich viel zu bedenken ... Wir müssen das Zuhause verlassen, wo die Mädchen bis jetzt ihr ganzes Leben verbracht haben ... Wir müssen eine gut eingeführte Arbeit hinter uns lassen ...«

»Also, Paul, wenn wir jemals mit den Mädchen etwas ganz Neues anfangen wollen, dann ist es jetzt besser als irgendwann später. Paula ist noch relativ jung, und Tina kommt im Herbst auf die weiterführende Schule. Sie müssen ohnehin beide die Schule wechseln.

Mehr Sorgen mache ich mir allerdings um unseren Lebensunterhalt – zumindest am Anfang.«

»Ich werde den Filmverleiher in Vancouver anrufen und fragen, ob er einen Vertreter braucht«, sagte ich, bevor ich auflegte. Gleich anschließend wählte ich die Nummer eines Filmverleihs mit Zubehörfirma in Vancouver. Als ich ihm von unseren Plänen erzählte, klang er begeistert.

»Das ist das perfekte Timing! Wenn Sie diesen Sommer umziehen, kann ich Sie gleich einsetzen für die Werbekampagne der neuen Filmreihe von James Dobson. Und natürlich können Sie auch die Vertretung für all unsere anderen Produkte übernehmen.«

Im Mai boten wir unser Haus erneut zum Verkauf an – und Ende Juni war es verkauft!

Ich rief den Mann schnell wieder an, um ihm die Neuigkeiten mitzuteilen. »In Ordnung«, sagte er, »dann könnten Sie doch schon den Kongreß der christlichen Filmverleiher in Texas für uns besuchen, oder? Wir schicken Ihnen die Flugtickets.«

Ich nahm an dem Kongreß teil und kam gerade rechtzeitig nach Toronto zurück, um Margie beim letzten Packen zu helfen.

Wir starteten also an einem heißen Nachmittag Ende Juli und kamen am 4. August in Vancouver an. Zu meinen ersten Pflichten für International Audio Visual gehörte es, in British Columbia von Stadt zu Stadt zu reisen und »Premieren« der neuen Filmreihe »Brennpunkt Familie« von James Dobson zu veranstalten. Ich fuhr in den jeweiligen Ort, mietete eine Turnhalle oder die Aula einer Schule, führte den Film vor und nahm Buchungen der verschiedenen Kirchengemeinden und Organisationen entgegen.

In unseren ersten drei Jahren in British Columbia konzentrierte ich mich ganz auf meinen Vollzeitjob beim Filmverleih. Hin und wieder nahm ich auch Gelegenheiten wahr, Kinderveranstaltungen auszurichten, weil ich feststellen wollte, ob die Begeisterung, die wir 1979 erlebt hatten, nicht nur ein Strohfeuer gewesen war.

Die Christen in British Columbia waren viel konservativer als in Ontario und Quebec. Im Osten hatten wir die Kinder erreicht, indem wir mit Gags, Action und Witz arbeiteten. Ich war noch nicht lange in Vancouver, als ein junger Pastor mich beiseite nahm und frank und frei sagte: »Paul, dein Programm ist klasse, aber es ist viel zu klamaukig. Du mußt es straffen und ihm mehr biblischen Tiefgang geben.«

Ich war dankbar für seinen Rat und setzte mich sofort mit Margie zusammen, um unser Programm entsprechend umzuarbeiten. Es machte uns nichts aus, das Rahmenprogramm anzupassen, solange wir in bezug auf die Inhalte keine Kompromisse eingehen mußten. Und weil die Gemeinden in British Columbia *mehr* Bibel wollten und nicht *weniger*, waren wir natürlich froh, diesen Wünschen nachkommen zu können.

1983 hatten Margie und ich den Eindruck, jetzt sei es an der Zeit, daß wir uns aus der Arbeit mit dem Filmverleih zurückzogen und uns vollzeitlich der Kinderarbeit widmeten. Aber das Gesetz von British Columbia ist unerbittlich: Wir mußten einen gemeinnützigen Verein gründen – mit Vorstand und allem drum und dran – sowie einen Finanzplan erstellen. Während wir darüber nachdachten, wie wir das alles bewerkstelligen sollten, hörten wir von Amsterdam '83, einem internationalen Kongreß für Reiseevangelisten, der im Juni/Juli in Amsterdam stattfinden sollte.

Ich rief Redd Harper an und fragte, ob er teilnehmen würde.

»Ja. Möchtet ihr auch hinfahren?«

»Natürlich würden wir gern, aber es wäre einfach zu teuer, wenn wir alle fliegen. Und dann käme noch die Unterbringung und Verpflegung dazu.«

»Nun, ich werde mal sehen, was sich machen läßt«, meinte Redd. »Ich rufe so bald wie möglich zurück.«

Als Redd wieder anrief, hatte er mit World Wide Pictures, einer Filmfirma, vereinbart, daß sie uns finanziell unterstützen würden. Mit diesem Geld und ein paar Geschenken von guten Freunden konnten wir auf die Reise gehen.

Amsterdam '83 war ein zweiwöchiger Kongreß, der in einem riesigen Auditorium in der Innenstadt abgehalten wurde. Tausende Teilnehmer aus aller Welt waren da, darunter auch Billy Graham, Luis Palau und Paul Cho aus Korea, der eine Gemeinde mit über 150 000 Mitgliedern leitet. Das Thema des Kongresses lautete: »Die

Arbeit des Evangelisten«. Zwei Wochen lang standen Andachten, Workshops und Seminare auf dem Programm, die uns ermutigen sollten, ein Leben im Glauben zu führen und Gott in allem zu vertrauen. Wir waren in einem Apartment in Den Haag untergebracht, etwa 80 Kilometer von Amsterdam entfernt, so daß wir jeden Tag ziemlich lange im Zug saßen.

Während unserer Fahrten sprachen Margie und ich immer wieder über die Möglichkeit, mit dem Filmverleih ganz aufzuhören und ausschließlich in der Kinderevangelisation zu arbeiten. Immer wieder fragten wir uns: »Woraus ist unser Glaube wirklich gemacht?« Ich hatte aus meinem Versagen in vergangenen Jahren gelernt, aber würde jetzt alles anders sein? War es das Risiko wert, oder würde ich doch nur wieder scheitern?

Am Samstagabend vor dem Ende des Kongresses gab es eine Vorstellung von Billy Grahams neuestem Film »Der verlorene Sohn«. Es war die Geschichte eines Jungen, der seiner Familie und dem Glauben den Rücken kehrt und später durch die geduldige Liebe Gottes wieder zurückfindet. Als der Vorhang fiel, trat Tom Houston ans Mikrofon und lud alle diejenigen ein, nach vorn zu kommen, die sich ganz neu auf ihren Dienst einlassen wollten.

Ich stand auf, wandte mich an Margie und sagte: »Gott spricht zu mir ... ich habe wirklich den Eindruck, daß er uns im vollzeitlichen Dienst haben möchte.«

Margie stand auf und sagte: »Fragst du uns alle?«

»Nein, ich bin derjenige, der den Schritt tun muß, aber ich brauche eure Unterstützung.«

Margie umarmte und küßte mich, und wir gingen nach vorn. Wir waren noch gar nicht ganz aus der Reihe heraus, als Tina mich plötzlich am Arm packte: »Ich möchte auch mitgehen, Papa.«

Wir faßten uns bei den Händen und gingen nach vorn, zusammen mit Hunderten von Pastoren, Evangelisten und anderen Mitarbeitern aus aller Herren Länder. »Ja, wir wollen die Sache Gottes zu unserer Sache machen«, hieß das.

Viele von diesen Leuten waren arm und hatten große Opfer gebracht, um die Reise nach Holland überhaupt antreten zu können. Manche hatten ihre Ziegen und Schweine verkauft, oder was sie sonst besaßen, um das Geld aufzubringen.

Tina und Paula hatten sich im Laufe der Woche mit einigen Missionaren aus Kenia und Südafrika angefreundet. Die Mädchen hatten ihre Bauchrednerpuppen dabei, und ihre neuen afrikanischen Freunde waren fasziniert, wie man sie zum Reden bringen konnte. Noch vor dem Ende der Woche hatten Tina und Paula ihre Puppen Cindy und Heather den afrikanischen Missionaren geschenkt. »Papa, zu Hause bei ihnen gibt es so etwas gar nicht zu kaufen«, erklärten sie mir.

Ich freute mich über die Großzügigkeit meiner Mädchen, aber ich sagte auch: »Ihr wißt hoffentlich, was das heißt, nämlich daß ihr vorläufig keine Puppen mehr habt ... Und ich weiß auch nicht, wann wir uns neue leisten können.«

»Ist schon in Ordnung, Papa«, sagte Tina. »Wir wünschen uns doch schon lange neue Puppen, damit wir noch besser werden können. Wir beten dafür, mal sehen, was passiert. Aber jetzt sollen diese Leute Cindy und Heather bekommen.«

Wir kehrten nach British Columbia zurück – in der festen Absicht, eine vollzeitliche, nichtkommerzielle evangelistische Kinderarbeit aufzubauen. Und siehe da: Im Herbst desselben Jahres wurde die »Little People Ministry Association« ins Leben gerufen. Zum Vorstand des Vereins gehörten in erster Linie Leute aus der Gegend von Vancouver, die sich in Gemeinden getroffen hatten und deren Anliegen die Kinderarbeit war.

Unsere Familie hatte jetzt nicht nur eine neue, vollzeitliche Aufgabe – wir bekamen auch zwei neue »Kinder«. Kurz nach unserer Rückkehr aus Amsterdam fragte mich eine Dame bei einem Camp, das wir gemeinsam leiteten, ob Tina und Paula Bauchrednerinnen seien.

»Ja, und zwar großartige! Aber zur Zeit haben sie leider keine Puppen, weil sie die in Europa weggegeben haben.«

Die Frau – sie stammte aus einer wohlhabenden Familie – überreichte mir einen Scheck über 500 Dollar: »Für neue Puppen für Paula und Tina!«

Ich setzte mich sofort mit einem Freund in Verbindung, einem Spezialisten für Bauchrednerpuppen, und erläuterte ihm, was Tina und Paula sich ungefähr vorstellten. Nach etwa sechs Wochen kamen Diana und Ashley bei uns an. Beide Puppen waren von der Qualität fast so gut wie Andy. Jetzt hatten die Mädchen wenigstens ein Handwerkszeug, das ihrem Können entsprach.

Die beiden übernahmen von da an einen wichtigen Part bei unseren Kinderevangelisationen. Ihre Nummern waren geradezu professionell – perfekt vom Timing und ganz ohne Lippenbewegungen! Ja, sie waren so gut, daß sie nicht mehr mit mir und Andy zusammen auftreten wollten. Freundlich aber bestimmt sagten sie: »Papa, du bewegst die Lippen, und dadurch sehen wir schlecht aus.«

Seit der Gründung der »Little People Association« 1983 genießen wir das Vorrecht, durch die ganze Welt zu reisen und mit kleinen Kindern zu arbeiten. Ich bin in Ägypten und Israel gewesen, als Familie waren wir gemeinsam in der Arktis unterwegs und haben fast jeden Staat der USA bereist. Paula und ich waren unmittelbar nach dem großen Erdbeben 1987 in Mexiko; 1989 reisten wir alle zusammen durch Australien und Neuseeland, um dort Evangelisationswochen abzuhalten. Wir fliegen einmal im Jahr nach England, und wir haben uns mit Missionaren in der Schweiz, in Belgien, Holland, Frankreich, Deutschland, Japan und Mexiko getroffen. Jetzt haben wir auch noch eine Einladung nach Afrika.

Ich werde oft gefragt, warum ich mich so unter Streß setze, daß ich dauernd unterwegs bin. Meine erste Antwort lautet immer, daß ich die Kraft dazu von Gott bekomme. Christus hat mich verändert. Er hat mir die beste Frau und die wunderbarsten Töchter geschenkt, die ein Mann sich nur wünschen kann. Und er hat mir gezeigt, daß es einen Weg gibt, der zwar verlockend glitzert, der aber voller Fallen und Schlaglöcher ist.

Ich habe mich der Sünde in meinem Leben stellen müssen. Es ist einfach, allgemein über Schwächen und Fehler zu reden. Aber es ist sehr schwer, Sünde einzugestehen – und Ungehorsam, Habgier, Achtlosigkeit und Heuchelei sind nun einmal genau das: Sünde. Es war ein langer Weg, bis ich das zugab und bereit war, einen neuen Weg einzuschlagen.

Was meine Arbeit in Gang hält, ist sicher auch meine Liebe zu Kindern! Ich glaube, das fängt mit der Liebe zu meinen eigenen Töchtern an. Jene goldene Schachtel mit den Küßchen darin, die ich von Tina bekam, weil sie mir vergeben hatte, obwohl ich sie so brutal geschlagen hatte – ich habe sie bis heute aufbewahrt. Wenn mir das Leben einmal so schwer erscheint, daß ich glaube, es geht nicht mehr, hole ich die Schachtel hervor. Ich spüre dann förmlich die Liebe, die darin steckt.

Wenn ich diese Schachtel sehe, habe ich all die verletzten Kinder auf der ganzen Welt vor Augen. Viele von ihnen sind genauso verletzt, wie ich es einmal war, und sie leiden, wie ich einmal gelitten habe. Ich muß einfach so viele wie möglich mit der Liebe Jesu erreichen.

Und es gibt noch etwas, das mich antreibt: die Erinnerung an meinen Vater. Jenen Mann, der mich schlug, als meine Mutter starb, der sich nicht die Spur um mich kümmerte und zum Direktor der Erziehungsanstalt sagte: »Von mir aus, schickt ihn doch zur Hölle.«

Es gab eine Zeit, da hätte ich viel dafür gegeben, meinen Vater zu töten, so sehr haßte ich ihn. Aber Gott hat mein Herz verändert, und – so unglaublich es klingt – er hat auch das Herz meines Vaters verändert. Und darum habe ich die unerschütterliche Gewißheit, daß es immer Hoffnung gibt, so verzweifelt das Leben auch aussehen mag.

Endlich ergibt es einen Sinn!

»Hallo, Lambert? ... Hier ist Paul Powers ... Ja, ich freu mich auch. Hättest du vielleicht Zeit, mir einen Gefallen zu tun? Mein Bruder hat mich gerade angerufen und mir mitgeteilt, daß mein Vater wieder einen Schlaganfall gehabt hat und jetzt in Sarnia im Krankenhaus liegt. Könntest du bei ihm vorbeischauen und ihn besuchen? . . . Das ist toll, Lambert! Vielen Dank. Ich bin gerade auf dem Sprung zu einer Missionsreise und kann jetzt nicht selbst hinfahren ... Laß mich wissen, wie es sich entwickelt, vielen Dank.«

Einer meiner Brüder hatte mich angerufen, um mir mitzuteilen, daß mein Vater einen Schlaganfall gehabt hatte. Es war bereits der dritte, und alle hatten in die Kategorie »leicht« gehört. Aber mein Vater war achtundsiebzig, und ich wußte, daß seine Zeit zu Ende ging. Das alles war passiert, bevor wir nach British Columbia gezogen waren.

Jahrelang hatte ich für meinen Vater gebetet – allerdings konnte ich keine Veränderung bei ihm entdecken. Er war zwar nicht offen feindselig, er hatte einfach kein Interesse, wenn ich von Jesus Christus sprach. Aber langsam, ganz langsam, schien er doch etwas weicher zu werden.

Wir versuchten auf jeden Fall, mit ihm in Verbindung zu bleiben. Ich sage *wir*, weil Margie wahrscheinlich mehr dazu beigetragen hat, die Kluft zwischen uns zu überbrücken, als ich selbst. Er mochte Margies freundliche Art und war dankbar, daß sie ihm hin und wieder eine Karte schrieb.

Nach meinem Anruf bei Lambert fragte ich mich, ob es ihm wohl gelingen würde, zu meinem Vater vorzudringen, denn Betty konnte ein richtiges Biest sein. So war ich auch nicht besonders überrascht, als Lambert am nächsten Tag wieder anrief und sagte, er sei zwar im Krankenhaus gewesen, habe meinen Vater aber nicht sehen können, denn Betty habe ihn abgewimmelt. Er wolle es am nächsten oder übernächsten Tag noch einmal versuchen.

Im Sommer 1978 hatte ich mehr zu tun als in den Jahren zuvor, denn ich arbeitete immer noch im Filmverleih und außerdem als Teilzeit-Evangelist. Der Juni kam und ging. Im Juli nahm ich am Kongreß des Vereins christlicher Buchhändler in den USA teil und war gerade wieder zu Hause, um die liegengebliebene Arbeit im Filmverleih aufzuarbeiten.

Mein Vater war inzwischen aus dem Krankenhaus entlassen worden; es ging ihm offenbar besser. Ich fragte mich, warum Lambert Baptist sich nie wieder bei mir gemeldet hatte, und nahm mir vor, ihn so bald wie möglich anzurufen und nachzufragen, ob es ihm gelungen sei, sich zum Krankenbett meines Vaters vorzukämpfen.

An einem Freitagmorgen – es war noch vor sieben Uhr, und unser Haushalt erwachte gerade zum Leben – klingelte das Telefon. Mein Vater rief vom Hauptbahnhof in Toronto aus an!

»Paul ... ich habe nicht viel Zeit. Ich bin auf dem Rückweg nach Sarnia, und mein Zug geht um halb neun. Meinst du, du schaffst es, vorher hierher zu kommen und Margie und die Mädchen mitzubringen?«

»Ich werd's versuchen, Vater ... Aber wir wohnen ganz im Norden der Stadt, und jetzt ist Berufsverkehr. In ein paar Minuten fahren wir los.«

Tina und Paula waren noch zu Hause, also scheuchte ich die ganze Familie ins Auto, und wir stürzten uns in den Berufsverkehr. Es war ein typischer Freitagmorgen, die Stadtautobahn glich eher einem riesigen Parkplatz ... Als wir schließlich beim Bahnhof ankamen, war es fast halb neun. Wir rannten zu den Sperren, von denen aus es auf die Bahnsteige ging, aber als wir bei der richtigen ankamen, war sie geschlossen. Auf der anderen Seite war ein kleinerer Durchgang, der von einem uniformierten Mann bewacht wurde. Ich versuchte zu Atem zu kommen und fragte: »Ist der Zug nach Sarnia schon weg?«

»Nein, aber er fährt jeden Augenblick. Wo sind Ihre Fahrkarten?«

»Wir haben keine Fahrkarten, und wir wollen auch nicht nach Sarnia ... Aber wir müssen in den Zug.«

»Tut mir leid, ohne Fahrkarten geht das nicht.«

Ich fing an, mit ihm zu diskutieren. Nach einer mir endlos scheinenden Zeit fiel mir plötzlich mein Dienstausweis als Pastor ein. Ich zog ihn heraus und sagte: »Hören Sie, da in dem Zug ist ein Mann, der einen Schlaganfall gehabt hat und gerade aus dem Krankenhaus entlassen worden ist. Ich bin sein Sohn, und er möchte mit mir und meiner Familie sprechen.«

Der Schaffner studierte gründlich den Ausweis und meinte dann: »Gut, Sie können gehen, aber Ihre Frau und die Kinder müssen hierbleiben. Wenn Sie nicht rechtzeitig bis zur Abfahrt wieder ausgestiegen sind, müssen Sie eine Fahrkarte lösen.«

Ich quetschte mich an dem Schaffner vorbei und rief Margie noch zu: »Wenn ich nicht rechtzeitig aussteigen kann, fahre ich bis Oakville mit und rufe dich von da aus an ...«

Ich rannte zu dem Zug, sprang hinein – und sofort kam ein Schaffner: »Ihren Fahrausweis, bitte.«

»Ich habe keinen Fahrschein«, erwiderte ich. »Ich will nämlich gar nicht mitfahren, sondern ich muß nur kurz mit einem der Fahrgäste sprechen.«

»Aber der Zug fährt in wenigen Sekunden ab.«

»Ich weiß, aber dieser Mann hat einen Schlaganfall gehabt ... Ich bin Pastor, und ich muß mit ihm sprechen!« Der Schaffner ließ mich durch.

Im Mittelgang entdeckte ich Betty; ihr gegenüber, mit dem Rükken zu mir, saß mein Vater. Betty tippte ihm gegen das Knie, und er drehte sich zu mir um. Als er mich sah, stand er auf und ging, ja rannte fast den Gang entlang. Etwa in der Mitte des Wagens trafen wir uns.

»Schön, daß du gekommen bist, Paul.«

Das schockierte mich fast schon ein bißchen, denn sonst nannte er mich nie Paul. Aber der richtige Schock sollte noch kommen: Mein Vater umarmte mich! Ich konnte mich nicht erinnern, daß er mich in meinem ganzen Leben jemals umarmt hatte ... und ebensowenig, daß es ihn je gefreut hätte, mich zu sehen.

Während er mir etwa eine Armeslänge entfernt gegenüberstand, schossen mir Millionen von Gedanken durch den Kopf: Wie alt Vater geworden war und wie klein! Ich überragte ihn turmhoch. An jenem furchtbaren Tag damals, als meine Mutter gestorben war, hatte er wie ein Riese ausgesehen, als er mich kleines siebenjähriges Kerlchen geschlagen und getreten hatte. Jetzt war er abgemagert und das Haar so schütter, daß man es kaum noch sehen konnte. Er sah müde aus.

»Geht es dir gut, Vater?«

»Ja, mir geht es gut, Paul, mir geht es gut. Ich wollte dich und Margie und die Kinder nur sehen. Wo sind die Kinder?«

»Der Zug fährt gleich ab, und sie wollten uns nicht alle durchlassen. Ich hatte Glück, daß ich sie überreden konnte, mich allein durchzulassen. Tut mir leid.«

»Ist schon gut ... Ich werde euch ja alle sehen, wenn ihr nach Sarnia kommt.«

»Ja, Vater, in ein paar Monaten spreche ich in der Baptistengemeinde.«

»Ja, das weiß ich schon ... Ich weiß alles darüber ... Wir sehen uns.« Dann blickte er mir direkt ins Gesicht und sagte: »Es ist in Ordnung, Paul, alles in Ordnung. Ich hab dich lieb, und wir sehen uns bald.«

Er küßte mich auf die Wange. Ich sah Tränen in seinen Augen und wußte, daß auch mir Tränen in den Augen standen. Der ausdruckslose, graue Blick meines Vaters war weg. Statt dessen strahlten seine Augen, als seien sie von innen geputzt worden.

»Ich habe dich auch lieb, Vater«, schaffte ich gerade noch zu erwidern. »Bist du sicher, daß alles in Ordnung ist?«

»Ja, alles wird gut ...«

Der Zug ruckelte, und mein Vater hatte Mühe, das Gleichgewicht zu halten. Ich wußte, daß ich jetzt aussteigen mußte, also umarmte ich ihn noch einmal und gab ihm einen letzten Klaps auf die Schulter. Ich winkte Betty zu, und sie lächelte ein wenig und winkte zurück.

Kurz vor dem Aussteigen sah ich zurück. Mein Vater war bei seinem Platz angekommen und drehte sich noch einmal um. In seinen Augen schimmerten immer noch Tränen ...

Ich kann mich nicht erinnern, wie ich es schaffte, zurück auf den Bahnsteig zu kommen – und durch die Sperre, wo Margie und die Mädchen auf mich warteten. Ich wiederholte nur immer wieder: »Mein Vater hat mich umarmt ... Er hat mich geküßt ... Er hat gesagt, daß er mich liebt ... Und er hatte Tränen in den Augen!«

»Geht es dir gut?« fragte Margie besorgt.

»Ja ... alles in Ordnung ... Setz mich doch einfach bei der Arbeit ab und fahr mit den Kindern wieder nach Hause.«

Der Bahnhof war nur ein paar Häuserblocks vom Buchladen entfernt. In meinem Büro traf ich auf Jack Scruton, der in der Firma schon seit Jahren mein Freund war. Ich erzählte ihm, was passiert war, und schon wieder kamen mir die Tränen. Jack holte mir erst mal eine Tasse Kaffee und half mir dann, den Tag einigermaßen hinter mich zu bringen – aber viel geschafft habe ich bestimmt nicht. Meine Gedanken wirbelten völlig chaotisch durcheinander.

Am Abend sprachen Margie und ich über meinen Vater und das, was passiert war.

»Ich weiß, daß es ein Schock für dich ist, Paul, aber es ist doch auch wunderbar«, meinte Margie. »Vielleicht ergibt sich ja jetzt die Chance, mit deinem Vater über den Glauben zu sprechen.«

Sonntags erwähnte ich unserem Pastor gegenüber meine Begegnung mit meinem Vater. Er betete mit mir und dankte Gott für diesen Durchbruch. Gordon war ein Schotte wie mein Vater und wußte deshalb, wie schwer es ist, an einen Schotten heranzukommen. Wir beteten dafür, daß mein Vater zu dem Gottesdienst in Sarnia kommen möge, bei dem ich predigen sollte, und daß Gott mir die Weisheit schenken möge, ihn auf Christus hinzuweisen.

Am Montagmorgen kurz nach acht – ich wollte gerade zur Arbeit aufbrechen – klingelte das Telefon. Betty versuchte gar nicht erst, mir die Nachricht schonend beizubringen, sondern platzte einfach heraus: »LaVern, du solltest lieber nach Hause kommen. Dein Vater ist gerade im Schlaf gestorben!«

Ich weiß nicht mehr genau, was ich als nächstes getan habe. Margie sagte später, ich hätte mit den Fäusten auf den Küchentisch geschlagen, während der Telefonhörer frei an der Schnur baumelte, und immer nur geschrien: »Er ist tot ... Er ist tot!«

»Wer ist tot?« fragte Margie.

»Vater ist tot. Ich wußte es! Ich habe es geahnt!«

Margie nahm den Hörer und sprach mit Betty, die noch an der Leitung war. »Ja, wir kommen ... Wir fahren heute noch ab.« Dann wandte sie sich an mich: »Willst du den Beerdigungsgottesdienst halten?«

»Nein, das kann ich nicht ... Aber ich suche jemanden aus ... Ich kann das nicht.«

Höchstens eine Stunde später waren wir mit Tina und Paula unterwegs. Glücklicherweise konnte ein Mädchen aus der Nachbarschaft, das hin und wieder unsere Kinder hütete, mitkommen. Sie sollte bei den Mädchen im Motel bleiben, während wir bei der Beerdigung waren. Margie und ich waren uns einig, daß die Mädchen dafür noch zu klein seien.

Am Spätnachmittag kamen wir in Sarnia an, ließen die Mädchen beim Babysitter im Motel und gingen ins Haus meiner Eltern. Meine Brüder Bill und Tommy waren da, letzterer litt seit Jahren an einer Augenkrankheit und war praktisch blind. Die anderen waren nicht gekommen. Sie lebten alle im Westen, und ich vermutete, sie würden erst später eintreffen.

Den Dienstag verbrachte ich damit, einen Pastor für den Beerdigungsgottesdienst zu finden. Erst rief ich bei Lambert Baptist an, erfuhr dann aber, daß er noch für mindestens eine Woche in Urlaub sei. Die Gemeindesekretärin empfahl mir, Delos Scott anzurufen, einen Evangelisten, der die Urlaubsvertretung übernommen hatte.

Margie und ich trafen uns mit Pastor Scott, der ein paar Informationen über meinen Vater haben wollte. Er bat Margie, etwas Gutes über ihn zu sagen, und Margie erwiderte: »Ich weiß nicht – vielleicht fragen Sie doch lieber Paul. Ich habe nie etwas Gutes gehört ... Ist das nicht schrecklich?«

»Hmm«, meinte Delos, »aber irgend etwas Gutes gibt es von jedem Menschen zu sagen.«

Ich erzählte, was am vergangenen Freitag passiert war – wie ich es geschafft hatte, meinen Vater im Zug zu treffen, wie er mich umarmt und geküßt und gesagt hatte: »Paul, es ist in Ordnung, ich hab dich lieb.« Damit schien Delos zufrieden. Wir verabschiedeten uns bis zum Gottesdienst, der am nächsten Tag stattfinden sollte.

Am nächsten Tag waren Verwandte von beiden Seiten der Familie gekommen. Die Trauerfeier war kurz, und ich erinnere mich kaum noch daran, was Delos gesagt hat. Gedankenverloren saß ich im Gottesdienst und fragte mich immerzu: »Warum, Vater, warum? Warum bist du ausgerechnet jetzt gestorben, als wir endlich soweit waren, uns besser kennenzulernen. In ein paar Wochen wäre ich nach Sarnia gekommen, wir hätten miteinander reden können, und ich hätte dir meinen Erlöser vorgestellt ...«

Es war ein heißer Julinachmittag. Auf dem Friedhof brannte die Sonne auf uns herunter. Betty beklagte sich bitter darüber, daß mein Vater neben meiner Mutter beigesetzt wurde und daß für sie in dem Familiengrab kein Platz mehr sei.

Ich ging einfach weg. Mir war es wirklich egal, wo mein Vater beerdigt war.

Hinterher gingen wir alle zu meinem Stiefbruder nach Hause. Von David und seiner Frau Dawn erfuhr ich, daß mein Vater vor seinem Tod eine ausgedehnte Reise in den Westen gemacht hatte und es ihm gelungen sei, Kathleen zu treffen. Auf dem Rückweg nach Sarnia war er durch Toronto gekommen, und deshalb hatte er mich an jenem Morgen angerufen und gebeten, zum Bahnhof zu kommen. Ich bin dankbar für jenes flüchtige Treffen im Zug. Wenigstens habe ich so die Erinnerung an die Umarmung und die Tränen meines Vaters – und daß er mir gesagt hat: »Ich habe dich lieb!«

Gut zwei Monate später fand die geplante Evangelisation in Sarnia statt, zu der ich eingeladen war. Diesmal wollte ich das Wochenende allein bestreiten und hatte deshalb Margie unterwegs auf der Farm in Tillsonburg abgesetzt.

Der Ausblick aus meinem Hotelzimmer in Sarnia kam mir irgendwie vertraut vor. Der Turm der katholischen Kirche war da zu sehen und die Schule auf der anderen Straßenseite. Plötzlich dämmerte mir, daß das Hotel genau an der Stelle stand, wo früher das Stadtgefängnis gewesen war! Und mein Zimmer lag ungefähr an derselben Stelle, wo ich vor über dreißig Jahren in einer Zelle gesessen hatte, nachdem ich wegen Mordes und Raubes inhaftiert worden war.

Am Sonntagmorgen führte ich meine Zauberkunststücke vor der gesamten Sonntagsschule auf – und eine Stunde später noch einmal für ältere Schüler. Dann stand noch eine Abendveranstaltung auf dem Programm, die im Lokalfunk übertragen werden sollte.

Nach dem Gottesdienst lud mich Lambert Baptist zum Mittagessen bei sich zu Hause ein. Wir plauderten über dies und das und frischten unsere Erinnerungen auf. Dabei erzählte ich ihm auch von der Stippvisite meines Vaters in Toronto und unserer Begegnung in dem Zug. Ich erwähnte, wie wichtig es für mich sei, daß mein Vater gesagt hatte, er habe mich lieb – und wie sehr ich mich gefreut hatte, daß er zu meinem Gottesdienst an diesem Abend kommen wollte.

»Wer weiß«, spekulierte ich, »vielleicht hätte Vater sich ja doch noch für den Erlöser entschieden.«

Lambert sah mich verständnislos an. »Hast du das etwa nicht gewußt?«

»Was hab' ich nicht gewußt?«

»Als du mich im Mai angerufen und gebeten hast, deinen Vater im Krankenhaus zu besuchen, da haben wir es schließlich doch geschafft, ihn zu treffen. Dein Cousin Wes war mit mir zusammen da, und wir haben eine ganze Weile mit deinem Vater gesprochen. Bevor wir gingen, hat dein Vater gebetet. Ich dachte, Delos hätte das alles gewußt ...«

Völlig verblüfft unterbrach ich Lambert: »Moment mal – Moment mal. Du meinst, daß er die Entscheidung getroffen hat, Jesus als seinen Erlöser und Retter anzunehmen?«

»Ja, sicher. Ich habe mit ihm zusammen die entsprechenden Bibelstellen gelesen, und nachdem er aus dem Krankenhaus entlassen war, ist er oft zu mir gekommen und hat sich geistlichen Rat geholt, und wir haben zusammen gebetet. Deswegen hat er ja auch die Reise in den Westen unternommen ... weil er zu deinen Brüdern und Schwestern Kontakt aufnehmen wollte. Er wollte alte Wunden heilen, soweit das noch möglich war. Und du sagst, er hat dir damals im Zug davon kein Wort gesagt?«

Ich konnte es nicht fassen. Das war einfach zuviel! Mein Vater war schon Christ gewesen, als ich ihn damals im Zug traf? Plötzlich fiel es mir wie Schuppen von den Augen. Natürlich, was sonst hätte ihn so verändern können? Was sonst hätte ihm Tränen in die Augen treiben und Liebe ins Herz legen können?

Ich hastete zurück in mein Hotel und rief Margie auf der Farm an, um ihr zu erzählen, was ich von Lambert erfahren hatte.

»Das ist ja wunderbar, Paul!« rief sie aufgeregt. »Kein Wunder, daß er nach Toronto gekommen ist und dich sehen wollte. Jetzt ergibt das alles einen Sinn.«

»Du sagst es! Endlich ergibt es einen Sinn ... Bis heute abend, mein Schatz, nach dem Gottesdienst fahre ich direkt zur Farm.«

An diesem Abend stand ich auf der Kanzel vor einer Gemeinde, zu der ein paar meiner Onkel und Tanten gehörten sowie einer meiner ehemaligen Schulkameraden. Außerdem war eine Familie da, die in unserer Nachbarschaft gewohnt hatte. Sie hatten gehört, daß ich kommen würde, und wollten unbedingt dabei sein. Nur meine Stiefmutter fehlte.

»Guten Abend«, begrüßte ich die Besucher. »Ich habe hier zwar noch nie gepredigt ... Aber ich bin schon einmal in dieser Kirche gewesen ...«

Ich sah die irritierten Blicke einiger älterer Gemeindeglieder und fuhr fort: »Als Junge war ich in einer Gang, die hin und wieder die Opferstöcke Ihrer Kirche plünderte. Wir kamen hierher, wenn sonst niemand da war, brachen ins Gemeindebüro ein und nahmen die Kollekte mit. Ich erinnere mich, daß Sie hier ziemlich großzügig waren mit Spenden.«

Als das Gelächter verebbt war, sprach ich fast eine Stunde darüber, wie ich in Sarnia aufgewachsen und in die Gang geraten sei, wie ich im Gefängnis gesessen und später eine radikale Kehrtwendung erlebt habe.

Danach erzählte ich von der wunderbaren Arbeit und der großartigen Familie, die Gott mir geschenkt hat. Am Schluß erwähnte ich noch die Begegnung im Zug mit meinem Vater. Auch wenn er nun tot sei, schloß ich, so lebe er dennoch, denn er sei zum Glauben an Jesus Christus gekommen.

Nach dem Gottesdienst hielt ich mich nicht mehr lange auf, sondern sprang ins Auto und fuhr nach Tillsonburg, um bei Margie und den Mädchen zu sein. Es war ein kalter Abend – bald würde es den ersten Schnee geben. Trotzdem fuhr ich mit heruntergekurbelten Fenstern. Die schneidend kalte Luft roch und schmeckte gut.

Während der Fahrt dachte ich an all die Väter, die ich gehabt hatte. Da war Dad Adams in Frankford. Er und Mom Adams hatten mich adoptiert – zwar nicht amtlich, aber, was viel wichtiger war, mit dem Herzen. Sie hatten sich nicht um meine Vergangenheit gekümmert – nur darum, was Gott mit meiner Zukunft vorhatte. Beide waren inzwischen gestorben.

Dann dachte ich an Vater Fishback – Margies Vater, der vor einem Jahr ganz plötzlich gestorben war. Die alteingesessenen Bürger von Tillsonburg behaupteten, seine Beerdigung sei eine der größten gewesen, die es dort je gegeben hatte. Nach dem Tod ihres Vaters war Margie verzweifelt gewesen. Besonders schlimm war für sie, daß sie ihn den ganzen Sommer nicht gesehen hatte, weil wir so viel unterwegs gewesen waren.

Auch mich hatte der Tod von Vater Fishback aufgerüttelt. Wir waren uns sehr nahegekommen in den elf Jahren seit meiner Heirat mit Margie. Oft hatten wir lange Spaziergänge gemacht und dabei über alles mögliche geredet – über das Leben und innere Kämpfe, über seine Familie und die Farm oder über irgend etwas, das ein Prediger im Rundfunkgottesdienst gesagt hatte.

Vater Fishback war nicht oft zur Kirche gegangen. Vor Jahren war irgend etwas vorgefallen, das ihn abgestoßen hatte, und er ließ sich kaum noch in der Gemeinde blicken. Ich erinnere mich, wie er mir einmal sagte: »Wenn Pastoren weniger Zeit damit verschwenden würden, herauszufinden, was an anderen Denominationen falsch ist, und mehr Zeit darauf verwendeten, sich mit der Botschaft der Bibel zu befassen, dann könnten sie wesentlich mehr erreichen.« Aber er ermutigte seine Frau und die Kinder, zu gehen. Und sie gaben auch immer ihren Zehnten, egal wie hoch oder niedrig ihr Einkommen war.

Margie hatte es immer irritiert, daß ihr Vater nie zur Kirche ging und seinen Glauben in diesem Sinne nicht öffentlich bekannte. Aber ich habe nicht den Hauch eines Zweifels daran, daß Vater Fishback im Paradies ist. Er war ein ernster, aber echter und ehrlicher Freund – und ein liebevoller Vater. Natürlich hatte auch er seine Fehler – wer hätte das nicht? –, aber er ist mir bis heute ein Vorbild, was meine Rolle als Vater angeht.

Als ich von der Autobahn auf die Landstraße abbog, die zur Farm der Fishbacks führte, kamen mir Gedanken an meinen leiblichen Vater. Ich hatte ihn eigentlich nie richtig kennengelernt, überlegte ich mir, und jetzt war es zu spät. Aber im nächsten Moment dankte ich Gott, daß er mir dieses einzigartige Erlebnis noch geschenkt hatte, als mein Vater mich umarmte und sagte: »Es ist in Ordnung, alles in Ordnung.«

Es war wirklich in Ordnung. Die Prügel, die eiskalte Gleichgültigkeit und sogar der furchtbare Haß gehörten der Vergangenheit an. Die Liebe Gottes hatte die unüberwindliche Mauer zwischen uns eingerissen. Ich war nur ein paar Augenblicke mit meinem Vater in diesem Zug zusammengewesen, aber wir würden eine Ewigkeit haben, um die verlorenen Jahre aufzuholen. Auf Erden müssen wir mit dem leben, was Menschen zustandebringen – und das ist oft schwierig und schmerzlich. Aber im Himmel werden wir mit dem leben, was Gott geschaffen hat. Sicher werde ich dann auf eine ganz neue Art meinem Vater begegnen können.

Ich war an der Einfahrt zur Farm der Fishbacks angekommen. Vielleicht schaute mein Vater jetzt gerade vom Himmel herunter und sagte: »Es ist in Ordnung, wenn du weinst, Paul ... ganz in Ordnung ... Ich hab dich lieb ... bis bald!«

Noch ein Wort über Kinder

»Wenn wir nicht heute ihre Herzen erreichen, werden sie morgen unsere Herzen brechen!«

Dieser Satz war von Anfang an unser Motto in der Kinderarbeit. Wir haben mit eigenen Augen den Unterschied gesehen zwischen Kindern, die zu Jesus gefunden haben, und anderen, bei denen das nicht der Fall ist. Wenn auch Sie sich nach der Lektüre dieses Buches fragen: »Was kann ich dazu beitragen, daß Kinder mit der Botschaft von Jesus erreicht werden?«, dann möchten wir Ihnen die folgenden Gedanken ans Herz legen.

1. Kinder brauchen jemanden, der ihnen zuhört.
Seien Sie nicht zu beschäftigt, um die Fragen, Hoffnungen, Ängste und Leistungen Ihrer Kinder zu beachten. Ich zeigte einmal vor einer Gruppe von Kindern einen Trick mit zwei kleinen Schlingen. Dazu erklärte ich, wie man diesen Trick als Veranschaulichung verwenden kann, wenn man über das Evangelium spricht. Zwei Schwestern im Alter von neun und sieben übten den Trick besonders eifrig und ließen sich erklären, wie man die Verbindung zwischen Trick und Evangelium herstellt. Nach der Veranstaltung kamen sie zu mir und baten um Hilfestellung.

Während ich mit den beiden Mädchen übte, kam ein Mann mit schütterem Haar und fing an, mit einer Mitarbeiterin der Sonntagsschule zu sprechen. Das ältere Mädchen erkannte den Mann, rannte zu ihm hinüber und zupfte ihn aufgeregt am Ärmel: »Du, Papa, kann ich dir mal meinen neuen Trick zeigen?«

»Ja, ja, sofort«, erwiderte er, sah aber dabei seine Tochter kaum an.

Sie wartete geduldig ein paar Minuten und zupfte dann wieder an seinem Ärmel. »Papa, kann ich es dir jetzt zeigen?«

»Ich habe jetzt keine Zeit«, antwortete er gereizt.

»Das sagst du immer!« protestierte die Kleine.

»Nicht hier bitte!« sagte der Vater streng.

»Papa, es dauert nur ganz kurz!«

Inzwischen hatte der Vater gemerkt, daß wir ihn beobachteten. »Also gut, laß mal sehen.«

Das kleine Mädchen führte den Trick geschickt vor, wobei sie mit den beiden kleinen Schlingen hantierte und dabei – genau wie ich es gezeigt hatte – eine Aussage der Bibel erklärte.

Ihrem Vater schien es jedoch nicht schnell genug zu gehen, denn er drängte: »Nun komm schon endlich zur Sache!«

Sie beendete die Vorführung, so schnell sie konnte, und wartete dann auf eine Reaktion.

»Nett!« war alles, was der Vater sagte; dann wandte er sich wieder ab, um mit jemand anders zu reden. Seine beiden Töchter sahen sich enttäuscht an.

Tausende von Kindern machen ähnliche Erfahrungen: »Das interessiert den Papa (oder die Mama) nicht. Er guckt zwar hin, aber er hat eigentlich keine Zeit für uns.«

Wie ich in einem früheren Kapitel schrieb, mußten auch wir uns das sagen lassen – damals, als unsere fünfjährige Tochter Paula erklärte: »Maria und Josef sind immer weg – genau wie ihr!« Was Paula damals sagte, hat unser Leben verändert. Von da an hielten wir bestimmte Zeiten ein, in denen Tina und Paula die Hauptrolle spielten. Wenn christliche Eltern sich Zeit nehmen, um ihren Kindern wirklich zuzuhören, dann hat das unschätzbare Auswirkungen!

2. Kinder wollen ernstgenommen werden.

Wenn wir in der Kinderarbeit tätig sind, vermitteln wir den Kindern Wissen und Werte. Aber wir müssen es ihnen auch ermöglichen, das

Gelernte anzuwenden. Suchen Sie nach Gelegenheiten, wo die Kinder mitarbeiten und ihre Gaben einsetzen können. In der Bibel steht nichts darüber, daß nur Erwachsene Gaben haben, während die Kinder nur in ihren Gruppen sitzen und zuhören sollen!

Warum lassen wir diese Gaben ruhen, bis aus den Kindern Teenager oder sogar junge Erwachsene geworden sind? Auch Kinder haben Gaben und Talente, die es jetzt auszubauen und zu nutzen gilt.

Bei unseren Evangelisationen oder in den Kinder- und Jugendcamps sagen uns die Leute immer wieder: »Ich wußte gar nicht, daß Kinder in so kurzer Zeit soviel lernen können!« Oder: »Ich hätte nie gedacht, daß Kinder etwas wirklich Nützliches tun können.« Wir möchten gern Kindern dabei helfen, ihren Platz in der Gemeinde zu finden und ihre Gaben zu entfalten.

Kinder haben Möglichkeiten, die es zu erkennen gilt. Bitten Sie Gott, Ihnen zu zeigen, welche Fähigkeiten in einem Kind stecken. Mit unserer menschlichen Weisheit sagen wir oft: »Das kleine Mädchen ist viel zu jung dazu« oder: »Der kleine Junge kann das noch gar nicht verstehen.« Aber – wie gesagt – Kinder verstehen oft sehr viel mehr, als wir ihnen zutrauen.

3. Erwachsene können von Kindern lernen.

Oft mache ich die Augen zu und stelle mir die Kinder vor, die mir im Laufe der Jahre mit ihren Fragen, ihren Sehnsüchten und ihrem Suchen persönlich weitergeholfen haben – es sind Tausende! Um ein Haar hätte ich diesen Segen verpaßt ...

Kurz nachdem Margie und ich geheiratet hatten, kamen Leute aus unserer Gemeinde und fragten mich, ob ich nicht die Leitung der Sonntagsschule für die Kleinen übernehmen wolle.

Ich lehnte ab. Für die Arbeit mit Teenagern brachte ich ziemlich viel Erfahrung mit, aber kleine Kinder gingen mir schlicht und einfach auf die Nerven. Ich hielt sie für zu jung, um überhaupt irgend etwas zu verstehen; die Beschäftigung mit ihnen war doch mehr oder weniger ein glorifiziertes Babysitten, also pure Zeitverschwendung. So dachte ich.

Aber Gott hatte etwas anderes vor. Er schickte mir immer wieder auf die eine oder andere Weise kleine Kinder über den Weg. Ich las das Wort des Apostels Paulus: »Da ist ein Leib und viele Glieder.« Dachte Paulus vielleicht auch an Kinder, als er von den »schwächeren Gliedern« am Leib schrieb? Mag sein. Andererseits habe ich auch Kinder erlebt, die sich intensiv mit dem Wort Gottes befaßten, die geistlich stärker waren als manche Erwachsenen.

Das Gebet der Familie Powers lautet: »Nimm uns an die Hand, Herr, und führe uns zu den kleinen Kindern – den kleinen Menschen. Nimm alles von uns weg, das die Kinder daran hindern könnte, zuerst Jesus zu sehen. Möge Jesus in unserem Handeln sichtbar sein, wenn wir uns diesen kleinen Menschen zuwenden, sie unterweisen, sie ermutigen und sie liebhaben.«

Unsere eigenen Kinder

Wenn ein Ehepaar – so wie wir – sich vollzeitlich dem Dienst an Kindern widmet, dann lautet oft die erste Frage: »Was machen denn Ihre eigenen Kinder?«

Nun, wie bereits erwähnt: Margie und ich haben zwei Töchter, Christina Michelle (Tina) und Paula Margaret. Beide sind inzwischen zu jungen Damen herangewachsen, und beide sind auf unterschiedliche Weise in der christlichen Kinder- und Jugendarbeit engagiert.

Christina hat die »Little People's Association« gegen Ende ihrer Teenagerzeit verlassen, um in ihrer Heimatstadt zu arbeiten. Später zog sie in den Großraum Vancouver, wo sie im Sommer jeweils Einsätze mit der »Child Evangelism Fellowship« in British Columbia durchführte. Ende August kam sie dann nach Coquitlam zurück. Sie fühlte sich von Gott berufen, an ein Bibelcollege zu gehen, war sich dann aber doch nicht ganz sicher, weshalb sie sich zunächst nur für ein Jahr dort einschrieb. Daraus wurde eine dreijährige Ausbildung. Weil sie schon mit Musik und Evangelisation zu tun gehabt hatte, bekam sie die Möglichkeit, zu reisen und mit Gleichaltrigen zu evangelisieren.

Etwa zu dieser Zeit lernte sie einen jungen Mann kennen, der seine Berufung in der Jugendhilfearbeit sah. Ich muß gestehen, daß ich am Anfang nicht besonders begeistert von Brad war. Als er sich bei uns vorstellte, hatten wir gerade Mutter Fishback bei uns zu Besuch. Sie sagte spontan, daß sie Brad mochte – und ich solle doch mal ein bißchen freundlicher gucken!

Damals wäre es mir viel leichter gefallen, Tina für die Missionsarbeit loszulassen – wo auch immer das sein mochte –, aber ihr in bezug auf die richtige Partnerwahl zu vertrauen, das fiel mir unendlich schwer. Es gab Tage, da schien mir ihre Wahl so falsch, und ich glaubte, sie davor bewahren zu müssen, einen schweren Fehler zu machen ...

In vielerlei Hinsicht – vor allem in seinem jugendlichen Eifer – war Brad mir sehr ähnlich. Er war ein junger Mann, der aktiv in vielen Bereichen der Gemeindearbeit und des öffentlichen Lebens tätig war.

Als ich von einer Reise zurückkam, führten Tina und ich ein langes Gespräch, und wir beteten zusammen. Ich mußte lernen, ihr und dem Herrn zu vertrauen. Er hatte seinen Plan mit ihr und mit ihm. Dann kam Brad vorbei, und ich mußte ihm sagen, wie mir ums Herz war ... Es ist nicht leicht, einem anderen zu sagen, daß es einem leid tut und daß man eine Sache schlecht oder falsch beurteilt hat, aber ich mußte es einfach tun.

Ein paar Monate später kam Brad zu mir, er wollte um Tinas Hand anhalten. Natürlich stellte ich ihm die gleiche Frage, die mir einst Margies Vater gestellt hatte: »Und was ist mit dem Rest?«

Brad war so höflich, zu lachen, und sagte dann, er hätte mit der Frage gerechnet.

Am 26. Oktober wurden Tina und Brad in Vancouver getraut. Später arbeiteten beide in der Teenager- und Collegearbeit. Brad beendete sein Praktikum bei der Kirche und nahm einen Ruf der Alliance Church in Summerland, British Columbia, an, das etwa sechs Autostunden von uns entfernt liegt. Dieser Abschied fiel uns allen sehr schwer.

Tina fehlt uns in der »Little People«-Arbeit. In den Camps und Gemeinden werden wir immer noch nach ihr gefragt. Aber wenn wir sehen, wie Brad und Tina sich in der Jugend- und Musikarbeit engagieren, dann sind wir einfach froh und dankbar. Inzwischen erwarten wir unser erstes Enkelkind. Wie sehr hat Gott uns doch gesegnet!

Unsere Tochter Paula hat 1989 bei einem Unfall schwere innere Verletzungen erlitten. Sie mußte jahrelang Medikamente nehmen und hat sich verschiedenen Behandlungen unterziehen müssen. Erst 1992 konnte sie ihr Studium fortsetzen.

Nebenbei half sie uns bei unserer Arbeit, soweit das möglich war. Mit Hilfe eines Freundes konnten wir eine besonders leichte Bauchrednerpuppe erwerben, die Paula auch mit dem linken Arm betätigen konnte. (Sie hatte kein Gefühl in der rechten Hand und in Teilen des rechten Beins. Heute ist das Gefühl bis zum Handgelenk zurückgekehrt, und das Bein ist wieder völlig gesund.) Weil Margie und mir klar war, daß wir mit Paula nicht mehr wochenlang in Camps unterwegs sein konnten, suchten wir nach einer anderen Arbeit in der Nähe. Aber Gott hatte mit Paula etwas anderes vor.

Der Arzt Tom Standlee und seine Frau Sue, die wir Jahre zuvor kennengelernt hatten, riefen uns an, um sich nach Paula zu erkundigen. Nach einem offenen Gespräch machten sie uns ein Angebot, das wir einfach nicht abschlagen konnten. Paula könnte bei ihnen wohnen, schlugen sie vor, und ein Semester lang an der University of Reno studieren. Gleichzeitig wollten Tom und Sue ihre Kollegen konsultieren und sich erkundigen, ob es weitere medizinische Hilfe für Paula gab.

Die Standlees wurden Paulas »Ersatzeltern«, so wie die Adams damals für mich. Aus dem »Probesemester« wurden dann mehrere Jahre. Im Hauskreis der Standlees lernte Paula schließlich Tom Callahan, einen Medizinstudenten, kennen. Mit seiner Herzlichkeit, seiner Ernsthaftigkeit und seinem Humor eroberte er Paulas Herz. Als das Semester im Mai 1994 zu Ende war, besuchten die beiden uns in Seattle.

Nachdem ich es Brad so schwer gemacht hatte, war es mit Tom viel einfacher. Ich mochte ihn von Anfang an, und genauso ging es Brad und Tina. Margie und ich konnten gut verstehen, warum Paula sich mit ihm gleich so verbunden gefühlt hatte. Ich gab mir Mühe, das »Vorstellungsgespräch« etwas lockerer anzugehen als bei Brad, aber Margie sagte später, es habe sich doch angehört wie eine »Beratungsstunde für Verlobte«.

Im November kehrte Paula nach Nevada zurück. Einen Monat später fuhren Margie und ich nach Las Vegas, um Toms Familie kennenzulernen. Wir verbrachten ein wunderschönes gemeinsames Weihnachtsfest.

Im Sommer 1995 kam Tom nach British Columbia, um auf unserer Sommertournee mitzuarbeiten – und eroberte im Nu die Herzen der Kinder. Ich staunte, wie leicht es ihm fiel, mit Handpuppen umzugehen. Unser Thema, das wie immer Margie vorbereitet hatte, lautete in diesem Jahr: »Unten im Meer«. Wir arbeiteten mit allen möglichen Mitteln wie Bauchrednerpuppen, Musik, Puppenspiel, biblischen Geschichten und vielem mehr. Bald schon übernahmen Paula und Tom den Gesang und das Einüben von Liedern mit den Kindern.

Tom hat einen ganz besonderen Draht zu Kindern. Manchmal traf ich ihn an einem ruhigen Ort mit zwei oder drei Jungen an, und er hatte Tränen in den Augen, echte Tränen über das, was diese kleinen Kerle schon alles durchgemacht hatten.

In diesem Sommer verlobten sich Tom und Paula. Paula kehrte nicht zurück nach Reno, sondern studierte am Baptist Bible College und an der Trinity Western University. Körperlich und seelisch war diese Zeit schwierig für sie, denn sie war wieder auf den Rollstuhl angewiesen.

Im Winter erledigte sie alle Formalitäten für ihre Übersiedelung in die Vereinigten Staaten, und am 12. Mai bekam sie die offizielle Aufenthaltserlaubnis. Das Wochenende darauf packten wir und fuhren dann in Richtung Süden. Am 8. Juni 1996 heirateten die beiden.

Tom und Paula sind immer noch in der Studentenarbeit engagiert. Tom wird sein Medizinstudium fortsetzen, und Paula studiert Literatur, um endlich einen Collegeabschluß zu bekommen.

Margie und ich kümmern uns inzwischen verstärkt um die Ausbildung von Kindermissionaren auf der ganzen Welt. Manchmal frage ich mich, ob jemand aus unserer Familie mit der Kinderarbeit weitermachen wird. Aber dann erinnere ich mich daran, daß dies keine Arbeit ist, für die man sich bewirbt, sondern eine, zu der man berufen wird.